Bruno Frank

# Der Reisepass

Roman

Bruno Frank: Der Reisepass. Roman

Erstdruck: Amsterdam, Querido, 1937.

Neuausgabe
Herausgegeben von Karl-Maria Guth
Berlin 2018

Umschlaggestaltung von Thomas Schultz-Overhage unter Verwendung des Bildes: Francisco Goya, Dona Isabel de Porcel, 1806

Gesetzt aus der Minion Pro, 11 pt

Die Sammlung Hofenberg erscheint im
Verlag der Contumax GmbH & Co. KG, Berlin
Herstellung: BoD – Books on Demand, Norderstedt

ISBN 978-3-7437-2401-3

Bibliografische Information der Deutschen Nationalbibliothek

Die Deutsche Nationalbibliothek verzeichnet diese Publikation in der Deutschen Nationalbibliografie; detaillierte bibliografische Daten sind im Internet über www.dnb.de abrufbar.

Unter den Arkaden, die den Marktplatz der tschechoslowakischen Grenzstadt Kumerau umgeben, kam an einem kalten Novemberabend des Jahres 1935 ein junger Mann daher, mit zögernden und vor Müdigkeit ungleichen Schritten. Mitunter machte er halt und blickte um sich. Passanten ließen sich keine sehen. Es war ziemlich dunkel hier, denn die Kaufläden schienen alle geschlossen, obschon es kaum über sieben war.

Dort wo die Kolonnade umbiegt, fiel ein trübes Lichtband über den Gang. Der junge Mann blickte in den Vorraum eines Gasthofs. Er trat ein. Es war eine Absteige geringen Ranges, nichts, was einem Empfangsraum ähnlich sah, war vorhanden. Neben einem Stehpult, mit einem Schlüsselbrett dahinter, ging es gleich die läuferlose Treppe hinauf. Eine unbeschirmte elektrische Birne spendete zuckendes Licht, das Elektrizitätswerk von Kumerau schien an diesem stürmischen Spätherbstabend nicht ganz in Ordnung zu sein.

Der Ankömmling rief mit einer belegten, wie von Anstrengung heiseren Stimme Hallo. Als niemand kam, zog er an einem Glockenstrang aus räudigem Samt. Nun öffnete sich hinter dem Pult eine Tür, die nicht ganz Mannshöhe hatte, und es zeigte sich ein untersetzter, verfetteter Mensch, der sich den Mund wischte und ohne Freundlichkeit nach dem Begehren fragte.

»Ein Zimmer für die Nacht!«

Der Wirt schob dem Fremden den üblichen Anmeldebogen hin. »Soll das Gepäck vom Bahnhof geholt werden?«

»Nicht nötig. Wenn Sie es wünschen, kann ich im Voraus bezahlen. Aber ich habe nur deutsches Geld.«

»Fünf Mark, Bett mit Frühstück. Und dann Ihren Pass bitte!«

Der Wirt musterte seinen Gast ungeniert, während der seine Personalien auf das Papier malte. Er war gut gekleidet, obwohl zu dünn für die gebirgige Gegend in dieser Jahreszeit. Von seinen Schuhen, die elegant, aber nicht besonders neu aussahen, sickerte Schmutzwasser und verbreitete zwei Lachen auf dem Estrich. Offenbar kam der junge Herr in diesem Promenadenanzug vom nahen Erzgebirge herunter, wo seit einigen Tagen schon Schnee lag. Seine Hand, die an den Daten schrieb, zitterte vor Kälte.

»Zweiter Stock. Nummer acht.« Der Wirt wies mit dem breiigen Kinn nach oben. Er machte keine Anstalt, den Fremden zu begleiten. »Den Pass nicht vergessen!« rief er ihm nach, aber jener hatte schon das erste Stockwerk erreicht und hörte wahrscheinlich nicht mehr.

Der Verfettete nahm den Meldebogen mit sich in die Hinterstube, wo seine Frau beim Abendessen saß. Das Zimmerchen war überheizt, es roch nach warmer Wurst und Kartoffelsalat. Neben dem apoplektischen Hausherrn präsentierte sich seine Gefährtin mager und dürftig, als ein hausmausartiges Wesen, offenbar älter als er.

»Na?« fragte sie kauend.

»Wieder so ein Jud, ein verdächtiger.« Und er las vor: »Ludwig Camburg, geboren 1908, Kunstgelehrter. Das kennt man.«

Er kannte das in der Tat. Der Übertritt aus dem deutschen Reichsgebiet war hier an der Erzgebirgsgrenze nicht leicht zu kontrollieren, und so sickerten Flüchtende, einzeln oder in kleinen Trupps, unausgesetzt herüber in das Gebiet der Nachbarrepublik, wo sie der Schutz einer verständigen und menschlichen Regierung erwartete. Die Arkaden um diesen Marktplatz hatten schon manchen Erlösungsseufzer gehört. Aber die deutschsprechende Grenzbevölkerung hier in der Gegend, wirtschaftlich leidend und von Agitatoren hitzig bearbeitet, war voll unklarer Sympathie mit den Zuständen im Reiche. Dort blühte ganz zweifellos das Paradies. Der Wirt zum »Morgenstern« war selber einmal in eine ziemlich finstere Affaire verwickelt gewesen, bei der zwei sehr forsche Herren in Sportanzügen einen weniger forschen, der sogar etwas betäubt erschien, morgens um drei in einen feinen Mercedeswagen zu ziehen bestrebt waren, genau hier vor seinem Etablissement unter den Arkaden. Niemand konnte damit rechnen, dass morgens um drei gerade an dieser Stelle zwei tschechische Polizisten auftauchen würden. Der »Morgenstern« war damals acht Wochen lang geschlossen gewesen. Und seither musste sich Herr Stohanzl damit begnügen, verdächtigen Reisenden doppelte Zimmerpreise abzuverlangen.

Zimmer Nummer acht war ein unwirtliches Loch, zwei Schritt breit und fünf lang, vom Schnitt einer Gefängniszelle. An ein derartiges Lokal erinnerte – wenn man solche Erinnerungen hatte – auch das Mobiliar.

Der Gast nickte vor sich hin, als habe er das alles nicht anders erwartet, und legte den Mantel ab. Da schlugen ihm vor Frost die Zähne zusammen. Ein eisernes Öfchen war vorhanden. Er blickte suchend nach einer Klingel umher. Aber schon öffnete sich ohne alle Umstände die Tür.

»Ich habe den Herrn um den Pass ersucht!« Der Wirt keuchte vom Treppensteigen.

»Muss das sein?«

»Polizeivorschrift. In einer Stunde können Sie ihn wiederhaben, *wenn* alles in Ordnung ist.«

Widerwillig zog der junge Herr das Dokument hervor. »Hören Sie, hier ist's sibirisch. Lassen Sie doch etwas einheizen.«

»Jetzt in der Nacht? Der Hausknecht wird nicht mehr auf sein.«

»Wann legen Sie denn Ihren Herrn Hausknecht ins Bett? Sehr human von Ihnen, aber weniger gegen die Gäste.«

Herr Stohanzl gab keinerlei Antwort, er lächelte auch nicht, wozu sich übrigens sein gepolstertes Antlitz schon physisch nicht eignete, und verschwand mit dem Pass.

Der Ankömmling setzte sich auf das Bett, das überraschend weich und elastisch nachgab. Unfähig zu irgendeinem Entschluss schloss er die Augen. Sein schmales, braunhäutiges Gesicht, das heute und vielleicht auch gestern nicht rasiert worden war, wirkte krank vor Erschöpfung. Die ungeschützte Birne hoch an der Decke – diese Art Beleuchtung schien eine Spezialität des Hauses zu sein – zuckte unablässig, und dies Zucken tat ihm weh hinter seinen Lidern.

Es pochte. Er antwortete nicht. Auf dem schäbigen Bettvorleger zu seinen Füßen breiteten sich bereits zwei neue Schneewasserlachen aus.

Behutsam öffnete sich die Tür, und abermals erschien der Wirt. Ein verwandelter Wirt, den gedunsenen Leib in Devotion zusammengeduckt. Hinter ihm war seine graue Lebensgefährtin sichtbar, die mageren Arme hoch bepackt mit Brennmaterial.

Herr Stohanzl bewegte sich vorwärts gegen das Bett, den Reisepass vor sich hingestreckt wie eine unanrührbare Kostbarkeit. »Haben Hoheit die Gnade zu entschuldigen«, ließ er vernehmen, »ich konnte unmöglich wissen, dass Hoheit ...«

»Heizen Sie bloß ein«, sagte der junge Herr. »Ich bin schon ganz blau.«

»Wenn Hoheit vielleicht ein größeres Zimmer wünschen ... Geruhen Hoheit nur zu verfügen.«

»Lassen Sie doch Ihr dummes Zeug«, sagte der Gast geärgert und warf den wunderwirkenden Pass hinter sich auf die Bettdecke. Er war aufgestanden und stapfte im Zimmer umher.

Die Wirtsfrau stand beim Ofen. Sie hielt ihre Holz- und Papierlast mit dem Kinn fest und starrte ihn an, in blödsinniger Verzückung.

Ihr Gatte kniete nieder, stopfte, raschelte und machte Feuer. Sein ungeheures Gesäß, das die Nähte zu sprengen drohte, sein elefantischer Rücken, der die Maschen der braunen Strickjacke dehnte, schienen kläglich um Verzeihung zu bitten.

Der junge Mann schob sich im Umherwandern die Hand unter die Weste. Sein Hemd fühlte sich feucht und hart an.

»Hören Sie mal«, begann er. Herr Stohanzl ließ sein Material zu Boden fallen und stand auf den Füßen. »Machen Sie mir einen Tee, recht stark, Rum dazu oder Arrak oder sonst einen Schnaps. Und dann hätte ich gern ein Nachthemd. Aber die Läden sind wohl schon zu?«

»Wird alles bestens besorgt, Hoheit. Ich komme schon hinten hinein. Wollen mir Hoheit nur die Allerhöchste Halsweite sagen.«

»39 – allerhöchste Halsweite 40. Und eine Zahnbürste wenn's geht, und ein Stück Seife.«

»Gewiss, Hoheit, geht es. Alles geht, Hoheit.« Er badete sich in der Anrede, unersättlich. »Hoheit haben sich gewiss auf der Jagd verirrt«, fügte er waghalsig hinzu, in Erinnerung vielleicht an ein Lesebuchstück vom Kaiser Maximilian, das er in alten habsburgischen Zeiten in der Volksschule hatte auswendig lernen müssen.

»Auf der Jagd«, sagte der junge Gast, »gewissermaßen.«

Als er sich eine Viertelstunde später entkleidete, riss ihm unter seinen erstarrten Fingern eine dünne Kette aus Platin, die er um den Hals trug, und ein schwerer Gegenstand fiel auf den schäbigen Bettvorleger. Betroffen schaute er darauf nieder, hob ihn auf und legte ihn auf den Nachttisch, neben das Teegeschirr. Er nahm einen Schluck von dem heißen, fadschmeckenden Trank und schielte dabei auf das grüne Ding. Es war flach wie ein Amulett oder Medaillon. Er setzte die Tasse weg und nahm es zur Hand. Es schien sein Interesse zu fesseln, obgleich er es doch am Leibe getragen hatte und also eigentlich kennen musste. Aber vielleicht kannte er es eben darum nicht genau.

So verhielt es sich. Dieses Medaillon oder Amulett hatte er seit seinem zehnten Geburtstag um den Hals getragen, siebzehn Jahre lang, ununterbrochen, sogar im Bad. Und gerade heute, gerade hier, war nun die kurze Schnur gerissen, und das Ding war zu Boden gestürzt. Er konnte nicht umhin, das seltsam zu finden. Es ging ihm sogar ein kleiner Schauer durch den Leib, und er kam nicht von der Kälte.

Er schlüpfte ins Bett und verbrannte sich den Fuß an der blechernen Wärmflasche, die man ihm unbemerkt hineingeschoben hatte. Dann kam ein Wohlbehagen über ihn, das Behagen des Geborgenen, Wohlaufgehobenen – ein Behagen, das unstatthaft war, dessen er sich schämte, und dem er sich doch überließ. Eine süß schmerzende Müdigkeit sickerte ihm durch die Glieder. Der Lichtschalter befand sich in Reichweite über dem Bett. Im Grunde – eigentlich – war dies hier ein recht komfortables Gasthaus. Und in der Tschechoslowakischen Republik lag es auch.

Aber anstatt nach dem Schalter griff er noch einmal rechtshin nach seinem Amulett. Er betrachtete es, als sähe er's zum ersten Mal. Es war übrigens der Betrachtung wert.

Es war ein flacher, wunderbarer Smaragd von selten erschauter Größe. Höchst kunstvoll hatte man ihn zum Wappenschilde gearbeitet. In sein satt leuchtendes Grün war das Wappen eingeschnitten mit der goldenen Königskrone darüber. Es zeigte sieben goldene Türme, und die Türme wiederum hatten winzige Türchen aus Saphir. Es war ein Stück aus der portugiesischen Erbschaft seines Hauses.

Diesen Smaragd der Maria da Gloria in der Hand schlief er ein. Die unbeschirmte Birne brannte und zuckte die Nacht durch. Das Elektrizitätswerk von Kumerau schien in immer schlimmere Unordnung zu geraten. Aber er schlief wie ein Toter, oder wie ein vom Tode Geretteter.

# Prinz Ludwig

## 1.

Ludwig Prinz von Sachsen-Camburg war nicht ganz zehn Jahre alt, als sein Vater, der regierende Herzog, zugleich mit all den anderen deutschen Herzögen, Großherzögen und Königen, von seinem Throne glitt. Ludwig erinnerte sich lange genau an den Tag. Er stand mit seinem um drei Jahre älteren Bruder August und dem Hauslehrer auf einem Seitenbalkon des Residenzschlosses, als um elf Uhr morgens die angekündigte Delegation der neuen republikanischen Regierung erschien. Sie kam zu Fuß. Es waren drei Herren im Zylinder, mit dunklen Überziehern, zwei von ihnen schlank und auffallend groß, der in der Mitte untersetzt. Sie verschwanden im Mittelportal.

Der Hauslehrer forderte die Prinzen auf, ins Zimmer zurückzukehren, denn der Novembertag war unfreundlich. Aber Ludwig erklärte, er müsse die Abordnung bei ihrem Rückzug noch einmal sehen, und blieb allein auf dem Balkon zurück. Er hatte auch nicht lange zu warten. Nach kaum zehn Minuten war der Staatsakt vorbei. Die drei Herren wandelten genierten Schrittes wieder über den menschenleeren Schlossplatz. Dann blieben sie stehen. Der in der Mitte tastete in seiner Mappe umher, als fürchte er, etwas verloren oder vergessen zu haben, nahm dann ein Papier hervor, entfaltete es, und alle drei steckten die Köpfe zusammen und blickten hinein. Es war dem zehnjährigen Prinzen auf seinem Balkon klar, dass dies der unterzeichnete Thronverzicht war.

Um halb eins war Familienfrühstück wie immer. Ludwig war gespannt, was der Vater vom Ereignis des Vormittags zu berichten haben würde. Aber er berichtete gar nichts. Der einschneidende Akt wurde ignoriert. Herzog Philipp erschien ruhig wie sonst und teilte in langen Pausen ein paar seiner frostigen Scherze aus. Sein Haus war mehr als tausend Jahre souverän gewesen, ihm seinen Rang durch ein Blatt Papier abdingen zu wollen, war eine nicht erwähnenswerte Albernheit. Erwähnt wurde sie immerhin, einmal, ganz kurz, ganz zum Schluss. Als der Herzog die Tafel aufhob und seiner Gattin die Hand küsste, hielt er sie einen Augenblick länger fest als gewöhnlich und sagte mit herabgezogenen Mundwinkeln: »Auf der Schreibmaschine getippt,

Beatrix!« Das war alles. Aber augenblicklich, als hätte sie auf dieses Stichwort gewartet, liefen der Herzogin die Tränen herunter.

Anna Beatrix war eine portugiesische Braganza, sehr fromm, sehr still, vom Beginn ihrer Ehe an leidend. Ihre Stimme, die lieber und geläufiger Französisch sprach als Deutsch, klang klagend und ausgebleicht, es war eine weiße Stimme.

Einige Wochen nach der Thronentsagung feierte Ludwig seinen zehnten Geburtstag. Nach dem Herkommen wäre er an diesem Tag als Leutnant in das Sachsen-Camburgische Infanterieregiment eingestellt worden. Eine kleine Uniform mit Gardelitzen war bereits angefertigt und lag bereit. Dies fiel nun weg. Stattdessen hing ihm seine Mutter am Morgen, nach dem Gottesdienst in der Annenkirche, den Smaragd der Maria da Gloria um den Hals. Sie küsste ihn unter Tränen dabei. Ludwig war ihr Liebling.

Im Übrigen blieb so ziemlich alles wie es war. Der Landtag des kleinen Bundesstaates hatte eine sozusagen sozialistische Mehrheit, die fast vom ersten Tag an mit schlechtem Gewissen regierte. An den gesellschaftlichen Verhältnissen änderte sich nichts, an den ökonomischen beinahe nichts. Die Lage der Arbeiter in den Industriebezirken des Ländchens – man produzierte vorwiegend Spiel- und Glaswaren – blieb wie sie gewesen, die Lage der landesherrlichen Familie ebenfalls. Der sozialistische Landtag sprach ihr eine Abfindung in fast verblüffender Höhe zu. Man wollte auch ferner den Glanz des uralten Hauses, auf das man stolz war. Es blieben der Hofstaat und das bescheidene Zeremoniell, es blieben sogar die beiden grün-weiß gestrichenen Schilderhäuschen am Hauptportal, obwohl sie jetzt leer standen. Nicht ohne Bedauern nahm der Staatspräsident, eben jener kleine Herr, der in der Mitte der Delegation geschritten war, Inhaber eines florierenden Gas- und Wasserleitungsgeschäfts, sein Hoflieferantenschild herunter. Er war aber auch der einzige, der das tat. Es wurden sogar neue Hoflieferanten ernannt, und jedermann fand es ganz in Ordnung.

Prinz Ludwig genoss weiter den Unterricht des Hauslehrers Doktor Steiger, eines befähigten Philologen und Historikers, auch als sein Bruder August in die Oberklasse des Gymnasiums eingetreten war. Steiger war ein ruhiger, überaus gepflegter Mann in den Dreißigern, mit sehr großen, sanften, braunen, etwas vorstehenden Augen und einer feinen Stimme; er hatte im ersten Kriegsjahr durch einen Granatsplitter die linke Hand verloren. Sein Monarchismus war tief und leidenschaftlich und von speziell camburgischer Prägung. Er hatte über die herzoglichen Linien des Hauses Sachsen mehrere Werke veröffentlicht, und wahrscheinlich gab es auf Erden niemand, der über deren kompliziert verschränkte Geschichte so nachtwandlerisch Bescheid wusste. Lang verschollene, verschwundene Zweige, Sachsen-Merseburg, Sachsen-Römhild, Sachsen-Teschen, Sachsen-Barby, führten in seinem Kopf, in seinem allein, ein farbiges, plastisches Leben. Dies alles waren Wettiner, die Welt hieß für Doktor Steiger Wettin. Und das war nicht abstrakte Genealogie und Heraldik. Sein Gegenstand entflammte ihn. Er träumte, er plante vielleicht. Warum ließ sich dieses fürstliche Haus nicht ebenso gut als Schnittpunkt europäischer Geschichte denken wie Habsburg und Zollern? Camburg war älter. Camburg war älter als alle. Vor fast tausend Jahren war Prinz Ludwigs Vorfahr Dietrich in der Sarazenenschlacht Kaiser Ottos des Zweiten in Kalabrien gefallen. Und das war keineswegs der früheste Ahnherr seines Schülers, von dem Doktor Steiger wusste.

Im 19. Jahrhundert hatte das nahe verwandte Coburg nacheinander seine Söhne auf die Throne von Belgien, England, Portugal und Bulgarien entsandt. Doktor Steiger sprach selten davon. Doch er dachte daran. Vielleicht war er eifersüchtig auf Coburg.

Denn das Haus, dem er diente, schien ihm zu solcher Rolle weit glänzender bestimmt. Die Camburger, obwohl Herren über eine vorwiegend protestantische Bevölkerung, waren vor zweihundert Jahren zur alten Kirche zurückgekehrt – aus Gründen irgendeiner Erbteilung. Ihr Katholizismus war ziemlich äußerlich geblieben, Herzog Philipp zum Beispiel war religiös ganz indifferent. Aber als eine der wenig zahlreichen katholischen Fürstenfamilien hatte man sich durch Heirat mit Habsburg verknüpft, mit Sizilien, mit Savoyen. Andererseits bestand, seit der Reformationszeit, Verwandtschaft mit Schweden und den holländischen Oraniern.

Mit Rührung blickte Steiger auf seinen jungen Prinzen, dies zarte Gefäß für jedes erlauchte europäische Blut. Der Umgang mit ihm wurde ihm niemals zur Selbstverständlichkeit. Unter der bräunlichen Haut seiner Schläfen sah er in seinen Adern das Blut klopfen, und es war das von Maria Theresia und von Wilhelm dem Schweigenden.

Häufig richtete er die gemeinsamen Spaziergänge nach dem unweit gelegenen Stammschloss. Es stand nur noch ein einziger Turm von der Camburg, ein uralt rohes Gemäuer, das man neuerdings leider wieder besteigbar gemacht hatte. Viel Butterbrotpapier lag dort oben immer herum. Aber Butterbrotpapier oder nicht – der alte Turm schien dem Doktor Steiger verehrungswürdiger als Buckingham Palace und als die Schlösser von Laeken und Lissabon.

Als Ludwig fünfzehn Jahre alt war, verlor er seine Mutter. Ihr schwaches Licht verflackerte schmerzenlos. Tage hindurch saß Ludwig und hielt eine nasse heiße Hand, die nicht breiter war als bei anderen Menschen drei Finger. Es roch im ganzen Trakt nach Weihrauch. Herzog Philipp kam in gemessenen Abständen ins Zimmer, küsste seine Frau auf die Stirn und frug nach ihren Wünschen. Und immer fand er seinen zweiten Sohn an ihrem Bett. Der Erbprinz erschien selten und immer nur auf einen Augenblick; die Atmosphäre von Krankheit und Hingang war seiner egoistisch groben Natur unerträglich. Am Tag vor dem Ende fand Ludwig den Bruder, wie er in einem Saal des Erdgeschosses mit einem Kammerherrn Billard spielte. Der Kavalier wurde rot, aber August blieb zielend über der Tischkante liegen, um einen schwierigen Ball zu machen. Ludwig wartete, bis der Ball gefehlt war und sein Bruder wieder auf den Beinen stand, dann blickte er an ihm hinauf und sagte mit Ekel in der Stimme: »August, du bist ein erstaunliches Schwein.« Worauf er seinen Weg fortsetzte.

Die Beisetzung vereinigte Fürstlichkeiten aus ganz Europa. Mehrere Thronfolger noch regierender Häuser waren erschienen, dazu eine ganze Anzahl von Prätendenten. Es kamen Braganza, Bourbon, Orléans, Este, die ganze untergegangene Geschichte des Erdteils, Hochadel dazu mit verwunderlichen Namen, Dentici-Frasso, Vallabriga y Chinchon. Herrschaften waren darunter, die jedesmal den Hut abnahmen, wenn sie die Worte »Feu mon grand-père« aussprachen, und solche, bei denen die Türklinken abgewischt wurden, wenn ein Protestant zu Besuch dagewesen war. Man sah Uniformen, die in keinem Lande der Erde mehr galten, Sterne und Großcordons, die im Jahre 1868 zum letzten Mal rechtmäßig verliehen worden waren. Der spukhafte Glanz in der Annenkirche war so seltsam, dass die Trauer vor ihm zunichte wurde. Nur Ludwig, der ein vom Weinen völlig verschwollenes Gesicht aufwies, brauchte keine Anstrengung, um zu wissen, dass dort in dem Katafalk der schmale Leib seiner Mutter verschlossen lag.

Er ließ sich nach der Zeremonie sogleich von Steiger in seine Wohnung zurückführen, zwei Zimmer im Ostflügel des Schlosses, deren Fenster auf den Park sahen. Es war Juni und wunderschönes Wetter.

Ludwig lehnte sich zum Fenster hinaus. Gerade vor ihm stand ein alter Ahorn. Ein niedlicher Specht mit rotem Scheitel hackte aus Leibeskräften auf die Rinde los und schickte nach je zwei Schnabelhieben seine spitzige Zunge hinein, um Insekten hervorzuholen.

»Macht er denn den Baum nicht kaputt?« fragte Ludwig.

»Nein«, sagte der hinter ihm stehende Steiger, »ein Specht hackt nie gesunde Stellen an. Der alte Ahorn ist morsch.«

»Aha«, wollte Ludwig sagen. Aber er brachte nur ein Krächzen heraus und warf sich laut aufweinend in einen Sessel, das Gesicht in den Händen, den ganzen Körper geschüttelt.

Sein Lehrer sah dem eine Weile sorgenvoll zu. Dann legte er ihm den unverstümmelten Arm um die zuckende Schulter: »Ludwig, Sie machen sich krank. Bewahren Sie Haltung. Es wird Ihnen helfen.«

»Ich will aber keine Haltung! Ich hasse Haltung. Nichts fühlen und ein feierliches Gesicht dazu schneiden kann jeder. Ich hätte die haltungsvollen Herrschaften anspucken können in ihren roten und grünen Affenjacken. Man hat meine Mama zu wenig geliebt, und daran ist sie gestorben.«

»Sie wissen doch selber ganz gut ...«

»Ja, ich weiß alles ganz gut. Krankheiten sind Vorwände, glauben Sie mir's, Doktor!«

»Vorwände«, sagte Steiger kopfschüttelnd.

»Wandschirme, die sich die ermattete Seele vorhält, wenn es ihr nicht mehr lohnt zu leben.«

»Kommen Sie«, sagte Steiger, »Sie sollen an anderes denken!«

Seine Stimme schwankte, er war selber den Tränen nahe. Ihm war anzusehen, dass er seinen Zögling leidenschaftlich liebte. Dieser Monarchist sah in dem zarten, schönen hochveranlagten Knaben etwas, was es auf Erden sonst kaum mehr gab: einen wirklichen Fürsten. Er hatte die Trauergäste, von denen Ludwig so respektlos sprach, selbst eingehend und sehr kritisch gemustert. Er fand sie, mit zwei oder drei Ausnahmen, grenzenlos ordinär. Er fand auch den Erbprinzen ordinär. Der Herzog selber war zwar nicht ordinär, aber resigniert und blutlos, kein Gegenstand der Liebe. Ludwig war dies und war mehr.

»Woran soll ich denken nach Ihrer Ansicht? Vielleicht ans Billard wie mein Bruder? Was macht der Mensch übrigens?«

»Seine Hoheit geleitet die Fürstlichkeiten zum Bahnhof. Dankenswert, dass Seine Hoheit das übernommen hat.«

»Bringen Sie mich nicht zur Verzweiflung mit Ihren Kurialien, Steiger. Seine Hoheit! Das ist wahrhaftig die Bezeichnung für den.« Aber der Ausbruch hatte ihn doch entlastet. »Woran soll ich denken«, fragte er ruhiger.

Steiger zog einen Stuhl heran, ließ sich nieder und nahm vertraulich die Hand seines Schülers. »Haben Sie bemerkt, dass der Sarg Ihrer entschlafenen Frau Mutter neben dem Sarkophag des Kaisers seinen Platz gefunden hat?«

»Nun und?« fragte Ludwig. Seine Stimme klang wund.

»Und«, wiederholte Steiger mit sanftem Vorwurf und sah seinem Zögling in die Augen.

Es war in der Tat ein deutscher Kaiser in der Krypta der Annenkirche beigesetzt, einer aus dem 14. Jahrhundert, der freilich nur kurz und umstritten regiert hatte.

Ludwig wurde plötzlich rot und stand auf.

»Wie kann ein Mann wie Sie solchen Träumen nachhängen«, sagte er in Verwirrung.

Steiger antwortete ernst: »Nicht weit von hier hat schon einmal ein einfacher Mensch, ein Landarzt, solche Träume gehegt. Er hat sie in Taten umgesetzt. Er hat die coburgischen Verwandten Eurer Hoheit auf drei Königsthrone geleitet.«

»Ich weiß, dass dieser Doktor Stockmar Ihre Gedanken beschäftigt. Aber das ist hundert Jahre her. Die Zeiten sind vorbei.«

»Und darf ich Sie fragen, warum, Prinz? Meinen Sie, diese deutsche Republik werde ewig stehen – eine Republik, die selber nicht wagt, sich bei Namen zu nennen, eine Republik ohne Mut, ohne Glanz, ohne wirklichen Drang zur Gerechtigkeit. Die Leute pfeifen ja in den Versammlungen, wenn man ihre Staatsform erwähnt. Und was kommt dann?«

»Kein Camburgischer Kaiser.«

»Warum nicht! Deutsche Kaiser haben Nassau geheißen, Luxemburg, Pfalz. Waren das bessere Namen? Warum nicht ein Kaiser aus einem Haus, neben dem diese kompromittierten Hohenzollern Parvenüs sind? Nennen Sie mich nicht gefühllos, Ludwig, wenn ich noch einmal an die Krypta erinnere. Fünfhundert Jahre lang hat jene Grabnische leergestanden. Es ist kein Zufall – es soll keiner sein, dass der neue Sarg nun neben dem Sarge des Kaisers steht.«

## 2.

Im Westflügel des Residenzschlosses, im zweiten Stockwerk, lagen die »Kammern Johanns des Gläubigen«, drei Räume in der Ausschmückung des siebzehnten Jahrhunderts. Sie umfassten das Münzkabinett des Herzogs. In langen Mahagonikästen waren hier auf dunkelgrünem Samt seine silbernen und goldenen Schätze zur Schau gelegt.

Die beiden ersten Säle waren völlig der Münzgeschichte Sachsens gewidmet. In wundervoll erhaltenen Exemplaren erglänzte hier Johann Friedrich neben Johann Georg, Adolf Wilhelm neben Franz Josias, Ernst an Ernst. Diese Sammlung war so gut wie lückenlos. Sie hatte vor Herzog Philipp nicht existiert, sie war völlig sein Werk, sein Stolz und eigentlich seine einzige Liebhaberei.

Er war sonst nicht leicht zu unterhalten. Wie alle seine Kollegen subventionierte er zwar ein Hoftheater und ein Hoforchester, aber er zeigte sich selten, nur aus Anlässen notwendiger Repräsentation, in der mit Purpurtuch behangenen rechten Proszeniumsloge. Baulust, die ihm als Erbteil wahrscheinlich im Blute lag, mochte durch die verfassungsmäßige Kontrolle seiner Finanzen zurückgedrängt worden sein. Die Jagd, herkömmliche Zerstreuung sich langweilender Fürsten, zu der in den ausgedehnten Wäldern seines Gebietes reiche Gelegenheit war, hatte ihn niemals gereizt; er war erstaunt, diese Leidenschaft in seinem älteren Sohne neu aufflammen zu sehen. Als Münzensammler hatte er Rang und genoss Ansehen unter den Fachleuten. Vermutlich hatte er zuerst einfach sein Vergnügen daran gehabt, seine Ahnherren und Verwandten in Edelmetall beieinander zu haben. Aber dieser Hang hatte sich langsam zu wirklicher Kennerschaft gewandelt. Er verbrachte mehr Zeit in den Kammern Johanns des Gläubigen als in seinem Arbeitszimmer.

Gerade als an der sächsischen Sammlung nicht viel mehr zu tun blieb, hatte ihn eine Italienfahrt in die Münzkabinette von Turin und Neapel geführt. Und hier, ganz zur rechten Zeit, hatte sich seiner ein neuer Ehrgeiz bemächtigt, vor dem die fast kompletten Herzöge und Kurfürsten alsbald zurücktraten. Dieser neuen Leidenschaft war das dritte, kleinste Zimmer gewidmet.

Eine Sammlung altgriechischer Münzen war hier vereinigt, nicht umfangreich, doch erlesen. Um jedes ihrer Stücke war auf den Auktionen von London und Paris gerungen, für manche waren Preise bezahlt worden, über die in der herzoglichen Finanzdirektion Kopfschütteln entstand. Wetzlar, der Frankfurter Antiquar, der diese Ankäufe vermittelte, war in der Finanzdirektion kein beliebter Mann. Aber ihm hatte es Herzog Philipp zu danken, wenn sein griechisches Münzkabinett neben den großen europäischen Sammlungen ernsthaft mitzählte.

Seine Leidenschaft war um so konzentrierter und heftiger, als sie einsam war. An seinem Hofe, in seiner Stadt, verstand niemand etwas von griechischer Numismatik. Der Althistoriker der Landesuniversität, ein unappetitlicher und verlegener Greis, sah in diesen Gold- und Silberstücken nichts als Hilfsmittel zur geschichtlichen Forschung und war ohne Auge für ihren Kunstwert und Reiz. Er wurde zweimal zu Hofe geladen und dann niemals wieder. Über seine Schätze sprechen konnte der Herzog eigentlich nur mit Jacques Wetzlar selbst, und der kam natürlich nicht ungerufen. Allzu häufig rufen aber konnte man ihn schicklicher Weise nicht. Erschien er, so verweilte der Herzog viele Stunden lang mit ihm in jenem dritten Zimmer, niemand durfte stören, und noch Tage nach einem solchen Besuch pflegte der Landesherr in gehobener Stimmung zu sein.

Kein geringes Ziel hatte sein Ehrgeiz sich gesteckt. Die leicht erlangbaren Münzen der Spätzeit, ausgegeben von den hellenistischen Königen und unter der Römerherrschaft, waren verschmäht. Die Sammlung hob an mit uralten, plumpen Stücken, sechs oder sieben Jahrhunderte vor unserer Zeitrechnung aus dem Golde der lydischen Flüsse geprägt: oval noch die ersten oder kugelig von Gestalt, die folgenden flach, aber unvollkommen gerundet, einseitig bebildert und ohne Aufschrift, zu unterscheiden nur am Emblem ihres Landes oder ihrer Stadt. Die Schildkröte von Ägina war da, der böotische Schild, die ephesische Biene, die Rose von Rhodos. Eine etwas spätere Zeit bevorzugte Silber: Geld von Amphipolis mit dem Apollon, Geld von Naxos mit dem efeubekränzten Dionysos, Geld von Athen mit dem Haupte der Pallas. Und die Sammlung schloss ab mit Münzen des großen Alexander, auf denen zum ersten Mal statt des Götterbilds das Porträt eines irdischen Herrschers erscheint.

Den Prinzen war das Betreten der Räume lange Zeit ausdrücklich untersagt, und zwar seit dem Tage, da Herzog Philipp versucht hatte, seinen Ältesten mit seinen Schätzen bekannt zu machen. August war damals sechzehn, für standesgemäßen Sport interessiert, dazu in etwas auffälliger Weise auf seine persönliche Eleganz bedacht, und er wusste ganz offenkundig nicht, was er aus den buckeligen Metallstückchen machen sollte, die da so anspruchsvoll in grünen Samt gebettet lagen. Es hatte Jahre gedauert, bis der Sammler an seinem Zweitgeborenen den Versuch wiederholte. An ihm erlebte er mehr Freude. Der fragte wenigstens. »Hat man auch vor den Griechen schon Münzen geprägt, Papa, oder haben die sie erfunden«, fragte er, nachdem er eine Weile unter den beobachtenden Augen des Herzogs stumm von Kasten zu Kasten gerückt war.

»Das ist eine ganz gute Frage«, antwortete Herzog Philipp, und es war beinahe ergreifend zu sehen, wie seine matten grauen Augen aufglänzten. »Eine ganz gute, verständige Frage. Nein, das ist eben der Grund, weshalb wir diese frühen Kugeln und Barren mit Verehrung betrachten müssen. Im Kopf eines Griechen vor nun fast dreitausend Jahren ist dieser Gedanke entstanden. Es muss ein Mann gewesen sein, Ludwig, so originell und bedeutend wie der, der – ja – die Schere erfunden hat oder das Wagenrad. Eines von den wahren Genies, deren Name auf immer verborgen bleibt. Stell es dir nur recht lebendig vor: Gold und Silber waren selten in der Welt und waren gesucht, und man zahlte damit. Aber wie mühsam! Kauft einer sich Waffen oder Gewebe oder Öl, immer musste er das Metall abwägen mit der Waage und ausproben mit dem Probierstift. Noch war keinem der Gedanke gekommen, keinem unter Millionen, dass man dem Barren ja einen Stempel aufdrücken könne, um Bürgschaft zu leisten für Gewicht und Gehalt. Bis eines Tages der Geniale kam und das einfache Wort aussprach. Vielleicht drehte er sich dann auf den Hacken um und ging davon und hatte es schon vergessen – aber die Kaufleute oder Regierungsmänner blickten ihm nach mit offenen Mündern, und so sollten auch wir ihm noch nachblicken, dem Unbekannten, in die Dämmerung der Vorzeit, darin er verschwunden ist.«

Am darauffolgenden Tag wurde Wetzlar aus Frankfurt erwartet. Er wurde zur Tafel gezogen. »Gestern habe ich meinen Jüngsten in unsere Anfangsgründe eingeweiht«, sagte der Herzog aufgeräumt zu seinem Kommissionär, »es scheint, dass er begriffen hat oder doch einmal begreifen wird.« Und er schenkte, mit einer Geste, als verliehe er einen Orden, Ludwig ein halbes Glas Rotwein ein. Dann streifte er mit einem ziemlich verächtlichen Blick den Erbprinzen und schloss ein Auge dabei. Der Erbprinz wurde zornrot, er sah sich bloßgestellt vor dem Händler und verschloss dies Erlebnis in seinem primitiven Herzen.

Er hätte sich sagen mögen, dass er keineswegs bloßgestellt sei. Wetzlar konnte den abschätzigen Blick nicht bemerkt haben. Denn seine dunklen Augen, die hinter kompliziert geschliffenen, dicken Gläsern unheimlich vergrößert erschienen, sahen beinahe nichts. Dieser berühmte Experte des numismatischen Weltmarkts, ohne den das Britische Museum und die Bibliothèque Nationale wichtige Münzkäufe ungern abschlossen, nahm nur Umrisse wahr. Dafür hatte sich das Gefühl seiner Finger, und zwar besonders seiner beiden kleinen Finger, bis zum Unfassbaren entwickelt. Sacht und liebkosend tupfte er mit der Spitze über die geprägte Fläche und sprach ein Verdikt, gegen das es keine Berufung gab. Im vertrauten Kreise ließ er sich zu Experimenten herbei. Er schloss die Augen, man legte ihm Münzsorten vor, und nach kurzem Tasten und Streicheln hieß es: Zwölf Kreuzer Christian von Lüneburg, Denar Karls des Großen, China Thsin-Dynastie.

Jacques Wetzlar war ein kleiner, feingliedriger Herr mit seidig gepflegtem Schnurrbart und Kinnbart, weit vor seinen Jahren ergraut. Er sprach Frankfurter Dialekt mit unverhohlen jüdischem Tonfall, und den behielt er auch in den fünf oder sechs fremden Sprachen bei, die er beherrschte. Sein Vermögen galt für bedeutend. Er lebte in einer weitläufigen Villa an der Miquelallee in Frankfurt, als Witwer, ganz allein mit seinem Töchterchen. Seine Geschäftsräume am Rossmarkt galten als eine der Sehenswürdigkeiten der Stadt.

Er pflegte, vermutlich aus Scheu vor den Stufen der Eisenbahnwaggons, seine zahlreichen Berufsreisen im Auto zurückzulegen. Alle paar Monate sah Ludwig den großen grauen Tourenwagen im inneren Schlosshof halten. Immer hatte der Chauffeur, ein treuaussehender Mensch von Gardemaßen, nachdem er seinen Herrn die Treppen hinaufgeleitet, an dem Auto etwas zu scheuern und blankzureiben.

Mit den Jahren wandelte sich Wetzlars Schwachsichtigkeit in fast völliges Blindsein. Die Netzhautablösung war weit vorgeschritten. Und als Ludwig zum ersten Mal von der Universität nach Hause kam, hatte Wetzlar nicht mehr allein reisen können. Er hatte sein Töchterchen mitgebracht, ein Kind von vierzehn Jahren, das ihn führte und ihm bei Tisch die Geräte zurechtlegte.

Ludwig kam aus besonderem Anlass mitten im Semester von der Hochschule herüber. Heute vor 25 Jahren war Herzog Philipp zur Regierung gelangt.

Der Tag wurde still begangen. Mochte seiner nun in der Bevölkerung gedacht werden oder nicht – zu Festlichkeiten bestand wenig Anlass, da ja das Haus Camburg seit zwölf Jahren nicht mehr »regierte«. Dem Magistrat der Residenzstadt, der unter der Hand angefragt hatte, ob eine offizielle Begrüßung willkommen sei, war durch das Hofmarschallamt abgewinkt worden. Die ›Camburgische Landeszeitung‹ hatte einen wehmütig-innigen Aufsatz gebracht, in ihrem nichtpolitischen Teil. Fünfzig oder sechzig Depeschen waren eingetroffen, hingegen auf Wunsch kein Verwandtenbesuch. Die beiden Prinzen hatten am frühen Morgen schon gratuliert, Ludwig mit ein paar gelispelten Worten und einem Kuss auf die väterliche Hand, der Erbprinz mit Kommandostimme und Hackenzusammenschlagen, genau in der Art, die seinen Vater unfehlbar nervös machte.

Die Entfremdung zwischen den beiden war neuerdings schlimm gewachsen, besonders seitdem Prinz August sich der populär nationalistischen Richtung verschworen hatte, deren Gelärm und Gehetze dem leidenden Deutschland in den Ohren zu gellen begannen. Bei einem Neujahrsdiner vor nunmehr fast zwei Jahren hatte er den versammelten kleinen Hof damit überrascht, dass er seinen Toast auf den Vater mit einem kehlig hervorgestoßenen »Deutschland erwache!« beschloss, worauf ihm der Herzog überhaupt nicht dankte und ihm unmittelbar nachher unter vier Augen nahelegte, derartiges Pöbel-Rülpsen, wie er sich ausdrückte, gefälligst für seinen engeren Freundeskreis zu reservieren.

Jacques Wetzlar hatte vor einigen Tagen telegraphisch angefragt, ob sein Besuch genehm sei, in einer Form, aus der nicht hervorging, dass er die Bedeutung des Tages kannte. Antiquarische Geschäfte aber waren diesmal nicht abzuwickeln.

Die Mittagsmahlzeit im kleinsten Kreis war vorüber. Der Erbprinz stand auf. »Du könntest wenigstens noch den Kaffee mit uns nehmen«, sagte sein Vater erstaunt und wies nach dem anstoßenden Raum.

Prinz August erwiderte laut und schneidend: »Ich komme wieder, Papa, sobald hier die übliche gute Luft herrscht.« Er verbeugte sich eckig und ging.

Ludwig war um die Nase herum ganz weiß geworden, er verspürte eine plötzliche Übelkeit. Ohne den Kopf zu bewegen, blickte er zwischen den Anwesenden hin und her. Sowohl der Herzog als der Hofmarschall als auch der diensttuende Adjutant hatten völlig sachliche, ausdruckslose, verbindliche Gesichter. Gesichter, die das Gehörte leugneten, es einfach ausstrichen, man konnte zweifeln, ob etwas dergleichen wirklich ausgesprochen worden war. Anders der Antiquar selbst. Auf den Arm seines stillen Töchterchens gelehnt, stand er schon aufrecht. Er lächelte entschuldigend. »Junge Leite!« sagte er mit besonders starkem Akzent und erweckte damit in Ludwig eine seltsam komplizierte Empfindung. War dies Würdelosigkeit, Demut, Hohn oder war es Weisheit – er wusste es nicht zu entscheiden. Aber noch dreißig Jahre später, als Jacques Wetzlar und der Herzog lange schon tot waren und er selbst graue Schläfen hatte, vermochte sich Ludwig den Tonfall dieser zwei Worte ohne Mühe zurückzurufen.

Im angrenzenden Salon, der mit breiten englischen Sesseln ausgestattet war, bestand die eine Wand fast völlig aus Glas. Man blickte über den Park in eine weiche, weite Flusslandschaft, die in der Septembersonne leuchtete. Die beiden Kavaliere hatten sich zurückgezogen. Man trug den Kaffee auf. Das junge Mädchen hatte sich den einzigen unbequemen Sitz ausgesucht, einen hochlehnigen Holzstuhl dicht neben dem flammenlosen Kamin, möglichst weit entfernt von der Fensterwand.

»Nun komm ich also mit meinem kleinen Geschenk, Hoheit«, sagte Wetzlar, als der Diener gegangen war, und holte aus der Innenseite seines Rockes eine kleine, schmiegsame Brieftasche hervor. Er schlug sie auf, entnahm ihr ein mehrfach zusammengelegtes sämisches Leder und faltete es mit einer gewissen Umständlichkeit auseinander. Dann stand er unsicher auf und überreichte seine Gabe mit einer kleinen Verbeugung dem Herzog.

Der unterdrückte einen Aufschrei. »Das schenken Sie mir, Wetzlar?« sagte er mit wankender Stimme. »Wissen Sie aber, das ist in der Tat –« Er suchte nach Worten und fand sie schwer. »Das ist generös, Wetzlar, ungewöhnlich reizend, ein ganz großes Vergnügen.«

Und im Bedürfnis sich mitzuteilen, seine Freude anzuvertrauen, wandte er sich an Ludwig, der interessiert herzugetreten war. »Du wirst das nicht ganz verstehen können, Louis« – er nannte ihn neuerdings Louis – »es ist ein Stück, das mir schmerzlich gefehlt hat. Ich möchte sagen, ich hatte Sehnsucht danach. Die großen Institute besaßen es natürlich, aber zu erwerben war es nicht mehr. Einmal tauchte eins auf, aber die Echtheit war zweifelhaft, Wetzlar riet ab. Nach ein paar Jahren wieder eins, in unanfechtbaren Händen diesmal – unerschwinglich. Das British Museum kaufte es an. Und nun kommt dieser Wetzlar dahergefahren in seinem Automobil und wickelt es aus seinem Tuch und behauptet, er schenke mir's … Außerordentlich generös, Wetzlar«, wiederholte er und nickte mehrmals dazu mit dem Kopf, »sehr dankenswert und besonders charmant.«

»Darf ich fragen, was es ist, Papa«, sagte Ludwig.

»Die Dekadrachme von Syrakus doch natürlich«, sagte der Herzog, »und was für ein Exemplar!« Er betrachtete die Münze ergriffen, wandte sie um und nochmals um, und der gemessene Herr sah aus, als werde er das alte Geldstück im nächsten Moment an die Lippen führen.

Auch Ludwig sah, dass es schön war. Die Rückseite zeigte in wundervoll klarer Ausgestaltung ein stürmendes Viergespann, die Hauptseite aber das lieblich strenge Haupt einer jugendlichen Göttin. Die vier ersten Lettern des Wortes Syrakus waren deutlich zu lesen, und am Rande wiegten sich Fischlein.

»Eine Nymphe, Papa, nach den Fischen zu schließen.«

»Arethusa, wer sonst«, sagte Herzog Philipp. »Die Quellnymphe. Hast du denn das nicht gelernt? Die in Syrakus als Göttin verehrt wurde. Sieh die Stirn, sieh den Mund, das ernste, liebliche Lächeln. Drei Jahrtausende alt, die Quelle vertrocknet. Syrakus ein Haufen Geröll – aber dies hier in so wunderbar anfänglicher Frische. Lieber Wetzlar, ich danke Ihnen«, sagte er noch einmal, »kommen Sie, wir gehen hinüber, sie bekommt gleich ihren Platz. Sie selber sollen sie dort hinlegen, wohin sie gehört.«

Und er führte seinen blinden Gastfreund vorsichtig hinaus, hinüber zu der dritten Kammer Johanns des Gläubigen.

Ludwig blieb mit dem jungen Mädchen allein. Aus ihrer Ecke kam kein Laut. Er trat näher. Da sah er, dass aus den übergroßen Augen über das Kindergesicht Tränen herabliefen. Ihre Wangen waren ganz nass. Sie hatte wohl die ganze Zeit über geweint. Der Kummer über den Schimpf, der ihrem Vater, ihr, ihrem Volk, vorhin bei Tafel angetan worden war, stürzte in lautloser, salziger Flut aus ihren dreitausendjährigen Augen.

## 3.

Ludwig von Camburg war kein sehr normaler Student. Mit den zweitausend Zwanzigjährigen, die sonst die Gassen und Hallen der Universitätsstadt bevölkerten, hatte er wenig gemeinsam.

Es war Tradition, dass die Söhne seines Hauses diese nahegelegene Hochschule bezogen; er hatte der Überlieferung um so lieber gehorcht, als die Luft des väterlichen Palais auf ihm zu lasten begann.

Bei Herzog Philipp war die Beschäftigung mit seinen Münzen allmählich zur beherrschenden Schrulle geworden, eine gemarterte Langeweile drückte sich in seinen Zügen aus, sobald auf etwas anderes die Rede kam. Nun war freilich Ludwigs Interesse echt und nahm zu. Hier war ihm zuerst offenbart worden, was eigentlich Kunst sei. Dennoch konnte ihm niemand zumuten, in stundenlangen Konversationen über Prägestempel und Feingehalt, über Prägerechte und Fälschung, den ausschließlichen Inhalt für seine jungen Jahre zu erblicken. Er atmete auf, als er in der Universität anlangte.

Mit seinem Diener Hermann bezog er die kleine Etagenwohnung, die man in der Villengegend für ihn ausfindig gemacht hatte. Darauf begann er gemächlich sich umzusehen. Aber wonach? Welches Studium empfahl sich für einen deutschen Fürstensohn in dieser Zeit? Ludwig war weit davon entfernt, seine Stellung in der Welt für etwas Besonderes zu halten. Prinzen wie er liefen zu Dutzenden, liefen schockweise in Deutschland herum, und wenige, das wusste er, hatten etwas aufzuweisen, was einem Lebenszweck ähnlich sah. In früherer Zeit, als die zwanzig Dynastien noch in Funktion waren, hatten sich Volkswirtschaft und Verwaltungsrecht als Studium von selber empfohlen; es war immer gut, davon etwas zu verstehen, wenn man vielleicht eines Tages doch auf den angestammten Löwen- oder Adlersessel gelangte. Überhaupt war damals der Weg vorgezeichnet. Man trat in ein Corps ein, in »das« Corps, jenes vornehmste, das die Söhne des heimischen Adels mit einigen auserlesenen Bürgerlichen vereinigte, und lernte hier, von der studentischen Disziplin bis auf wenige Äußerlichkeiten entbunden, seine zukünftigen Staatsminister und oberen Verwaltungsbeamten kennen.

Mit alledem war es vorbei. Die Ehrfurcht, die noch fünfzehn Jahre zuvor die souveränen Familien getragen hatte, war eine Erinnerung, gerade noch wirksam genug, um deren Söhne mit einer Isolierschicht zu umgeben. Mit einigen Studierenden von Adel, einem Larisch, einem Gerstenberg, einem Herrn von Zednitz besonders, stellte sich Umgang her, aber auch der war nicht ohne Gezwungenheit. Selbst diese jungen Leute wussten noch eher, wohin sie sozial und beruflich gehörten.

Prinz Ludwig, solcherart alleingelassen, hatte für juristische Vorlesungen inskribiert, auch für naturwissenschaftliche und philosophische, und war überall ziemlich rasch erlahmt, da weder ein fassbarer Zweck noch eine entschiedene Neigung ihn leiteten. Vielleicht wäre das anders gewesen, wenn starke Figuren unter den Lehrern ihn angezogen hätten. Diese Hochschule besaß eine stolze Tradition. Von ihren Kathedern hatten Fichte, Schlegel, Schelling, hatte sogar Schiller zur Jugend gesprochen. Diese Vergangenheit war toter Schall. Ludwig hatte eigentlich bei jedem der Professoren die missmutige Empfindung, dass ein beliebiges Lehrbuch den mündlichen Vortrag völlig zu ersetzen imstande sei. Er fühlte sich überhaupt nicht wohl. Bei aller Bescheidenheit des Camburger Hofes war er eben doch ein verwöhnter junger Mann, und die gedrängte Nähe der nicht immer soignierten Kommilitonen bereitete ihm Unbehagen. Er registrierte das mit Ärger über sich selbst.

Da geriet er, schon gegen Ende seines zweiten Semesters, in eine kunsthistorische Vorlesung des Geheimrats Johannes Rotteck. Es geschah beinahe mit dem Gefühl, etwas Verbotenes zu tun. »Kunstgeschichte ist gar nichts«, hatte daheim sein Lehrer Steiger gelegentlich zu ihm gesagt, »Kunstgeschichte ist etwas für unnütze Söhne aus alten Firmen.« – »Ganz mein Fall«, hatte er lachend geantwortet. Aber das Wort war haften geblieben.

Es war sogleich fortgewischt, wie er jetzt den Mann da oben auf seinem Katheder sah, einer kleinen Estrade eigentlich, auf der er sich im Reden bewegte. Etwas weniger Professorales an Erscheinung ließ sich nicht wohl erdenken. Mit seinem kantigen, länglichen Gesicht, darin steingraue Augen unter borstigen Brauen ihre kräftige Sprache führten, mit dem schmalen, hart wirkenden Körper, den langen federnden Beinen, mit seiner ganzen unbekümmerten, etwas schlampigen Eleganz, erinnerte dieser Fünfzigjährige weit eher an einen Reitergeneral als an einen Dozenten. Mit einem langen Stock zeigte er illustrierend auf der Projektionsfläche hinter seiner Estrade umher.

Was da augenblicklich zu sehen war, stellte einen Teil des Isenheimer Altars dar. Der Geheimrat sprach eigentlich nur halb zu den Hörern, halb sprach er zu der Christusfigur hinauf, die er erläuterte. Seine

Aussprache, ohne ein Dialekt zu sein, war süddeutsch, alemannisch gefärbt. Im Saal war es still. Man befand sich im Auditorium Maximum, denn Rotteck war eine Berühmtheit, zwischen den Studenten saßen zahlreiche Damen aus der Stadt, die sich übrigens durch Krassheiten in seinem Vortrag nicht selten schockiert fanden. Wahrscheinlich kamen sie eben deshalb um so lieber.

»Sehen Sie sich mal diesen Christus an, meine Herrschaften«, ließ sich der reitergeneralähnliche Geheimrat vernehmen und schlug mehrmals auf seine Leinwand, so dass sie Falten warf. »Von den aristokratischen Jesustypen der frühen, der feudalen Gotik ist da nicht mehr viel übrig. Der Heiland hier ist vor allem ein Mann, ein gewaltiges Stück männliches Leben. Das ist einer, der Lasten geschleppt hat, einer aus dem Volk, auf dessen Nacken der ganze schwere Oberbau der Gesellschaft wuchtet. Das Lastentragen, das ›für uns Schleppen‹ – es hat hier nichts Abstraktes, nichts Überspirituelles mehr. Ein zu Boden gepresster Arbeitsmann, der für uns Sünder gefront hat – so hat ihn dieser Meister gefühlt und gemalt, ob er es nun in Worten gedacht haben mag oder nicht. Denn was bei uns armen Gehirnleuten ein Begriff, ein schleichender Syllogismus ist, das ist bei solch einem Meister ein schaffender Pinselschlag. Martin Luther, sein Zeitgenosse, das wissen Sie, hat es sehr mit der Angst bekommen, als plötzlich das Volk vor ihm aufstand und ihn, den Verkünder der Freiheit, als Eideshelfer für sein Recht forderte. Da war der wortgewaltige Gottesmann plötzlich viel zu fein für die Bauern. ›Dem Esel gehört sein Futter, Last und Geißel‹, hieß es da, und gemeint war der Bauer. ›Hohe Zeit ist's, dass sie erwürgt werden wie tolle Hunde‹, hieß es da, und gemeint waren die Bauern. Denn die Freiheit eines Christenmenschen, nicht wahr, das ist eben eine Idee, eine Theorie, an der hat man sich's genug sein zu lassen, und mit Leibeigenschaft, Kornzehntem und Jagdverwüstung hat das gar nichts zu tun. Wenn Sie einen freien Deutschen sehen wollen – rarissimam avem, für die unter Ihnen, die Lateinisch können –, so sehen Sie ihn hier vor sich in dem Meister, der das gemalt hat.«

Er klopfte mit seinem Stock zweimal aufs Pult, und ein anderer Teil des Altars erschien auf der Leinwand.

»Alles ist hier wahrhaft revolutionär – so wie auch Michelangelo revolutionär war: der ganze künstlerische Ausdruck in seiner schonungslosen Heftigkeit, dies sich nicht Genug-tun-Können, die männliche Feindschaft gegen alles Beschönigende, Glatte, Freundliche. Sie brauchen sich nur einmal vorzustellen, was Goethe gesagt hätte vor dieser so unbedingt hervorschießenden Leidenschaft, jener befriedete Goethe meine ich, dem bekanntlich ›ein Unrecht lieber war als eine Unordnung‹ – ein Glück, dass er nichts gewusst hat von ihm! Aber es hätte ihn schwerlich geniert. Er hätte sich abgewendet so wie Luther, nicht mit unflätiger Schimpfrede natürlich, sondern mit einer seiner listig vereinfachten Formeln, einem der Heil- und Trostsprüche, mit denen er wie mit einer schweren Steinplatte den eigenen innern Abgrund verschloss.«

So allerdings hatte sich Prinz Ludwig Kunstgeschichte nicht vorgestellt. Sie konnte also doch etwas anderes sein als ein »Zeitvertreib für jüngere Söhne«. Nicht Vorwand, Fleißaufgabe und preziöse Spielerei, sondern wahrhafte Geisteswissenschaft, Beitrag zur Ausgestaltung des Daseins.

Er hatte sich Rottecks Hauptwerk verschafft, seine ›Geschichte des Porträts in Europa‹, von der bis jetzt vier Bände erschienen waren und auf die sich sein Ruf gründete. Ein ungeheures Tatsachenwissen war hier mit römischer Klarheit geordnet. Die Meister lebten, und die sie dargestellt hatten, lebten auch. Ein leerer Name stand nirgends. Nirgends war deklamiert, nirgends fand sich ein bequemer Gemeinplatz, nirgends wurde, nach der Art so vieler neudeutscher Gelehrten, feierlich die Wolke umarmt. Alles war Substanz, Wirklichkeit, Fleisch und Leben. Ein illusionsloser Menschenbetrachter redete hier. Ihm war Kunst nicht eine losgelöste, zu Häupten schwebende Erscheinung, zu der man emporgedrehten Auges aufschaut. Sie war Daseinsextrakt, Aufschrei, Trost und Nahrung. Jedes seiner Kapitel malte solid eine neue Phase der europäischen Gesellschaft. Man wusste, wie in jedem Jahrhundert in Paris, Siena oder Ulm die Menschen sich fortgebracht, wie sie geliebt, wie sie einander geehrt oder verfolgt hatten. Alles erschien so simpel, so selbstverständlich, man glaubte, schloss man das Buch, es nacherzählen zu können.

Auch als der Geheimrat Ludwig zum ersten Mal empfing, hatte er sich bei Allgemeinheiten nicht aufgehalten. »Was wollen Sie eigentlich auf der Universität, Prinz«, hieß es nach den ersten drei Minuten. »Wollen Sie sich die Zeit vertreiben oder wollen Sie etwas vor sich bringen? Wenn Sie das zweite wollen, bin ich gern für Sie da. Wenn Sie sich mit dem ersten begnügen, so rate ich eher zu Hockey oder zu Lachsfang in Schottland.«

Das Ergebnis war, dass sich Ludwig schon sehr bald mit einer Aufgabe betraut sah. Er nahm sie ernst, sie erfüllte ihn ganz, sie machte ihn glücklich.

Er schrieb an Steiger, der jetzt drüben an der obersten Klasse des Gymnasiums amtierte: »Sie werden vermutlich schelten, liebster Doktor, aber Ihr Camburgischer Kaiser ist tatsächlich das geworden, wozu Sie ihn am wenigsten machen wollten, ein Kunsthistoriker. Es wird wohl auf die Griechenmünzen der dritten Kammer zurückgehen. Aber ohne den Antrieb durch Rotteck wäre es doch nicht dahingekommen. Ich habe von ihm einen umrissenen Auftrag, der mich ein paar Jahre beschäftigen und auch wohl einmal meine Doktorarbeit darstellen wird: es ist ein genauer Katalog der Porträts von Francisco de Goya. Ein solcher Katalog fehlt – eine Schande! Denn dieser Goya, Sie wissen's natürlich, ist nicht ein bloßer Talentmann unter den anderen, sondern ein Geist ersten Ranges und vermutlich das oberste malerische Genie unserer neuen Zeiten. Nächsten Monat reise ich nach Spanien, um dort ›Entdeckungen‹ zu machen. Natürlich nicht im Prado, sondern in verborgenen Löchern von Aragon und Estremadura. Denn dieses verteufelte Genie hat unendlich viel gemalt, manchmal hat er zu einem Bildnis bloß zwei Stunden gebraucht, und da er erst seit fünfzig Jahren wieder richtig entdeckt ist, kennt man noch längst nicht alles. Mit zahllosen der so porträtierten Herrschaften bin ich um ein paar scharfe Ecken herum verwandt. Das wird die Nachforschungen, denke ich, erleichtern.«

Aber als er, mit ziemlicher Ausbeute, von dieser ersten Kunstfahrt zu Rotteck zurückkehrte und seine Aufzeichnungen vorwies, stieß er auf sarkastische Kritik. »Das ist ja wirklich äußerst plastisch, lieber Prinz«, hieß es da, »hören Sie es sich selber an: Marquesa de Lazan, Höhe 1 Meter 43. Breite 1 Meter 16. Bravo, bis hierher ist's richtig. Aber jetzt die Beschreibung: ›Eine hübsche junge Frau mit sympathischem Ausdruck. Stützt sich auf eine Sessellehne. Empirekostüm, weißes Kleid, unten am Rock Goldpailletten.‹ Das habe ich gern, mein Lieber! Empirekostüm. Soll sie angezogen sein wie Maria Stuart? Hübsche junge Frau. Werd ich sie danach erkennen, wenn ich ihr drunten im ›Schwarzen Bären‹ gegenübersitze? Das müssen Sie erreichen, denn vorher haben Sie selber auch nichts gesehen.«

Noch nach der zweiten Reise im Jahre darauf hieß es gelegentlich: »Ich weiß nicht, was Sie haben, Prinz Ludwig. Ihrer Charakteristik der

Königsfamilie von Spanien fehlt es verdächtig an Cayennepfeffer. Sie haben sich jetzt schon ein statistisches Verdienst erworben, gewiss. Statt dreizehn Porträts Karls des Vierten kennen Sie fünfzehn, und statt achtzehn von Maria Luisa zählen Sie zwanzig auf. Ausgezeichnet! Sie kommen bereits in Kleindruck in meinen siebenten Band und in die ›Encyclopedia Britannica‹. Aber Sie wollen, wie ich mir einbilde, doch kein Registrator sein, sondern, verzeihen Sie das harte Wort, eine Art Schriftsteller. Los also, schreiben Sie! Dass Ihr Goya Hofmaler bei der scheußlichsten Familie der neuen Geschichte gewesen ist, das geht aus Ihren Notizen nur sehr unvollkommen hervor. Wenn diese Herrschaften auch vielleicht Ihre Uronkel oder Großstieftanten gewesen sind, das darf Sie wenig genieren. Charakterisieren Sie doch diesen gräulichen dicken Bourbon mit den Elefantenbeinen und den Karpfenaugen als das, was er gewesen ist: als einen hirschemetzelnden Dreiviertelskretin. Und Ihre Ururschwägerin Maria Luisa mit der geilen Harpyenvisage, den halbnackten Rumpf mit Glitzerzeug übersät wie eine Hure von der Puerta del Sol – vielleicht machen Sie's ein bisschen deutlicher, wie erbarmungslos der Herr Hofmaler sie angeschaut hat, und wie er gewusst hat, er oder doch sein Pinsel, dass die Person ihr Land und Volk in den Abgrund kutschieren würde. Sie haben so eine Neigung zu ehrerbietiger Verschwommenheit und stiller Demut. In solcher Haltung haben sich die Herren Deutschen allzeit dem Thron genähert. Aber Sie, mein hochgebietender Prinz und Herr, geboren auf seinen Stufen –«

## 4.

Er ging um die fünfte Nachmittagsstunde den »Landgrafenberg« hinauf, machte auf halber Höhe halt und läutete am Gartentor der Rotteckschen Villa. Frau Susanna Rotteck kam vom Hause her den geraden Pfad herunter, zu dessen beiden Seiten ein Gewoge von Georginen und Astern regellos durcheinanderblühte im getrübten Feuer der Herbstpalette. Sie winkte von weitem schon.

»Rotteck hat angeordnet, wir sollen den Tee allein trinken«, sagte sie, als Ludwig eingetreten war. »Schneiden Sie nur nicht so ein unhöflich enttäuschtes Gesicht! Ich weiß schon, dass Sie mich nicht leiden können.« Und sie verschloss ihm den Mund mit der Innenfläche ihrer langen und kräftigen Hand, um keine Verwahrung zu hören.

»Was für ein Herbst!« sagte Ludwig, während sie auf dem mit großen Platten belegten Weg sacht aufwärts schritten. Sie gab keine Antwort. Aus ihren spähenden, klugen, hellgrauen Augen blickte sie schräg zu ihm nieder. Sie war etwas größer als er, herrlich gewachsen, Schultern und Hals von ebenmäßiger Kraft, bei schon etwas zu voller Büste, eine beunruhigende, schöne Person. Was sie mit Lustigkeit übertrieb, war nicht so unrichtig: Ludwig wehrte sich gegen seine Sympathie. Es verursachte ihm eine leichte Pein, die Frau seines Meisters so anziehend zu finden.

Susanna mochte fünfzehn Jahre jünger sein als Rotteck, vielleicht mehr. Sie war flämischer Abkunft, der Professor hatte sie geheiratet, als er in den Museen von Antwerpen und Brüssel an der Arbeit war. Übrigens hatte sich niemals Gerede oder Klatsch an sie geheftet, was in dieser engen und strengen Dozentenwelt etwas sagen wollte.

Ein rotbäckiges Mädchen brachte den Tee in den Pavillon. Es war so warm, dass man ohne Mantel im Freien sitzen konnte. Durch die offenen Holzbögen ging der Blick über die verwinkelte kleine Stadt und über das Saaletal.

Es standen drei Tassen da. »Er kommt also doch?« fragte Ludwig.

»Fürchten Sie nicht für Ihr Heil, er kommt! Und er wäre schon da, aber er ist im Begriff, einen Aufsatz fertigzuschreiben, den er Ihnen zeigen möchte. Das wird was für meinen Prinzen, hat er ausdrücklich erklärt. Früher hieß es: Sanna, das wird was für dich. Ich mache Sie darauf aufmerksam, Prinz, dass Sie im Begriff sind, unsere Ehe zu zerstören.«

»Was für einen Aufsatz denn?«

»Replik auf diesen hier«, antwortete Susanna und schob ihm eine Nummer der ›Kunsthistorischen Monatshefte‹ hin. »Sie sollen das durchlesen, ehe er kommt. Sie dürfen es gegen die Teekanne lehnen und dabei trinken und sich die Zunge verbrennen.«

Der aufgeschlagene Artikel war überschrieben ›Ritter, Tod und Teufel‹, und als sein Verfasser bekannte sich ein gewisser Werner Hoffedanz, ein Homo novus offenbar, denn Ludwig war ihm in diesen Bezirken noch niemals begegnet.

»Was soll das sein«, fragte er. »Über den Dürerschen Stich gibt's doch nichts Neues zu sagen.«

Sie gab keine Antwort. Sie hatte die Ellbogen auf den Tisch gestützt und das starke und schöne Haupt auf die Hände. Ihr lebensvoller

Mund stand ein wenig offen, was ihr leicht geschah, und ließ die ungewöhnlich breiten und ebenmäßigen Zähne sehen. Von ihrem hellrotblonden Haar hatte sich eine ganz schmale Strähne gelöst, hing ihr in die Stirn und wurde vom Wind hin und her bewegt. So saß sie und beobachtete den jungen Mann, wie er las, hie und da zerstreut einen Schluck Tee nahm, auch wohl die Tasse, wenn er bei seiner Lektüre auf eine besonders erstaunliche Stelle stieß, eine Weile selbstvergessen in der Luft balancierte.

Es handelte sich in der Tat um Albrecht Dürers bekanntes Blatt, den Geharnischten, der unbekümmert um die grässlich drohenden Figuren von Teufel und Tod unbeirrbaren Blicks seines ernsten Weges reitet. Und allerdings bot dieser Aufsatz Ungewohntes. Einen Sonderfall bildete allein schon die Tatsache, dass eine anerkannte Zeitschrift wie die ›Monatshefte‹ einen Neuling von der Art des Herrn Hoffedanz ihre Spalten geöffnet hatte. Im ungelenk stolpernden Deutsch eines Viertelgebildeten gab er dem berühmten Kupferstich eine präzise und aktuelle Deutung.

Der mutige Ritter, hieß es da mit stammtischhafter Direktheit, sei natürlich das ernste, würdige, heilig unbeirrbare deutsche Volk. In der öden Larve des Todes habe der Nürnberger Meister, der »deutschblütigste« unter allen, nichts anderes dargestellt als den drohenden Kommunismus, der wenig nachher in der Bauernrevolution grausig sein Haupt erhoben, in der scheußlichen Fratze des Teufels aber, mit dem Sichelhorn auf dem difformen Schweinsschädel, selbstverständlich den Juden. Vom Juden war immerfort die Rede in dem Artikel, und zwar vorzugsweise in der apostrophierten Einzahl, der Jud', was Ludwig als besonders würdelos und ekelerregend auf die Nerven fiel. Dann aber wurden die seherischen Qualitäten Albrecht Dürers gerühmt, über Jahrhunderte hin habe der deutschblütige Meister das Geschick seiner Nation vorweggenommen, und es fehlte nicht viel oder eigentlich gar nichts, so wurde der stille Ritter zu einem prophetischen Porträt Adolf Hitlers erklärt. »Es ist, als hätte der Meister gewusst, dass eines fernen Tages einer die Straße reiten werde, der dem Bolschewiken das fast schon abgelaufene Stundenglas aus der Hand schlagen wird, während ein lässiger Huftritt seines Rosses den hinter ihm lauernden Juden erledigt.«

»Nun?« sagte Frau Rotteck, als er das Heft schloss. »Sie haben ja nicht ein einziges Mal gelächelt. Johannes hat prophezeit, sie würden sich vor Lachen biegen.«

Ludwig wollte antworten, dazu sehe er wenig Anlass, als ihm von rückwärts Rotteck die Hand auf die Schulter legte. Er stand auf. Rotteck trug in der Linken eine Anzahl beschriebener Blätter.

»Also, was sagen Sie, Ludwig? Aber diesmal ist mir's zu viel. Ich hab mir den Knaben gekauft. Platt gebügelt, dass er nicht wieder aufsteht.«

»Herr Geheimrat«, sagte Ludwig, »ich fürchte, Sie verkennen die Substanz, aus der diese Herren geformt sind. Kot kann man nicht bügeln.«

Rotteck las vor. Wahrhaftig, er hatte sich »den Knaben gekauft«, ihn und seinesgleichen. Was seiner Ironie aus den Zähnen kam, das hing komisch in Fetzen. Mit Behagen zerriss er zunächst den unsinnigen Superlativ vom »deutschblütigsten Meister«, dem Meister, dessen Vater aus einem ungarischen Dorf namens Aytos kam, und dessen Vatersbruder so germanisch noch Laszle hieß. Der Hoffedanz wurde freundlich befragt, an welchen Kreis von Ignoranten er sich eigentlich wende, etwa mit der Behauptung, Dürer habe sich im giebeligen Nürnberg sein Leben lang unaussprechlich glücklich gefühlt, treuumsorgt von Agnes, seiner geliebten Hausfrau. Der berühmte Brief aus Venedig wurde zitiert, jener leidvolle Aufschrei kurz vor der Heimkehr: »Wie sehr wird es mich nach der Sonne frieren!« und die geliebte Hauswirtin Agnes war als das mit Seufzern geschleppte Hauskreuz charakterisiert, als die echtbürtige Xanthippeschwester, die sie war. Danach aber ging die Replik grimmig ins allgemeine, sie nahm sich die ganze opportunistische Sippschaft vor, die mit den Begriffen des Vaterländischen und Bodenechten neuerdings ihr bezahltes Lumpenspiel trieb. Die Worte »bezahltes Lumpenspiel« standen ausdrücklich da. Und es folgte eine Gegenüberstellung des ernst und stumm der Wahrheit zureitenden Ritters mit jenen Agitatoren, die im Flugzeug Tag und Nacht über Deutschland daherknatterten, im Kneipenjargon bis zur Heiserkeit die Säle vollbrüllten, tobten und schäumten, allen alles versprachen und in fuchtelnden Händen der Masse ewig die selben zwei Schreckpuppen vor die Augen schwenkten: die mit den Schlafenlöckchen im fettigen Kaftan und die im Russenkittel, das blutige Messer in der Faust. Wenn abends daheim die ermüdeten Leute ihr Radio aufdrehten, lief ihnen der giftige Geifer der »Ritter« unweigerlich in die Stuben.

Das alles sei, schloss der Aufsatz, in der politischen Realität gewiss ohne Bedeutung, da das völlig Absurde und Hohle nicht dazu bestimmt sein könne, das Geschick eines großen Volkes abzulenken. In der Wissenschaft aber, zumal bei den Lernenden, könne diese Art von Dilettantismus doch schließlich Unheil anrichten. Wer werde noch Zeit und Mühe aufwenden, um etwas Rechtes zu lernen, wenn abgerichtete Hohlschädel vom Schlage Hoffedanz an einst vornehmer Stelle sich zum Wort melden durften. »Die Wissenschaft unseres Landes hat noch immer einen Ruf und eine Würde zu verlieren. Möge sie doch auf sich achten! Qui mange du Nazi en meurt.«

Als Rotteck zu Ende war, entstand eine Stille. Er schob seine Augengläser zur Stirn hinauf und blickte befremdet erst seine Frau an, dann Ludwig.

»Na, vielleicht sagen Sie was, Prinz von Sachsen«, meinte er nicht ohne Gereiztheit.

»Herr Geheimrat – ein vorsichtiger Mann würde diesen Aufsatz bestimmt nicht veröffentlichen.«

»Nicht veröffentlichen! Und warum denn nicht, wenn's beliebt? Weil ich vielleicht bei diesem stänkernden Klüngel von kinädischen Totschlägern missliebig werde? Am Ende könnte mein Name noch zu dem Obergott selbst dringen, gehässig akzentuiert ... Wenn's wirklich gefährlich wäre, mein Prinz, dann würde ich das Artikelchen natürlich doch drucken lassen, es erst noch ein bisschen salzen und pfeffern, denn so ist es ja sanfter als Mandelmilch. Aber wo ist die Gefahr! Lesen Sie keine Zeitungen? Ist Ihnen entgangen, dass diese ganze gottvolle Bewegung überhaupt schon erledigt ist, asthmatisch aus ihrem letzten stinkenden Loche pfeift? Zwölf Millionen drängende Schulden hat diese redliche Partei zusammengehäuft und weiß nicht, wo den ersten Tausender hernehmen. Sie stehen ja an allen Straßenecken in ihren kotbraunen Hemden und klappern mit ihren Büchsen. Selbst unsere Herren Industriellen, so instinktverlassen sie sind, haben endlich erkannt, was es auf sich hat mit den Brüdern, und verabreichen ihnen den lang entbehrten Tritt. Und wenn's anders käme ...« Er lachte. »Gott weiß, wie ich auf Rang und sogenannte Ehren pfeife. Aber schließlich bin ich Ordentlicher Professor, Geheimer Regierungsrat, Ehrendoktor und sonst noch was, zwei Komturkreuze habe ich, nein drei, und weil es ja doch ums Nationale geht, aus dem prächtigen Weltkrieg eine Wäscheleine voll Schlachtorden. Aufrichtig – sehen Sie, unter welchem Regime immer, den Herrn Werner Hoffedanz, Mitglied der Nationalsozialistischen Deutschen Arbeiterpartei, wie er sich dort unten im Auditorium Maximum auf mein Katheder pflanzt!«

Ludwig schwieg bedrückt. »Mögen Sie recht haben, Herr Geheimrat«, sagte er endlich.

Frau Rotteck hatte kein Wort geäußert. Den lebensvollen Kopf auf die Hände gestützt, in ihrer Lieblingsstellung, blickte sie aus ihrem spähenden, hellgrauen Augen langsam vom einen zum andern.

## 5.

An einem kalten Wintertag wenige Monate später kam Ludwig kurz nach zwölf vom Kolleg in seine Wohnung zurück. Im Vorraum nahm ihm der Diener den Mantel ab. Ludwig schnupperte. »Du hast dir wohl Kokotten eingeladen, Hermann, wo treibst du die hier auf?«

Der Diener fand nicht gleich die Antwort. »Der Herr Erbprinz sind hier«, brachte er schließlich heraus.

»Mein Bruder?« Ludwig öffnete rasch die Tür zu seinem Wohnzimmer. Erbprinz August saß mit übergeschlagenen Beinen in dem Voltairesessel am Fenster und las eine Zeitung.

»Morgen, August«, sagte der Jüngere, »sehr gnädig, dass du mich aufsuchst und gleich im Faschingskostüm. Kleidsame Maske.«

Der Erbprinz trug jene braune Uniform, die Rotteck so angewidert charakterisiert hatte, aufgeputzt mit mehreren undeutbaren Abzeichen, um den linken Arm die Binde mit dem Hakenkreuz. Jetzt stand er auf. Er war ein baumlanger, etwas dicklicher Mensch. Sein Gesicht wäre hübsch gewesen ohne die unangenehm rosige Farbe, die es zeigte; es war, als besäße Prinz August eine Hautschicht zu wenig. Der ganze Herr wirkte roh und weichlich zugleich. Das Resedaparfüm, das sein Bruder schon draußen bemerkt hatte, lagerte in Schwaden im Zimmer.

»Eure Hoheit bringen den Frühling mit«, bemerkte Ludwig. Und er riss ein Fenster auf.

»Wenn du mit deinen geistvollen Scherzen zu Ende bist, Ludwig, wollen wir reden.«

»Vielleicht einen Schnaps? Aber ach, ich habe bloß Kirsch, keine Crème de Cacao«, sagte Ludwig und lächelte unverschämt. »Kommst du von daheim? Wie geht's dem Papa?«

»Den Papa traf ich selbstverständlich mit seinem Leibjuden Wetzlar. Sie putzten an alten Geldstücken herum. Ich blieb nur zwanzig Minuten.«

Ludwig hatte den Bruder viele Monate lang nicht gesehen. Er hatte auch keine Briefe mit ihm gewechselt. In illustrierten Zeitschriften hatte er ihn mehrfach unter den Parteiwürdenträgern erblickt, die bei Massenversammlungen in der ersten Sitzreihe dem fuchtelnden Propheten lauschten. Er wusste auch, dass August des öftern gewürdigt wurde, ihn im Flugzeug auf seinen Kreuzfahrten zu begleiten. Er galt als einer der kommenden Männer.

»Auch dich, lieber Ludwig, werde ich nicht lange aufhalten. Ich komme im Auftrag. Man nimmt oben Anstoß an deinem Umgang. Äußerungen von dir sind bekannt geworden. Man legt dir nahe, solange es noch Zeit ist, zu erwachen.«

»Sors de l'enfance, ami, réveille-toi!«

»Was?«

»Rousseau, August. Nichts für dich. Also weiter!«

»Ich muss dir bemerken, dass deine ganze Haltung sehr geeignet ist, auch mir Unannehmlichkeiten zu schaffen.«

»Einen Augenblick! Meine Haltung? Worin besteht die? Ich gehe ins Kolleg und bereite eine Doktorarbeit vor.«

»Nur keine Ausflüchte! Ich wiederhole: noch ist es Zeit. Nach der Machtübernahme durch die Partei wird es nicht mehr Zeit sein. Du brauchst nur einfach Ja zu sagen, es kostet dich ja nichts. Alle Formalien erledige ich dann im Handumdrehen.«

»Dir scheint diese Machtübernahme so gewiss, wie dass auf den Dienstag der Mittwoch folgt. Es gibt andere Ansichten.«

»Die schöpfst du aus deiner Presse, Ludwig«, sagte der Erbprinz und wies mitleidig auf das Exemplar der ›Vossischen Zeitung‹, das zu Boden gefallen war. »All diese Produkte wird es bald nicht mehr geben.«

»Ich weiß sehr gut, dass hin und her geschachert wird. Alle wollen sie dein schäumendes Ross vor ihren Wagen spannen, die Herren Eisenkönige, die Herren Landbesitzer, die Herren Spezereiwarenhändler. Sie werden sich's anders überlegen. Und vor allem will ja der Oberstallmeister nicht.«

»Hindenburg?«

»Ehe ich diesen böhmischen Gefreiten zum Reichskanzler mache ...«

»Lieber Ludwig, solange du dich an Worte hältst ... Sei überzeugt, es kommt, wie ich sage. Die Wege sind ja gleichgültig. Und da wünsche ich einfach nicht, dass du mir die Karriere verdirbst. Es hat keinen Sinn, um die Dinge herum zu reden.«

»Karriere«, fragte Ludwig und schloss das Fenster, denn die Temperatur war eisig geworden. »Was stellst du dir vor darunter? Schämst du dich nicht, das Wort in den Mund zu nehmen?«

»Da gibt's gar nichts zu schämen. Statthalter für Sachsen und Thüringen klingt nicht so übel. Und ist nicht übel. Ihr werdet an mir eure Wunder erleben, der Papa und du.«

»Unsere braunen Wunder. Ich wart's ab.«

»Sei nicht blödsinnig, Ludwig. Ich mache den Weg auch ohne dich. Wenn's sein muss, gegen dich. Aber du selber! Warum dich von vornherein ausschalten aus dem Blutkreislauf der Macht.«

»Blutkreislauf. Ich danke dir für deinen Altruismus. Nur höre«, sagte Ludwig, schnupperte und schüttelte den Kopf, »für einen Statthalter parfümierst du dich wirklich zu stark. Willst du mich verführen? Oder meinen Hermann? Er hat ja Säbelbeine. Nun, ich werde dir erzählen, warum ich mich ausschalte aus deinem Kreislauf. Deswegen!«

Er hatte aus seinem Schreibtisch ein bedrucktes Blatt herausgenommen, das er dem Bruder hinlegte. Der warf einen Blick darauf und lachte: »Potempa! Auf so etwas war ich gefasst.«

»Jawohl, Potempa.« Ludwig marschierte im Zimmer umher, das sich langsam wieder erwärmte. »Sei einmal still, August! Wenn du die Geschichte schon kennst, so wirst du sie eben noch einmal hören. Sie verdient's. Da holen also in diesem schlesischen Nest fünf Nazis – fünf – einen sozialistischen Arbeiter bei nachtschlafender Zeit aus seinem Bett heraus. Sie haben alles genau verabredet, sie handeln methodisch. Das heißt, sie foltern den Mann in langsamer Arbeit viehisch zu Tode. Sie hauen ihm mit einem stumpfen Beil auf den Kopf, sie stechen ihm mit spitzigen Stöcken im Gesicht herum, sie stoßen ihm in den Kehlkopf ein Loch, sie zerreißen ihm mit den Fingern die Halsschlagader. Erfinderisch sind sie, deine Parteifreunde. Solange sich's hinziehen lässt, amüsieren sie sich. Neunundzwanzig Wunden stellt der Gerichtsarzt fest. Die fünf werden zum Tod verurteilt. Aber dein ›Führer‹, der Mensch, aus dessen Händen du deine Statthalterschaft zu empfangen hoffst, der telegrafiert den fünf Viechskerlen in ihr Gefängnis. Still! Ich les es dir vor, sein Telegramm. Es steht hier: ›Meine Kameraden! Angesichts dieses ungeheuerlichsten Bluturteils fühle ich mich mit Euch in unbegrenzter Treue verbunden. Eure Befreiung ist von diesem Augenblick an eine Frage unserer Ehre –‹ Er wird sie leicht durchsetzen, ihre Befreiung, dein Hitler, wenn er zur Macht kommt, und vielleicht werden die fünf Bestien deine Kollegen als Statthalter. Ich aber brauche nicht mehr zu wissen. Er könnte das Genie sein, dein Hitler, als das ihr ihn ausschreit. Sein Programm könnte ein Wunderwerk sein an Scharfsinn und an Erleuchtung. Mir genügt auf alle Fälle sein Telegramm. Das ist unpraktisch von mir, ich weiß, überholt und liberalistisch. Aber so ist's. Und nun muss ich dich leider bitten, mir deine erhabene Gegenwart zu entziehen, samt Braunhemd und Resedaparfüm. Lebe wohl!«

Das war im Januar. Und schon am Ende des gleichen Monats wurde der »böhmische Gefreite« an die Spitze der Regierung geschoben, durch ein Intrigenspiel, bei dem die drahtziehenden Schlauköpfe den uralten Präsidenten und am meisten sich selber betrogen. Eine schon ruinierte Hetzer- und Schwindlerbande wachte eines Morgens auf im Besitz der Gewalt und rieb sich die Augen, selbst noch unfähig, an ihr Märchenglück und an die ungeheuerliche Eselei zu glauben, die es ihr beschert hatte. Ein paar Wochen danach ließen sie den Reichstag brennen. Der Schlachtruf gegen den »roten Terror« war da. Fünftausend Menschen zunächst wurden in Deutschland eingesperrt. Das Gesindel hatte die Gasse frei. Es wurde geraubt, gemordet, zu Tode geprügelt. Geeichte Schnapphähne wurden zu Polizeipräsidenten promoviert.

Möglich freilich, dass jene Drahtzieher selber gezogen wurden, und dass hinter ihrem tölpelhaften Kabinettsspiel eine kalt und weithin planende Intelligenz stand, jene militärische Zentral- und Kollektivintelligenz, von der deutsche Geschichte in allen ihren Phasen gemacht wird, und für die ein verlorener Weltkrieg nichts weiter ist als ein bedauerlicher Zwischenfall – möglich oder beinahe gewiss.

Dergleichen zu überblicken, war der Moment nicht gekommen, am wenigsten für einen Studierenden der Kunstwissenschaft an einer kleinen Universität. Er spürte nur den Gestank. Als Knabe einmal, auf einem Spaziergang mit Steiger zur Camburg, hatte er im Wald einen großen Stein umgedreht, der überwachsen war von tauschimmerndemsmaragdenem Moos. Ein muffiges Loch wurde sichtbar, darin Geziefer wimmelte, ekelerregende Würmer und Asseln. Fassungslos hatte er auf die widerliche Offenbarung hinuntergestarrt. Das fiel ihm jetzt ein. Was er täglich um sich und unter sich sah, war ein kriechender Wettlauf der Feigheit, der schleimigen Unterwürfigkeit, war die zuckende Gier, nur ja um Lebens- und Sterbenswillen jedes Opfer an Anstand und Vernunft zu bringen, um vielleicht noch Gnade zu finden. Jeder bespitzelte jeden. Wenn der Geheimrat Johannes Rotteck in der Universität die Korridore entlangschritt, öffneten sich links und rechts vor ihm die Türen und verschluckten Dozenten und Studierende, die Angst hatten, ihn zu grüßen.

Der Rektor der Hochschule, Herr Zeilbecker, Mathematiker seinem Fach nach, mausartig von Ansehen und klug, bat den Geheimrat zu sich und legte ihm eine Unterbrechung seiner Vorlesungen nahe. »Sie sehen ja selbst, wie es steht. Statt dreihundert Hörer hatten Sie fünfzig das letzte Mal. Jeden Tag kann Irreparables passieren.«

Rotteck weigerte sich: »Wenn es noch zehn sind statt fünfzig, bekommen sie Tee.« Am nächsten Morgen war an der Tür des Auditorium Maximum ein Zettel befestigt: »Wegen mangelnder Zivilcourage vieler Hörer findet meine Vorlesung im Saal 28 statt.«

Auch der kleine Saal 28 erwies sich als viel zu geräumig. Nur die zwei vordersten Bankreihen waren besetzt. Rotteck las über Cranach. Als er zwanzig Minuten gesprochen hatte, öffnete sich sperrangelweit die Tür und ein Haufen junger Leute drang ein, die meisten in Parteiuniform. Unter Gepolter nahmen sie Platz. Ludwig war aufgesprungen, hatte sich den Eindringlingen zugekehrt und musterte sie. Der Unterkiefer zitterte ihm, es war ein Reflex, dessen er nicht Herr werden konnte. »Nehmen Sie doch Platz, Herr Prinz von Sachsen«, hörte er Rotteck freundlich sagen, »oder wünschen Sie etwas?« Ludwig setzte sich, außer sich und beschämt. Ein töricht atavistischer Vorgang hatte sich in seinem Innern abgespielt: er sah sich selber geharnischt, als irgendeinen wettinischen Diedrich oder Thietmar, wie er sie aus Steigers Geschichtsstunden kannte, den schweren Zweihänder in Fäusten dort vorm Katheder stehen und seinen Meister decken gegen die Knechtsbande. »Ich träume schon so elendes Zeug wie das braune Gelichter selbst«, dachte er mit Ärger – da wurde mit einem Mal die Luft im Hörsaal unatembar. Dort hinten halb unterdrücktes Gescharr und Gekicher. »Stinkbomben«, sagte zu Ludwig sein Banknachbar; er sagte es vorwurfsvoll, als trüge der Prinz oder doch mindestens der Geheimrat die Schuld.

Rotteck unterbrach sich. »So habe ich mir Ihre Ausdünstung schon immer vorgestellt«, sprach er gelassen. Hämisches Gemecker antwortete. Einer der Wohlgesinnten in der ersten Bank stand zögernd auf, geduckt, um ein Fenster zu öffnen. Als er merkte, dass ihm nichts geschah, kehrte er hochaufgerichtet auf seinen Sitz zurück. Draußen wehte durchsonnte Mailuft, aber die Atmosphäre im Raum wurde kaum erträglicher. Man hörte Husten und Würgen, doch unterdrückt, denn die Gutgesinnten wünschten offenbar, über das unliebsame Geschehnis ohne Konflikt fortzukommen. Sie fühlten sich in der Minorität, obwohl sie zahlreicher waren. Denn hinter jenen dort stand der aufbrechende Geisteshass einer ganzen wildgewordenen Philisterschaft.

Rotteck schob seine Papiere zusammen. »Die Herren werden ersucht, sich privat auszustinken«, sagte er abschließend, stieg vom Katheder und schritt zum Ausgang. Der Prinz von Sachsen ging ihm zur Seite und stieß die Tür vor ihm auf.

Vor dem Hauptportal im hellen Mittagslicht stand, von einer Leere umgeben, Susanna. In einem rostbraunen Kostüm, das ihre Gestalt modellierte, und einem rostbraunen flotten kleinen Hut mit einer ziemlich frechen roten Feder darauf, sah sie höchst verlockend und zugleich streitbar aus. Rotteck zog verwundert die Brauen hoch: es zählte nicht zu Susannas Gewohnheiten, ihn vom Kolleg abzuholen. Aber Ludwig kannte sehr wohl die Erklärung. Sie hielt ihn in Gegenwart einer Frau für geschützter.

Sie nahmen Rotteck in die Mitte. Er lächelte flüchtig. Im unerbittlichen Sonnenlicht sah er recht verfallen und alt aus. Gesprochen wurde nicht viel. Als Ludwig sich auf dem Landgrafenberg verabschiedete, hielt der Geheimrat seine Hand fest und sagte: »Wissen Sie, ich gehöre nicht zu den Leuten, die vom Kaffee bis zum Nachtschoppen Goethe zitieren. Eher im Gegenteil. Aber manchmal kann man nicht umhin. ›Wir Deutschen sind von gestern‹, hat der gesagt, ›es können noch ein paar Jahrhunderte hingehen, ehe man von uns wird sagen können, es sei lange her, dass wir Barbaren gewesen.‹«

Dies war am 14. Mai. Am 16. erhielt Rotteck einen handbreiten, mit der Maschine beschriebenen Zettel, der ihm mitteilte, er sei vorläufig von seinem Lehramt suspendiert. Der Zettel kam aus dem Ministerium für Kultus und Unterricht. Irgendein Sekretär hatte unleserlich unterschrieben.

Am selben Abend saß man zu dritt im Arbeitszimmer der Villa. Es ging gegen neun. Ludwig legte den Zettel still auf den Tisch zurück. Die Schmiererei des Herrn Hoffedanz über Dürer fiel ihm ein, Rottecks beißende Antwort, die zu allem der Anlass war, und seine ironische Sicherheit damals: schließlich bin ich Professor, Ehrendoktor, Ordenskomtur.

»Ich hätte mich zu schämen, wenn's anders gekommen wäre«, hörte er ihn jetzt sagen.

»Und was sind Ihre Ansichten, Herr Geheimrat? Was werden Sie in der nächsten Zukunft beginnen?«

Rotteck zuckte die Achseln. »Cultiver mon jardin, was sonst!« sagte er mit einer Geste nach seinem Schreibtisch. »Lang kann der Unfug ja doch nicht dauern.«

Ludwig schwieg. In diesem Augenblick krachten rings am Hause die Fensterscheiben. Nur hier im erleuchteten Arbeitszimmer war nichts geschehen.

Die beiden Männer stürzten hinaus. Im Garten war niemand mehr. Man sah eine letzte Gestalt sich über das Gitter schwingen, hörte Geräusch rennender Füße, und Gelächter, das sich entfernte.

Am nächsten Tag fand Haussuchung statt. Vier braungekleidete Burschen, womöglich dieselben, die gestern so heldisch gehaust hatten, durchstöberten planlos die Villa, vermutlich ohne selbst recht zu wissen, was sie suchten. Glücklicherweise standen sie unter Aufsicht zweier Leute von der regulären Polizei, älterer Männer, die sich ganz offenbar schämten.

Es geschah eigentlich nichts. Unordnung und Stiefelschmutz blieben zurück.

Aber unmittelbar nach dieser Aktion liefen den Rottecks beide Dienstboten davon. Es kam weder Brot noch Milch noch Fleisch mehr ins Haus. Als Susanna unten auf dem Viktualienmarkt einkaufte, wurde sie insultiert.

Ludwig wich beinahe nicht aus dem Haus. Er sah mit tiefem Erschrecken den Verfall in Rottecks Zustand: er sprach kaum mehr, es war wie eine fortschreitende Versteinerung. Endlich entschloss sich Ludwig zu reden.

»Es hilft nichts mehr«, sagte er, während er mit Susanna auf dem plattierten Gartensteig auf und ab schritt, »der Geheimrat muss fort. Nicht nur Glas geht in Trümmer, wenn Steine fliegen. Und übrigens gibt es auch Schusswaffen.«

Er wartete auf eine Antwort. Als die nicht kam, fuhr er fort: »Und wenn auch dies Schlimmste nicht – sie nehmen Missliebigen einfach die Pässe weg. Dann sitzt er im Käfig.«

»Sie haben vollkommen recht, Ludwig. Fort – so schnell wie möglich! Hier geht er uns drauf.«

Ludwig blieb stehen. »Ich muss zudringlich sein und bitte um Verzeihung. Haben Sie Mittel, um draußen zu leben?«

»Unser Hauptbesitz ist das Haus. Was sonst da ist, habe ich abgehoben. Sie wurden schon aufmerksam in der Bank. Ich trage es bei mir.«

Sie machte eine Bewegung nach ihrer Brust. Ludwig sah hin und wurde blutrot dabei, was ihm lächerlich vorkam.

Sie lachte und zeigte die ganze leuchtende Reihe ihrer Zähne. Es war ein seltsames Lachen in dieser Lage, unbekümmert und aufreizend.

Sie sagte: »Ich werde es Ihnen anvertrauen, Ludwig. Aber erst lass ich den Beutel auskühlen. Sonst beeinträchtigt es die Klarheit Ihrer Entschlüsse.«

Er schluckte hinunter. »Meine Entschlüsse sind einfach. Wozu gibt es Diplomaten? Es geht unter Verschluss über die Grenze. Wird es denn reichen?

»Für zwei Jahre gewiss.«

Alle Vorbereitungen wurden ohne Rottecks Mitwirkung getroffen. Mit dem Verkauf der Villa betraute man die Agentur- und Speditionsfirma S. Lemberger und Sohn. In deren Speicher wurden auch das Mobiliar und die sechstausend Bände von Rottecks Bibliothek eingelagert, deklariert als Eigentum Ludwigs.

»Vielleicht hilft das was, wenn sie bei uns plündern«, sagte der alte Lemberger und betrachtete das große Pappschild mit dem stolzen Namen. »Ich weiß allerdings nicht, warum der Herr Geheimrat gerade mir die Ehre schenkt in dieser Zeit.«

»Aber ich weiß es, Herr Lemberger«, sagte Ludwig. »Bei Ihrer Firma ist man wenigstens sicher vor dem Inhaber selbst.«

Susanna packte, unterstützt von Ludwigs frischwangigem Diener. Gleichmütig, ohne nach Frauenart Unnützes zu beklagen, schied sie aus und ließ zurück. Zwei mächtige Kassetten enthielten Rottecks Studienmaterial und seine Manuskripte.

Man wollte mit dem Abendzug fort. Ludwig fuhr das Ehepaar mit seinem kleinen Auto zur Station. Ein hochbeladenes Taxi folgte.

Schon von weitem sahen sie die Eingänge zum Bahnhof besetzt. Es waren braune Trupps, untermischt mit Studierenden in Zivil; alle johlten. Auch auf dem Platz standen Gruppen umher. Man hatte von der Abreise Wind bekommen und versprach sich ein Fest.

Ludwig bog scharf nach rechts. Er beugte sich zum Wagen heraus und gab dem Taxichauffeur einen Wink.

»Was machen Sie denn«, fragte Rotteck und fasste von rückwärts nach seiner Schulter, »nur immer mutig heran!«

»Auf fremde Rechnung bin ich nicht mutig«, gab er zurück. Er hatte in voller Fahrt den Platz überquert, dass die Gruppen fluchend auseinander fuhren.

Es fing an zu dunkeln. Sie waren auf der Straße nach Gera. Auf halbem Wege mitten im Wald hatte das Taxi eine Reifenpanne. Man musste Koffer und Kassetten abladen, um den Wagen zu heben. Es war spät am Abend und gewitterschwül, als man einfuhr. Im trüb erleuchteten Restaurant eines Hotels am Bahnhof, das »Victoria« hieß, ließ man sich nieder und nahm Tee. So viel war zu sagen, dass niemand ein Wort fand. Wie Rotteck seine Tasse zum Munde führte, zitterte ihm die Hand derart, dass der Trank überfloss.

Um 11 Uhr 40 ging ein Zug. Es war ein sogenannter gemischter Zug, bestehend aus Güterwagen und zwei Personenwaggons, in denen kaum Licht brannte. Viele Milchkannen wurden eingeladen.

Als die Minute der Abfahrt herankam, brach draußen das Gewitter los. Der Sturm heulte durch die kleine Halle. Das Donnerkrachen verschlang wohltätig die Abschiedsworte. Ludwig stand und winkte. Von Rotteck sah er nichts mehr. Aber Susanna beugte sich zum Fenster heraus. Eine starke Strähne ihres hellrotblonden Haares war aufgegangen und züngelte im Sturm wie ein Fanal.

Er fuhr langsam die nächtige Straße zurück. Das Unwetter war vorbei, und von Wiesen und Wäldern kam wundervoller Sommernachtsduft. Es war halb zwei, als er ankam und über den Eichplatz fuhr. Das marmorne Burschenschaftsdenkmal glänzte vor Nässe: der Student in der Tracht von vor hundert Jahren, mit Schwert und Fahne, Memento freiheitsmutiger Jugend.

Am anderen Mittag las er in der Lokalzeitung, dass Herr Werner Hoffedanz, 31 jährig, aber schon seit 1924 Mitglied der Nationalsozialistischen Deutschen Arbeiterpartei, auf Rottecks erledigten Lehrstuhl berufen worden sei. – Zwei Tage später verließ er die Hochschule.

## 6.

Im Ablauf der großen Französischen Revolution war der 10. August 1792 der eigentlich entscheidende Tag. Die Tuilerien wurden erstürmt, auf ihrer Treppe und in ihren Höfen fielen siebenhundert Mann der Garde und elfhundert Revolutionäre. Der König flüchtete sich und seine Familie in den Saal der Nationalversammlung. Nach einem runden Jahrtausend der Feudal- und Königsherrschaft war dieser 10. August der Geburtstag der Republik.

Jedoch ein paar Straßen abseits vom Schloss war alles wie immer. Die Kaufläden waren geöffnet, in den Restaurants wurde gespeist, in allen Spielhäusern amüsierte man sich, zur gewohnten Stunde wurden an den Theatern die Lampen angezündet, und die Leute warteten seelenruhig auf die Abendzeitung, um zu erfahren, was die Schießerei dort im Zentrum zu bedeuten gehabt habe.

So brauchte auch ein junger, wohlsituierter Mann, der sich im Sommer 1933 im Westen von Berlin einmietete, von den Ereignissen nicht viel wahrzunehmen. Von den geöffneten Restaurants allerdings besuchte er nur ein kleines, abgelegenes, in seiner unmittelbaren Nähe, denn in den anspruchsvolleren der Stadtmitte und des Westens machte sich der Tross der Volksbefreier breit, so dass der Aufenthalt sich verbot. Die Theaterrampen erhellten sich weder für ihn noch für sonst einen Menschen von Anspruch, da hinter ihnen nur hastig zusammengeschmierte Konjunkturdramatik geduldet wurde. Und auf die Abendzeitung wartete er ebenfalls nicht, da die kommandierte Presse kein wissenswertes Wort enthielt und er sich auf die ›Times‹ angewiesen sah, die nach zweitägiger Reise eintraf und über die deutschen Geschehnisse in Kleindruck und mit jener Gleichgültigkeit berichtete, die sie etwa den Zerwürfnissen in einer südamerikanischen Radaurepublik zu widmen pflegte.

Leute in Bern, Amsterdam oder Oslo waren über das deutsche »Erwachen« immerhin genauer unterrichtet als er. Er wusste das Allgemeinste.

Dass die volksbefreiende Partei ihre soziale Tätigkeit damit begann, den Arbeitern ihre in den Gewerkschaftskassen gesammelten Sparmillionen zu stehlen, erfuhr er als schlichte Tatsache.

Dass den gesetzlichen Strafrichtern, zu so viel Rechtsbeugung sie auch zitternd erbötig waren, vielfach ihre Funktion abgenommen wurde, erfuhr er. Aber kaum Einzelheiten über die Todesurteile und todbedeutenden Zuchthausstrafen, die ohne Anhörung von Zeugen oder Verteidigern das eingesetzte Parteigericht verhängte.

Dass selbst ohne solche Komödie in Polizeihäusern und Konzentrationslagern Zehntausende zusammengepfercht, durch Schmutz, Hitze und Hunger erledigt, Hunderte zerprügelt, erstickt, zu Tode gefoltert wurden, erreichte ihn als Gerücht; aber wie konnte man den Glauben daran festhalten in dieser Millionenstadt, in der Untergrundbahn, Post, Wasser- und Lichtversorgung so herkömmlich funktionierten.

Dass in einem neuartigen Rinnstein-Kauderwelsch gegen den jüdischen Teil der Bevölkerung eine Art Kreuzzug gepredigt wurde, war ihm bekannt; aber diesem Irrsinnsgewäsch zum Mord hetzender Analphabeten konnte man wohl einmal zehn Minuten lang zuhören, nicht länger, nicht wieder.

Gelegentlich war von Ausschreitungen die Rede, die sich in entfernteren Teilen der Riesensiedlung abspielten, aber es schien sich um rasch ablaufende Episoden zu handeln. Auf seinen Gängen zur staatlichen Bibliothek, wo es so ordentlich zuging wie eh und je, begegnete Ludwig uniformierten Rotten, die stumpf dahertrabten oder ihre Blutlieder grölten, und er wandte den Blick von ihnen und von ihrem Hakenkreuzlappen hinweg.

Einmal, es war am Kemperplatz, fand er sich durch eine Menschenansammlung aufgehalten, und als er zusah, war die Ursache der scharf bewehrte Mercedeswagen des Anführers. Die Leute jubelten. Eine kleinbürgerlich gekleidete Frau, herbestellt oder nicht, reichte dem Messias ihr dreijähriges Kind hin, und er legte dem Wesen mit einem lauen Grinsen die Hand auf den Kopf. Erneuter Jubel. Sie stauten sich. Ludwig konnte nicht weiter. Er sah ihn genau. Das da also war es! Das erweckte Glauben, Verehrung, Begeisterung, zitternde Hingabe, Schrecken. So sah Deutschlands Schicksal aus, womöglich Europas. So!

Das Haus, darin Ludwig sich eingemietet hatte, stand in dem noch nicht völlig bebauten, äußeren Teil des Hohenzollerndamm benannten

Straßenzugs. Es war ein solides Gebäude mit einem ausgezeichneten, geräuschlos funktionierenden Lift, der ihn rasch zu seiner im obersten, dem sechsten Stockwerk gelegenen kleinen Wohnung hinauftrug. Sie bestand aus zwei viereckigen Vorderzimmern, deren Fenster über Tennisplätze und lückenhaft bebautes Terrain den Blick auf die Wipfel des Grunewalds freigaben, einem Dienerzimmer, dem Bad und der Küche. Er hatte einen Teil seiner Möbel hertransportiert, es waren wenige, meist altholländische Stücke, ererbt weiß Gott woher. Das Ganze wirkte ein bisschen leer und fast übermäßig ordentlich.

Für das Dienerzimmer hatte er, entgegen seiner ursprünglichen Absicht, nun doch Verwendung, denn der säbelbeinige Imme hatte bei der Übersiedlung herzinnig darauf bestanden, ihn zu begleiten.

»Hoheit können unmöglich ohne Bedienung bleiben. Und da bin ich doch besser als irgendein Neuer, der erst angelernt werden muss.«

»Ich sage dir ja, eine Aufwartefrau genügt mir. Du verlierst nichts, Hermann. Geh zurück ins Schloss, und wenn das nicht, so schreibe ich dir ein Zeugnis, dass dich der Papst engagiert!«

Die runden blauen Augen füllten sich mit Tränen. »Hoheit meinen, ich denke bloß an mich. Hoheit wissen ja gar nicht, wie ich an Hoheit hänge.«

Ludwig war jung und war leicht gerührt. Er machte noch einen schwachen Versuch.

»Persönlich vermissen werd ich dich auch. Aber praktisch? Höchstens wenn ich mir die Knöpfe selber ins Frackhemd stecken muss. Und es sind keine Frackzeiten.«

Es war ein Rückzugsgefecht. Hermann war natürlich mitgekommen. Auch die »Frackzeiten« waren nicht so völlig vorbei, wie Ludwig angenommen hatte. Einige Wochen zwar lebte er ziemlich einsam; aber dann stellte sich mit Häusern der Aristokratie in Berlin und Potsdam Verkehr her, und ebenso mit mehreren der alteingesessenen Familien, die das darstellten, was sie selbst halb stolz halb ironisch »la première juiverie« nannten.

Wundervolle Besitzungen in Dahlem und Wannsee. Erlesener, unaufdringlicher Reichtum an Dingen der Kunst. Ohne Prahlerei waren die frühen Aubussons hingebreitet, in unscheinbarer Ecke hing ein van der Goes, stand ein Cloisonné-Stück aus der Sung-Zeit. Ludwig bevorzugte eine Weile diese Häuser aus einer Art Trotz gegen die aufschießende germanische Narrheit, aber er hörte bald auf, sich hier wohl zu fühlen. Und zwar wurde ihm gerade die Stellung zu den Ereignissen fatal, die man hier einnahm. Man ignorierte sie. Man bagatellisierte, was geschah. Man legte den allerhöchsten Wert darauf, aus anderem Stoff zu sein als jene neuhergewanderten Juden, denen man östlich vom Alexanderplatz die Bärte abschnitt und den Hausierkram in die Gosse streute. Man saß hier im Ansehen seit hundertfünfzig, seit zweihundert Jahren. Man war Friedrichs des Großen Hofbankier gewesen, und Kaiser Friedrich der Dritte hatte einen geadelt. Der italienische Botschafter verkehrte im Haus. Man zitierte ohne Aufhebens Swinburne und Valéry. Gab es noch so etwas wie eine europäische Kultur hohen Stils, hier war sie zu finden. Wenn je einmal die Rede auf Herrn Hitler und seine Gewalttätigkeiten kam, so stellte sich heraus, dass man ihm leider so völlig Unrecht nicht geben konnte. Trugen etwa jüdische Literaten nicht wirklich Schuld an sehr vielem, jene ungezügelten Gesellen, die in radikalen Zeitschriften mit rotem oder grünem Umschlag ihr Gift verspritzt und aus ihren Sympathien für Moskau kein Hehl gemacht hatten? Langte nicht wirklich von dort her mit haariger Tatze das Chaos herüber, ganz bereit, alle Cloisonné-Vasen zu Staub zu zerquetschen, und richtete die neue Bewegung – ganz unter uns, Prinz, natürlich – nicht in der Tat einen Damm auf gegen dies Schrecknis? Ihre Anfangsformen freilich waren ungepflegt, aber das würde sich geben.

Wenn hier solch vertrauensvolle Hoffnung möglich war, wie erst in legitimierten Schichten! Was von der Industrie Gewinn zog, teilte sie, denn war nicht die Absicht der neuen Machthaber deutlich, den Ansprüchen des Handarbeiters endlich ein Ziel zu setzen und so die neue Prosperität heraufzuführen. Was vom Großgrundbesitz lebte, teilte sie, denn ihm zunutze hatte das siegende Hakenkreuz der Untersuchung über räuberisches Schmarotzen an den Reichskassen ein Ende gemacht. Die kleinen Leute natürlich teilten sie erst recht, Millionen des Mittelstands, kümmerlich lebend, aber vom Proletariat steif distanziert – denn aus ihrem Mehl war der neue Sultan gebacken, ihr Niveau war das seine, ihr Sonntagsdeutsch grölte er in das Mikrophon, auf ihren Schultern war er emporgeklettert. Und wenn Ludwig seinen seltenen Gesprächen mit Menschen aus dem wirklich arbeitenden Volk trauen durfte, so war man selbst hier gegen jene Illusionen nicht völlig immun, da man sich der altgewohnten Führer beraubt oder von ihnen verlassen sah.

Aber keinerlei Illusion, sondern ein sehr solides Wissen und Planen verschloss sich hinter dem gesammelten Lächeln der hohen Offiziere, mit denen sein Umgang ihn zusammenführte. Er hatte stets die Empfindung, dass mit diesen Herren höchst substantielle Gespräche zu führen wären; aber in ihren Zirkeln war man nicht redselig.

Angesichts solcher weitgreifenden Behexung kam er sich recht alleingelassen vor mit seinem ewigen Argument von Potempa. Wer wollte von dergleichen noch hören! Nichts wusste er von den Gruppen, die in anonymer Tiefe dachten, standhielten, hassten. Und Potempa hatte sich vertausendfacht. Der Mensch! Der Mensch wurde verneint und vernichtet, zertrampelt, zerschlagen, von einem öden, blindwütigen Bestialismus. Sein Argument war das gute. Es gab kein anderes. Unberaten, oder wo man ihm Gründe entgegenhielt fehlberaten, zog sich der Fünfundzwanzigjährige völlig in sich selber zurück. Er gehörte nirgends hin. Das ist wenig bequem. Aber man kann ein Mann dabei werden.

Er verbiss sich in Arbeit. »Cultiver mon jardin, was sonst«, hörte er seinen Meister sagen, und es existierte kein anderes Rezept. Die Entwicklung einer Kunst zu studieren, das war gewiss ein seltsames Beginnen in so trübe gischtender Zeit. Doch was wäre nicht seltsam gewesen. Welterkenntnis war ein Theben mit hundert Toren, und es blieb am Ende gleich, durch welches der Tore man eindrang. Die Arbeit über Goya den Porträtisten allerdings, zu der in seinen Mappen das Material aufgeschichtet lag, ging stockend voran, dann blieb sie liegen. Es fehlte Rottecks befeuernde Gegenwart, es fehlte auch der Antrieb, sich an einer der verunreinigten Hochschulen einen akademischen Grad zu erwerben, schon der Gedanke daran war lächerlich. Wem konnte es einfallen, einen Hörsaal zu betreten, wo man zu gewärtigen hatte, statt eines gelehrten Kenners irgendeinen Hoffedanz vom Pult zu vernehmen. Aber es bot sich ihm die gewaltige Literatur zur Geschichte der Künste, ein unüberblickbares Firmament, an dem, von Sandraart und Winckelmann über Jakob Burckhardt und Wölfflin bis zu seinem Rotteck, ein Heer von Sternen erster Ordnung erglänzte.

Mit System und Beharrung erzog er sich selber zum Sehen. Er verbrachte schweigsame Stunden, die hinflogen, in den Studierzimmern des Kupferstichkabinetts, es zog ihn im Museum immer wieder in die Seitenzimmer zu Schongauer, Altdorfer, Hans Baldung Grien, und in den 23. Saal zu Multscher und Landauer. Das also war einmal deutsch gewesen, dies heitere Frommsein, diese klare Wahrhaftigkeit, dieses zugleich liebreiche und wagemutige Anschauen der Realität.

Zu Rotteck, anders als er erwartet, liefen nur dünne Fäden. Der Vertriebene hatte sich in Prag festgesetzt. Eine Zeit lang schien Aussicht, dort einen Lehrstuhl für ihn freizumachen, erst war von einem Ordinariat die Rede, dann von einer außerordentlichen Professur, endlich wurde es still davon. Der günstige Wille der tschechischen Regierung war unverkennbar, aber die materiellen Hemmnisse ließen sich nicht überwinden. »Könnte ich Stiefel machen, Brillen schleifen, gebrochene Steißbeine flicken, dann wäre vielleicht Platz in der Welt für mich«, schrieb er an Ludwig, »aber wo braucht man einen Historiker des Porträts.« Er hatte unrecht. Auch die Schuhmacher, Brillenschleifer und Chirurgen irrten ohne Brot durch die Länder. Die Anstrengung der Geflüchteten stieß sich wund an zurückweichenden Mauern.

Es ging aus den immer kürzer werdenden Briefen aus Prag nicht deutlich hervor, wie die beiden dort lebten. Die Briefe schwiegen sich spröde aus. Dazu war auch äußerlich Anlass, denn selten gelangte einer unzensuriert zu Ludwig. Ehe er ihn las, wusch er sich jedesmal die Hände und verbrannte den Umschlag, den die Tatzen der Hitlerpolizisten geöffnet und ihre Zungen bespeichelt hatten.

Was Rottecks kleines Vermögen betraf, so hatte er ohne viel Umstände Wort halten können. Unter diplomatischem Verschluss war die anvertraute Summe hinausgelangt. Bibliothek und Mobiliar lagerten weiterhin bei der Firma S. Lemberger. Man habe nicht Platz, um die Bücher aufzustellen, hieß es aus Prag. Das erweckte beklemmende Vorstellungen.

Dass er sich's selber nur eingestand: es war Susanna, um die er sich sorgte. Er war viel tiefer verwundet, als er gewusst hatte. Ihr Gang, ihr Haar, ihre Stimme blieben fast bedrohend lebendig. Einige Male stand von ihrer Hand ein kleines Postskriptum unter den Briefen, grammatikalisch nicht einwandfrei, was auf ihre fremde Herkunft zurückging, und in einer eigentümlich ungepflegten, nicht völlig reinlichen Kleinmädchenschrift, die seltsamerweise etwas Erregendes hatte.

Er lebte im Übrigen nicht viel heiliger, als geradegewachsene junge Leute es in einer großen Stadt zu allen Zeiten gewohnt sind. Der Anbruch der neuen Ära hatte die weibliche Zurückhaltung nicht gefördert, im Gegenteil drang eine Ahnung hervor, dass man chaotischen

Schrecknissen zutreibe und wohl daran tue, Abenteuer noch mitzunehmen.

Aber solche Beziehungen blieben ohne rechte Gestalt für Ludwig und versickerten bald. Eine einzige, die zu der kleinen Hertha Westphal, zog sich mehrere Monate fort, bis hinein in den Sommer 34.

Sie war die Tochter eines Funktionärs aus dem Bereich des Vizekanzleramts und war reizend. Ganz blond und hell, leicht wie ein Hauch, verspielt provokant und naiv. So weit es ihrer Natur gemäß war, liebte sie ihn. Aber die Freuden, die er selbst aus dieser Verbindung davontrug, waren recht flüchtiger Art, so sehr, dass es ihm aufs Gewissen fiel. War er etwa einer innigeren Zärtlichkeit gar nicht fähig? Er umging in sich selber die Antwort. Aber er kannte sie wohl.

Es war in einer Nacht spät im Juni, in Ludwigs Schlafzimmer. Sie klagte über einen sengenden Durst. Wein stand da. Aber sie wollte ein Glas oder am liebsten drei Gläser frischen kalten Wassers. Ganz leise, um den säbelbeinigen Imme nicht zu wecken, schlich Ludwig hinüber in die Küche und drehte an der Leitung den Hahn auf. Er wartete, damit das Wasser recht frisch würde. Durch das vorhanglose Geviert des Fensters kam der Morgen, es mochte halb fünf sein. Er öffnete, um die kühle Luft einzusaugen. Da sah er aus seinem hochgelegenen Ausguck auf ein Schauspiel, das ihn erstaunte.

Hier hinter dem Haus erstreckten sich weite Höfe und Plätze. Und zu dieser Stunde wurde hier exerziert. Es waren nicht Soldaten, die da einschwenkten und strammstanden, auch nicht Hitlersche Milizen. Es waren Hunderte von Schaffnern, ganz einfach Stadtbahnschaffner, er erkannte es an der Uniform, obgleich die im unsichern Morgenlicht eine gespenstische Farbe zeigte, eine Art schmutziges Lila. Soldatisch adjustierte Vorgesetzte kommandierten gedämpft. Vor ihrer langen Tagesfron, nach verkürztem Schlaf, hatten diese Verkehrsbeamten hier anzutreten, um militärischen Dienst zu tun.

Ludwig stand lange. Ein Begriff davon, dass so ein ganzes, um seinen Willen beschwindeltes Volk truppweise herangeholt und für ein nahes oder ferneres, recht finsteres Ziel gedrillt wurde, kam ihm. Er blickte auf die Hunderte von lila Figürchen, die von hier oben ganz spielzeughaft wirkten, und vergaß das Leitungswasser, das hinter ihm rauschte.

Als er endlich zurückkam, war Hertha ungeduldig geworden. Halb angekleidet saß sie auf dem Bettrand. Er präsentierte ihr Karaffe und

Glas. Sie betrachtete ihn aufmerksam. »Du siehst ja aus«, sagte sie, »als hättest du in deiner Küche den Teufel gesehen.«

»So etwas Ähnliches«, gab er zur Antwort.

Er fuhr sie zu ihrer elterlichen Wohnung und kehrte zurück. Als er nach ein paar Stunden Schlaf unfrisch erwachte, lag auf seinem Nachttisch ein Telegramm, versehen mit dem roten Streifen, dringend befördert also. Er riss es auf. Das Hofmarschallamt beschied ihn nach Hause. Mit seinem Vater ging es zu Ende.

Gegen Abend langte er an. Von einer tödlichen Krankheit hatte er nichts gewusst. Zwar hatte bei seinen letzten Besuchen der Herzog sich wenig wohl gefühlt, hatte über rheumaartige Schmerzen im Rücken und im linken Arme geklagt, aber der Leibarzt Dr. Sittart, der die Angina pectoris lang erkannt hatte, hielt es für nutzlos, den Patienten oder die Söhne nach seinem Wissen zu unterrichten. Er sorgte für Linderung, mehr war ohnedies nicht zu erreichen.

Herzog Philipp lag in Bewusstlosigkeit, der durch narkotische Mittel nachgeholfen war. Das Gesicht war eingesunken, bläulich um Nasenwinkel und Mund. Eine alte Ursulinerin hantierte geräuschlos. Neben dem Sterbenden, auf einem Schemel, stand ein mit Samt ausgeschlagener Kasten, darin Münzen lagen. Die schöne Dekadrachme von Syrakus war auch dabei. Erst bei diesem Anblick kamen Ludwig die Tränen.

In der Nacht traf sein Bruder August ein. Sie begrüßten einander kalt. Es war ihr erstes Zusammentreffen – seit damals. Der Erbprinz steckte jetzt in einer schwarzen Uniform, die ihn besser kleidete als das ehemalige Braun. Statthalter war er nicht geworden, aber er bekleidete irgendwelche anderen gehobenen Funktionen, Ludwig hätte nicht angeben können, welche. Das Parfüm seines Bruders, Heliotrop jetzt und etwas weniger aufdringlich, vermischte sich seltsam mit dem Weihrauchduft, den der ölungspendende Priester hinterlassen hatte.

Herzog Philipp erlangte das Bewusstsein nicht wieder. Er starb gegen Morgen.

## 7.

Kurz nach fünf Uhr an jenem Morgen ging Hertha leise die Treppe zur elterlichen Wohnung hinauf, leise öffnete sie, legte sich leise in ihr Bett. Sie schlief natürlich noch, als ihr Vater, Oberregierungsrat seinem Titel nach und dem Vizekanzler Papen attachiert, gegen zehn Uhr das

Haus verließ, um sich in sein Büro zu begeben. Auf diese Weise sah sie ihn niemals wieder. Denn er gehörte zu den Niegezählten, die an jenem Tage ermordet wurden. Besonders um den Vizekanzler herum wurde »kahlgeschossen«. Es war der Morgen des 30. Juni 1934.

Durch eine verständliche Fügung erfuhr Ludwig an diesem und an den folgenden Tagen nicht, was im Lande geschah. Kein Spritzer von dem schäumenden Blutbad erreichte das Camburger Schloss, es lag in diesen Tagen des funebren Zeremoniells in unerreichbarer Isolierung. Niemand sprach zu den Söhnen über die Geschehnisse; man hätte es nicht gewagt und glaubte sie im Übrigen orientiert, besser als andere.

Allerdings fiel es Ludwig auf, wie gering die Zahl der auswärtigen Trauergäste war. Kein Vergleich mit dem Zustrom an verschollenen Fürstlichkeiten damals, als Anna Beatrix starb. Aber dies schien begreiflich. Die jungen Erben waren draußen fast unbekannt. Und außerdem mied, wer es vermochte, eine Reise in das tief verdächtige Deutschland.

So war es eine kleine, schattenhafte Trauergesellschaft, die sich in der Krypta zusammenfand, als Herzog Philipp neben seiner Gemahlin beigesetzt wurde, ganz nahe also auch er bei dem Sarkophag jenes Kaisers. Eine klare, sonderbare Erinnerung ging Ludwig durch die Gedanken. Und wie er sich seitwärts wandte, trafen seine Augen wirklich auf seinen einstigen Lehrer, der dort hinten irgendwo stand, von einem der plumpen, sechseckigen Stützpfeiler halb verdeckt. Aber als man die Kirche verließ und im blendenden Sonnenlicht zum Schloss hinüberging, war er verschwunden.

Am Abend waren die Brüder allein. Die paar Wettiner und Braganzas waren schon alle abgereist. Man hatte zu zweit ein frostiges Diner eingenommen und saß nun in jenem angrenzenden Salon mit den englischen Sesseln, von wo der Blick durch die offenen Fenster über die weiche Flusslandschaft ging. Der Kaffee wurde hereingebracht. Türen schlossen sich mit fernem Nachhall.

Ludwig rührte in seinem Trank. Hier hatte vor fünf Jahren, oder waren es sechs schon, der Frankfurter Antiquar dem Vater sein Geschenk übergeben, die Dekadrachme mit dem lieblichen Nymphenbild. Wie sehr hatte der Herzog sich damals gefreut. »Das ist generös, Wetzlar, ungewöhnlich reizend, ein ganz großes Vergnügen.« Ludwig hörte deutlich die Stimme, die jetzt auf immer schwieg, und spürte mit Unbehagen, dass sie ihn nicht bewegte. Ein schmaler Schatten trat vor den Vater. Dort neben dem Kamin hatte das Kind gesessen, auf dem hochlehnigen Holzstuhl, der immer noch an der gleichen Stelle stand, und Tränen waren ihr über das schmale Gesicht herabgeströmt. Sie musste nun groß sein und schön. Er wusste gar nichts von ihr, hatte kaum einmal an sie gedacht. Wie mochte sie leben? Sie hatte wohl seither noch anderes über ihr unglückliches Volk gehört, als die Flegeleien des Bruders, der ihm hier gegenübersaß.

Der hatte eben begonnen zu reden. Allzu bequem zurückgelehnt in seinen tiefen Sessel, eines der uniformierten Beine über das andere geschlagen, ließ er sich sicheren Tones vernehmen.

»Um auch von der äußeren Gestaltung deines Lebens ein Wort zu sagen, so wird da Einschränkung nötig sein. Ich habe mich über den Stand der Finanzen orientiert. Ich bin wenig befriedigt.«

Dazu hat er heute Zeit und Laune gefunden, dachte Ludwig bei sich und blickte mit Widerstand auf das hübsche Gesicht.

»Du warst bis heute mit zweitausend Mark im Monat apanagiert. Ich habe die Materie mit Renthauptmann Grunsky durchgesprochen. Du wirst dich künftig mit zwölfhundert einrichten müssen.«

Er wartete. Ludwig reagierte nicht.

»Vielleicht lässt sich an eine neuerliche Erhöhung denken, wenn hier einmal liquidiert ist.«

»Was willst du denn hier liquidieren?«

»Alles totliegende Kapital. Vor allem diese ganz unnütze Sammlung in ihrem grünen Samt.«

»Ich hatte nicht angenommen, dass du am ersten Abend, an dem unser Vater in seinem Grabe liegt, an die Verschleuderung seines liebsten Eigentums denken würdest.«

»Von Verschleuderung kann nicht die Rede sein«, war die ganz sachliche Antwort. »Meine nahe Verbindung mit den obersten Amtsstellen wird den Ankauf durch den Staat mühelos möglich machen. Ich habe da vorgefühlt.«

»Hast du?« sagte Ludwig. »Vielleicht beim Herrn Propagandaminister persönlich. Gern stelle ich mir die kleinen griechischen Göttinnen zwischen diesen Fingern vor!«

Hierauf ging der neue Herzog nur indirekt ein. »Ich bemerke dir«, sagte er vornehm, »dass deine weitere Dotierung von deiner Haltung abhängig ist. Ich erwarte Loyalität. Für Krittler und Beiseitesteher ist im nationalsozialistischen Staate kein Raum. Man hat dergleichen zu lange geduldet. Du kannst annehmen, dass meine Entschlüsse unbrechbar sind.«

»Und du kannst annehmen«, sagte Ludwig und war aufgestanden, »dass ich deine so elegant angebotene Unterstützung nicht will. Lass deinen Renthauptmann Grunsky heraufkommen und teile ihm mit, dass du zwölfhundert Reichsmark erspart hast. Glorreicher erster Regierungsakt! Meinst du, ich lasse mir das Vergnügen abkaufen, dich und deinesgleichen aus Herzensgrund zu verachten.«

»Nach Belieben. Nur empfehle ich dir, das im stillsten Kämmerlein zu tun. Man hat ein Auge auf dich. Und es gibt noch andere Repressalien als bloßen Entzug der Existenzmittel. Lass dir's gesagt sein.«

Es war für Herzog August ein großer Moment. Er genoss ihn. So rosig hatte sein hübsches Gesicht selten geleuchtet.

Es pochte. Mit einer Geste, die Entschuldigung andeutete, ließ der Kammerdiener einen Menschen eintreten, der dieselbe schwarze Uniform trug wie der Herzog. Seine hohen Stiefel waren bestaubt. Offenbar war er soeben vom Motorrad gestiegen.

Der SS-Offizier hob flüchtig zum Gruß die Hand. »Befehl vom Führer!« meldete er und entnahm seiner Kuriertasche ein Schreiben. August riss es auf, mit einem stolzen Blick auf den Bruder, der schon in der Nähe der Tür stand.

Seine Züge veränderten sich, er wurde ganz weiß. Er stammelte: »Das ist wohl nicht möglich. Was soll das denn heißen?« Der Offizier antwortete nicht. August Herzog von Sachsen-Camburg war so erschüttert, dass er sich nicht länger mehr aufrecht hielt, seine Füße glitten fort unter ihm, er sank in den Sessel zurück, dass das alte Holz krachte.

Ludwig ging in sein Zimmer hinüber. Er wollte mit dem Nachtzug noch fort und fing an zu packen. Dann fiel ihm ein, dass dies nicht recht anging, und er läutete. Es erschien ein Lakai namens Haase, ein gebückter, freundlicher Greis, dem bei jedem Griff die Hände zitterten.

»Stellen Sie den Koffer doch auf den Tisch«, sagte Ludwig und ging zwischen Schrank und Badezimmer hin und her, um dem Alten die Gegenstände zuzureichen. »Wie geht's denn immer? Wie finden Sie sich ab mit den neuen, farbigen Zeiten?«

»Gott, Hoheit, wie soll's gehen. Mich werden sie ja wohl nicht mehr totschießen mit meinen achtundsechzig.«

»Nein, Haase, warum sollten sie auch.«

»Gründe haben die weiter nicht nötig. In den letzten Tagen war's ja wieder ganz schlimm.«

»So, was ist denn passiert?«

»Haben Hoheit denn nicht die Zeitung gelesen? Und was da drin steht, ist nicht mal der zehnte Teil, soviel weiß man.«

Nein, Ludwig hatte keine Zeitung gelesen. Seit mehreren Tagen nicht. Man schrieb heute den 3. Juli.

»Er hat doch den Hauptmann Röhm erschossen, Hoheit. Und manche sagen sogar, mit eigener Hand.«

Ludwig blieb stehen, Haarbürste und Kamm in der einen Hand, in der anderen den Schwammbeutel.

»Bitte noch einmal, Haase!«

Der Alte erzählte. Das meiste war vages Gerede. Aber eines blieb und stand fest: ohne Untersuchung und Spruch hatte dieser Führer und Reichskanzler seinen Paladin Ernst Röhm exekutieren lassen, den Organisator seines Parteiheers, Baumeister seiner Macht, den Mann der »unvergänglichen Dienste, für den er dem Schicksal so dankbar war«.

Es wurde Ludwig augenblicklich klar, dass Tod und Bestattung des Herzogs seinem Bruder das Leben gerettet hatten. Denn der hatte dem intimen Kreis des ermordeten Hauptmanns angehört.

Aber unmöglich konnte er wissen, wie haarscharf August der Pelotonkugel entgangen war.

Das Telegramm aus dem Camburger Schloss nämlich hatte ihn in Heidelberg erreicht, eben in Gesellschaft des Röhms, seines Stabes und seiner sonstigen Sippschaft. Die Herren befanden sich dort auf Urlaub, und sie genossen ihn auf ihre Weise, in einer Atmosphäre, in der Schmierstiefelgestank sich mit dem Gedüft männlicher Huren eigenartig vermischte. Bei Tage flanierte man breitspurig in den Straßen und tätigte so massenhafte Käufe an Puder und Schminke, dass in den Parfümerien die kleinen Verkäuferinnen sich anstießen. Nachts im Hotel wurde gezecht und gebrüllt, und die Champagnerflaschen flogen in Spiegel und Fenster. Es war ein derartig wüster Skandal, dass schließlich die Bürger drohten, das ganze Gelichter aus Heidelberg hinauszuprügeln. Daraufhin reiste man ab, nach dem bayrischen Süden.

Dem Erbprinzen wurde die Depesche des Camburger Hofmarschalls unmittelbar vor der Abfahrt überbracht. Missmutig nahm er Abschied und fuhr nach Hause. So blieb er am Leben.

Zwar vermissten die Mörder ihn unter den Opfern. Aber die »Nacht der langen Messer« war nun einmal vorüber. Dem Führer und Reichskanzler wurde es Angst vor der Fülle seiner Taten. Es erging jener Befehl, bei dessen Empfang August so krachend in seinen Sessel gesunken war. Darin war verfügt, dass sich der neue Herzog als Gefangener in seinem Schloss zu halten habe. Ging alles gut, so vergaß man ihn da ... Er war ausgeschaltet aus jenem Blutkreislauf der Macht, an dem teilzuhaben er so gierig gewesen.

Ludwig sah ihn nicht mehr. Auf dem Bahnhof kaufte er Berliner Zeitungen und die paar Schweizer und englischen Blätter, die in diesen Tagen durch Nachlässigkeit der Konfiskation entgingen. Die ihm gewohnten ›Times‹ waren darunter.

Er blieb allein im Abteil. Und er las. Aus Dreiviertelslügen und kommandiertem Gewäsch auf dem deutschen Papier, aus Halbgewusstem, Halberratenem in der Presse von draußen, stieg ihm das Ungeheuerliche entgegen.

Was sich hier entladen hatte, war die natürliche Spannung zwischen den historischen Gewalten im Reiche und dem Parteiheer, auf dessen Schultern jener zur Höhe geklettert war. Diesen wimmelnden Landsknechtshaufen, von Röhm zusammengebacken, denen man die versprochene Alleinherrschaft vorenthielt, nachdem sie ihren Dienst geleistet.

Für Kanzler Hitler war der Moment bedenklich. Der uralte Reichspräsident lag im Sterben. War er tot, dann bedurfte Hitler zu seiner endgültigen Erhebung der Generäle. Aber die Generäle verlangten die Auflösung seiner Miliz, ihre teilweise Einordnung in die reguläre Armee. Sollte er das wagen? Sollte er, um ganz hoch zu steigen, zunächst das Postament zertrümmern, auf dem er jetzt stand?

Er zauderte. Er wusste nicht, was er wollte. Sich behaupten, das wollte er. Sich behaupten um jeden Preis. Im Frühjahr hat er die »nationale Revolution« ausgerufen, jetzt, drei Monate später, erklärt er sie für beendet. Und da er vor allem einmal »der Gefreite aus dem Weltkrieg« ist, den es vor den roten Streifen an einer Generalshose ehrfürchtig schauert, so verrät er schließlich »sein Werk« und den, der es für ihn getan hat, »seinen geliebten Freund Röhm«.

Er fliegt also bei Nacht über das viel duldende Deutschland, um dort im Süden den Ahnungslosen samt seinem Anhang zu fassen. Zur Exekution führt er seinen Propagandaminister und seinen Pressechef mit. Die Tat soll gleich an Ort und Stelle frisiert werden. Aus dem noch rauchenden Blut kochen die Handlanger ihre Lügensuppen.

Die für den Reichskanzler Meineide geschworen haben, gestohlen, geplündert, Menschenglück hekatombenweise vernichtet, sie werden zusammengeschossen, zusammengehauen in seinem Namen. Begangenes Verbrechen schützt sie nicht mehr.

Mordfreiheit herrscht. Die Unterführer machen sich selbstständig. All das Gesindel, das in der Hefe eines Volkes von fünfundsechzig Millionen wimmelt, heut hat es seinen Jagdschein in der Tasche. Heut ist für jeden die Gelegenheit da, persönliche Rache zu kühlen. Man folgt seinem Trieb, man hat seinen Spaß und empfiehlt sich damit noch nach oben. Man arbeitet umsichtig. Es werden alle erlegt, die nach diesem »Führer« jemals zur Macht aufsteigen könnten; Sozialisten, Monarchisten, Katholiken, Protestanten, besser, es verbluten fünfzig zu viel als einer zu wenig. Manchmal natürlich gibt es Verwechslungen. Einer heißt Schmidt und ein andrer heißt Schmidt, sicherheitshalber exekutiert man sie beide.

Alle die Erschlagenen – sind's achthundert? sind es tausend? werden verbrannt. Niemand wird die entstellten Leichen mehr sehen.

Und dann stellt Reichskanzler Hitler sich hin und »übernimmt die Verantwortung«.

Jahrelang hat er das wüste Gehabe seiner Vertrautesten angeschaut, ihre Knabenschändungen, ihre tierische Völlerei. Nun grölt er über die warme Asche hin seine sittliche Entrüstung in eine ekelschauernde Welt. Aber der Ekel gilt ihm.

»Der deutsche Unrat stinkt in die Nüstern der Welt«, las Ludwig in den ruhigen ›Times‹.

Unordentlich häufte und bauschte sich um ihn das Zeitungspapier. Die Hände flogen ihm. Immer suchte er noch, es war ihm nicht genug Klarheit – obwohl es genug war. Da stieß, in einem deutschen Blatt, sein Blick auf Verse. Mechanisch haftete er an den kürzeren Zeilen. Es war eine Art Hymnus. Er lautete so:

Der Atem derer, die ihn sehen, lischt,
Die Erde, die vom Anmarsch bebte, schweigt.
Der Lärm hockt grau am Ende aller Welt.
Der Führer steht.
Der Führer hebt die Hand zum ewigen Gruß.

Es schlägt sein Herz im Herzschlag seines Volkes.
Er steigt, vom Wunder ganz umhüllt.
Des Führers Schreiten heute ist Gebet.

Ludwig stand hastig auf. Physische Übelkeit überkam ihn. Er riss das breite Fenster herunter und atmete die Nachtluft ein. Dann raffte er all das bedruckte Papier zu einem riesigen Ballen zusammen und warf den hinaus.

In diesem Land zu leben, war nicht mehr möglich. Morgen verließ er es –

Hinter seinem Rücken entstand Geräusch. Die Tür zum Abteil war geöffnet worden. Im offenen Eingang stand Otto Steiger, sein Lehrer.

## 8.

Gretschels Weinhaus war ein solides Restaurant, in einer der Gassen hinter dem Altmarkt in Dresden gelegen. In seinen dunklen Ledersesseln tranken Rentner und gutgestellte Beamte einen würzigen Dämmerschoppen. Auch waren Herrn Gretschels Krebse unter diesen behaglichen Kennern berühmt. Er selber, beleibt, angenehm anzuschauen, und witzig beredt in seinem Heimatdialekt, bewegte sich umsichtig zwischen den Nischen und besorgte persönlich die Bedienung seiner ansehnlichsten Gäste. Politisiert wurde nicht. Aber keine braune oder schwarze Uniform war hier noch gesichtet worden. Man verstand sich innerhalb dieser Stammkundschaft, die einer anderen Zeit angehörte. Gretschels Weinstube war eine Insel des Friedens.

Es gab übrigens noch ein Hinterzimmer. Ein langer, dunkler Korridor, der zweimal im rechten Winkel abbog, führte dorthin. Der Raum war ganz klein, sein einziges Fenster ging auf einen Hof hinaus, der nicht viel mehr war als ein Luftschacht. Man musste um Mittag hier Licht brennen. Aber dies Zimmer wurde selten benutzt. Herrn Gretschels Kellner, der erst vor vier Wochen bei ihm in Dienst getreten war, wusste vielleicht noch gar nicht, dass es existierte.

Heute abend war eine kleine Gesellschaft hier versammelt. Acht Herren saßen um den runden eichenen Tisch. Jeder von ihnen hatte ein grünliches Römerglas vor sich stehen. Aber das schien eine Formsache. Man trank kaum etwas. Es wurde auch wenig geraucht.

Es waren gut aussehende Leute. Die Mehrzahl von ihnen zeigte das gehaltene, etwas steife Betragen von gehobenen Beamten oder von Offizieren in Zivil. Mit zwei Ausnahmen waren sie jung.

Doktor Otto Steiger, der mit am Tische saß, war jetzt den Fünfzig nahe. Noch immer erschien er soigniert in seinem Äußeren, doch dieser Gepflegtheit sah man an, dass sie unter bedrängten Umständen festgehalten wurde. Sein schwarzer Anzug war peinlich sauber, aber er glänzte. Doktor Steigers sehr große, braune, etwas vorgewölbte Augen zeigten nicht mehr die Sanftheit seiner jungen Jahre, sie spiegelten in einer eigensinnigen, beinahe fanatischen Härte.

Wesentlich älter noch als er war Oberst Michael Bruckdorf. Unter Mittelgröße, fest, mit einem geröteten Gesicht, von dem Augenbrauen und gestutzter Schnurrbart sich watteweiß abhoben, war er aufgestanden und sprach mit einer leicht krähenden Befehlsstimme, die er nach wenigen Sätzen immer von neuem dämpfte.

Dazu war Anlass. Es hatte seinen Sinn, dass die acht Herren sich in dem trübseligen, luft- und lichtarmen Hinterraum zusammengefunden hatten. Wenn das Wort Hochverrat in diesem Deutschland, unter dieser Regierung, noch einen Sinn hatte, so war Herrn Bruckdorfs Rede hochverräterisch im äußersten Grad.

Er gab ein Resumé. In Abschnitten, die durch seine knappen Gesten gleichsam graphisch markiert wurden, fasste er die Berichte seiner Vorredner zusammen.

Da waren die kirchlich gesinnten Protestanten im Land. Nicht länger schienen sie willens, der Ausbreitung eines neuen Heidentums tatenlos zuzuschauen, das die »Judenbibel« verwarf und Christi hohe Gestalt in die eines völkischen Häuptlings umfälschte. Von dem unter den Protestanten zur Empörung aufschwellenden Unmut hatte Herr von Unna überzeugend berichtet.

Ihrerseits hatten die Herren Herdegen und von der Unstrut über die vielleicht noch höher gestiegene Abwehrlust im katholischen Lager ihr Material bekanntgegeben – nur die Namen der sympathisierenden Bischöfe waren sie durch Handschlag verpflichtet, vorläufig geheimzuhalten.

Durch Ministerialassessor von Zednitz war man über den Frondegeist innerhalb der Beamtenschaft orientiert.

Und zuletzt hatte Bruckdorfs Kamerad Eisendecher, Hauptmann der Reichswehr, in seinem knappen Referat angedeutet, was nun der Oberst selbst genau zu belegen sich anschickte.

Vom »Stahlhelm« ging seine Rede, der ausgebreiteten Organisation alter Soldaten, von der ein dichtes Gestränge starker Fäden zur aktiven Reichswehr hinüberlief. Es waren Millionen von Männern.

Jeder am Tisch wusste bereits, wie dort die Stimmung war. Man hielt sich im Stahlhelm an die Traditionen des vergangenen Jahrhunderts gebunden, war betont und kämpferisch antirevolutionär, war deutsch in einem oft primitiven und engen Geiste. Gereizte, übersteigerte Vorstellungen von nationaler Würde dominierten auch dort. Jedes einzelne Mitglied empfand die Deutschland aufgezwungene Waffenlosigkeit als eine ihm persönlich angetane Schmach. Aber das waren eifersüchtig gehütete Vorstellungen und Ziele. Man wünschte diesen Schatz nicht zu teilen. Und ihn hatte nun ein Klüngel von Agitatoren sich angeeignet, hatte ein demagogisches Marktgeschrei daraus gemacht und sich unter diesem Zeichen in die Herrschaft emporgeschwatzt und emporgeschwindelt.

Die an ihr altes, ihr wieder zu errichtendes Deutschland glaubten, fühlten sich elend betrogen. Man war monarchistisch im Stahlhelm, man war religiös. Man hatte auch gar nichts übrig für den volksverführenden Rassenhumbug. Unter diesen ehemaligen Kämpfern waren ungezählte nicht rein »germanischen« Bluts. Sie alle auszustoßen war man gezwungen worden, man empfand das als einen unwürdigen Verrat am Gedanken der Kameradschaft. Gerade innerhalb der sächsischen Organisation, wenn Oberst Bruckdorf die Dinge richtig ansah, war dies Gefühl höchst lebendig.

Leider aber, leider – und hier dämpfte der weißbärtige Herr seine Stimme wieder zum Flüstern – erschien die oberste Leitung des Bundes durchaus nicht mehr zuverlässig. Diese Leitung zeigte sich zu Kompromissen geneigt, ja das Wort Kompromiss war beschönigend. Dort oben waren sie im Begriff, dem zu erliegen, was Herr Hitler seine Ideen nannte. Bereit schon oder beinahe bereit, den alten Kämpferbund aufzugeben. Eines Morgens konnte man vor Tatsachen stehen: vor der Tatsache der vollzogenen Auflösung. Der Oberst sah den Moment schon vor sich. Er las im Geist schon die Zeitungsartikel! Der Verrat würde verklebt und verkleistert werden mit schönen Worten von Einordnung und Totalität und erfüllter Aufgabe. Die obersten Bundesführer, zum Lohn für ihre Felonie, würden abgefunden werden mit Ministerposten und dicken Pfründen. Dann war das Bollwerk dahin. Aber noch stand es, das Bollwerk!

Der Oberst nahm einen Schluck aus seinem grünen Römer und fuhr dann fort:

»Für die Bereitschaft der Kameraden in Sachsen kann ich einstehen. Widerstand seitens der hiesigen Reichswehr ist nicht zu fürchten. Unsere Vorbereitung ist weit gediehn. Noch sind wir im Besitz unserer Waffen. Die letzte Gelegenheit ist da, aus unserm engen Vaterlande her das Zeichen zu geben, von Sachsen aus das volkzerstörende, mit Morden belastete Gewaltregiment aufzurollen. Es kann geschehen, es muss geschehen, aber es muss bald geschehen.«

Er straffte seine kurze Gestalt, blickte nach einer bestimmten Stelle des Tisches, neigte ein wenig den Kopf und begann, in anderer Stimmlage, gewissermaßen von neuem: »Hoheit, gnädigster Prinz –«

Denn dort saß Ludwig. Mit verschlossenen Zügen hatte er während der Rede Bruckdorfs auf eine Stelle der Tischplatte niedergeschaut, seine Augen hatten sich dort festgesehen, sie zeigten einen entrückten und grübelnden Ausdruck. Er hörte manches nur wie von fern, manches gar nicht, es waren ja auch vielfach Dinge, die jeder in dieser Runde auswendig wusste, und nur des Nachdrucks halber, gleichsam um seinen Vorschlägen ein Sprungbrett zu geben, hatte der alte Offizier alles noch einmal ausgebreitet. Ludwig saß wie in einem leichten Fieber. Das Gefühl von etwas Unwirklichem, Traumhaftem, hatte ihn in den letzten Monaten kaum verlassen. War in der Tat er, Ludwig von Camburg, zum Mittelpunkt und Sinn dieser Gewaltpläne ausersehen, die da vor der Verwirklichung stehen sollten?

Sein Lehrer Steiger glaubte damals den Moment gut gewählt, um ihn zu gewinnen. Die Junimorde, die plötzlich taghell beleuchtete, wüste Bedenkenlosigkeit des Regimes, mussten, so rechnete er, diese empfindende, leidenschaftliche Seele bereit gemacht haben. Da das grausig Phantastische in diesem Lande geschah, was sollte ferner unausführbar erscheinen! War es nicht endlich geboten und ganz natürlich, einen Abkömmling aus tausend Jahre lang souveränem Haus der nie erhörten, blutigen Anmaßung entgegenzustellen? Steiger fragte ihn das. Seine alten Träume von einem Volksfürsten aus sächsischem Stamm erhielten im Licht der unwahrscheinlichen Ereignisse einen Lebensschimmer von Möglichkeit.

Dennoch war Ludwigs erste Reaktion eine solche der Abweisung, fast des Hohnes gewesen. Ja er, ein noch nicht dreißigjähriges Prinzchen, mit einem unvollendeten Porträtkatalog als Lebensleistung, er war wahrhaftig der Mann, um diese Sintflut von Blut in ihre Dämme zu weisen. Da gab es wohl andere!

Die gab es eben nicht, war die Antwort. Beschämend genug und tief niederdrückend. Nicht einer aus diesen einst hochgebietenden Geschlechtern, deren Namen als Inbegriff einer besseren Vergangenheit dem Volk im Herzen nachklangen, nicht einer war aufgestanden und hatte ein freies Wort gewagt. Sie schienen alles ganz natürlich zu finden. Sie sahen zu, wie da einer mit der Pfiffigkeit des geborenen Bauernfängers erfolgreich alle schmählichen Instinkte aufrief, die auf dem Seelengrund einer Volksmasse schwelen: jede Unsicherheit, jede Dumpfheit, jeden Neid, jede Feigheit, jedes böse Gewissen. Wie alles Großartige und Freie aus dem öffentlichen Leben der Nation, aus ihrer Sichtbarkeit verschwand, und wo es nicht gleich verschwinden wollte, ausgetreten wurde vom Stiefelabsatz des Geheimpolizisten. Wie vom Federstrich einer Klippschüler-Handschrift die deutschen Länder weggelöscht wurden, die die historischen Namen der alten Teilmonarchien trugen. Wie die Partei des Zauberkünstlers, deren Ziel und Sinn weder er noch sonst irgendein Mensch mit klaren Worten zu nennen wusste, als ein saugender Schwamm sich über den weiten Volkskörper legte. Wie vom Schmarotzertum ihrer hunderttausend Funktionäre die öffentlichen Schulden ins Unerrechenbare aufschnellten, da niemand mehr da war, der Halt gebot. Ja, dem allen sahen jene einst gebietenden Herren tatenlos zu.

Schlimmer noch, es gab Mitglieder ihrer Familien, die sich beflissen an den zum Abgrund rasenden Wagen anhängten! Musste einem Menschen wie Ludwigs Bruder August – denn Steiger nannte Personen wie Dinge bei Namen – nicht die Schamröte aufsteigen, wenn er davon las, wie Männer aus dem Volk, Proletarier, Enterbte, ihr Leben in die Schanze schlugen, wie sie namenlos opferten, namenlos hingefoltert wurden im Dunkeln, diese »Marxisten«, diese »Bolschewiken«. Alle die nämlich, denen es nicht gleichgültig oder erwünscht war, dass in diesem Deutschland erpresst und geraubt wurde an allen Ecken. Deren Herz nicht stumpf genug war, jene Tausende zu vergessen, die bereits hinter elektrisch geladenem Stacheldraht tägliche Qualen litten. Nein, nicht das ganze Volk war vergesslich. Nicht das ganze Volk unterwarf sich so freudig wie sein einst regierender hoher Adel der Recht- und Ruchlosigkeit. Ein furchtbares Maß von Wut und Hass war aufgespeichert. Es gab ein anderes Deutschland – Steiger wurde nicht müde, das zu wiederholen. Die in den Militärbünden vereinigten Männer, sie vor allem, waren bereit. Sehnsüchtig schauten sie aus nach dem, der vorangehen würde. Nach einem, den sein Name und sein Sinn wahrhaftig legitimierten. Der Tag war nah, er war da, für einen Volksfürsten aus altem Blut.

Ludwigs Skepsis schwand nie ganz dahin unter der heißen Beredsamkeit seines Lehrers. Wahrscheinlich hatte es noch keine Stunde gegeben, da er wirklich im Innersten vertraute. Aber was unermüdlich wiederholt, unerschöpflich abgewandelt und ausgemalt wird, verliert endlich das Gesicht des völlig Phantastischen. Steiger hatte ja recht: was er da wollte und betrieb, war längst so absurd nicht, als was diesem Volke geschehen war und täglich geschah. Und als seine Pläne dann Gestalt annahmen, sich gleichsam verengten, als handelnde Personen, Örtlichkeiten, Daten hervortraten, da erschien das Unternehmen Ludwig schon beinahe vertraut.

Sachsen war zunächst das Ziel. Sachsen, dessen Namen er trug. Fürst von Sachsen und Thüringen – der Titel war ihm vererbt. Alle würden sie ihm zufallen, die in einer Monarchie die Rettung vor Lüge, Gewalt und Ruin erblickten. Aber Sachsen war nur der Anfang. Steiger sah weiter.

Arm, mit einem Koffer als einziger Habe, war er in jener Julinacht nach Berlin gefahren, vorsätzlich im gleichen Zug wie Ludwig, ein entlassener Gymnasialprofessor. Es blieb ganz unklar, wovon er lebte, wovon er seine Reisen bestritt. Denn er war in den Monaten, die folgten, unablässig unterwegs zwischen der Reichshauptstadt, Dresden und den Städten der Provinz. Seine zwei Anzüge wurden immer schäbiger, sein Aussehen asketischer. Eine Beihilfe anzunehmen, war er nicht zu bewegen. Er benötigte nichts, hieß seine ständige Antwort, er brauche nur eines: Ludwigs Glauben. Es dauerte lang, ehe er ihn auch nur Blicke tun ließ auf das Gewebe, an dem er spann. Im Frühjahr 1935 führte er ihm die ersten Verbündeten zu, umsichtig ausgewählte Männer, von Adel zumeist, übrigens nur der Minderzahl nach aus dem sächsischen. Ein einziger von ihnen war Ludwig bekannt: jener Jurist von Zednitz, ehrgeizig, ziemlich hochmütig, schweigsam, mit dem er auf der Hochschule zusammengetroffen war.

In Ludwigs Berliner Wohnung fand die erste Zusammenkunft statt. Die Herren von Eisendecher, von Unna, Herdegen, von der Unstrut, zuletzt Oberst Bruckdorf, kamen, völlig bereit schon, den Prinzen zu akzeptieren. Sie fanden Steigers schwärmerische Schilderung bestätigt – sie hätten sie wohl in jedem Fall bestätigt gefunden. Und sie behandelten Ludwig vom ersten Augenblick an als den künftigen Souverän, der mit Einzelheiten nicht zu behelligen ist und der im gegebenen Moment hervortreten wird wie der Gott aus der Wolke.

Die Herren kamen einzeln vor dem Haus am Hohenzollerndamm an, fuhren einzeln mit dem geräuschlosen Lift zum sechsten Stockwerk hinauf, wurden einzeln von dem apfelwangigen Imme in das Wohnzimmer mit den holländischen Möbeln geleitet. Ludwig hatte überlegt, ob er an diesem Tage dem Diener nicht besser Ausgang geben sollte, aber Steiger vertrat die Meinung, dies müsse dem Treuen nur auffallen. Man traf sich dreimal in Ludwigs Wohnung. An diesen drei Abenden saß Imme drüben in seiner Kammer.

Der eigentliche Treffpunkt der Gruppe jedoch befand sich in Dresden, eben hier in Herrn Gretschels licht- und luftarmem Hinterzimmer. Zum ersten Male war Ludwig heute hierher gereist. Benommen, erhitzt, tief befangen, lauschte er den Erklärungen des weißbärtigen Offiziers. Eben ging der von seinen Prämissen zur nächsten, der praktischen Zukunft über:

»Hoheit, gnädigster Prinz –«

In der Nacht vom 24. zum 25. Dezember, der Christnacht, werde man handeln. In genau sieben Wochen also. Auf diesen Zeitpunkt sei die Wahl gefallen weil man da erwarten dürfe, ohne Blutvergießen ans Ziel zu kommen. Niemand, auch Hitlers misstrauischste Handlanger nicht, versähen sich während hoher Festtage einer Gefahr. Das Gros der Milizen werde auf Urlaub sein, fast alle zivilen und militärischen Befehlsstellen außer Funktion. Dies gelte besonders – Bruckdorf wendete hier seinen Blick auf Hauptmann von Eisendecher und lächelte ein wenig – von den lokalen Kommandeuren der Reichswehr. Man werde in den Kasernen nur schwache Kontingente vorfinden. Die Ministerien zu besetzen, die Bahnhöfe, die Telegraphenämter, das Funkhaus, sei Kinderspiel. Alles werde ohne viel Aufhebens vor sich gehen. Da zwei, eigentlich drei Tage lang Zeitungen nicht erschienen, werde erst Freitag, den 27., nachmittags die Bevölkerung von dem Umschwung volle Kenntnis erlangen. Dass er als eine Erlösung begrüßt werden würde, stehe ganz außer Zweifel. Inzwischen aber, im Besitz aller Verkehrsmittel, habe man Zeit gehabt, mit den Kameraden im Reich in Verbindung zu treten. Mit einem augenblicklichen Aufflammen vielerorts, in Hessen, in Bayern, in katholischen Teilen Preußens, sei zu rechnen. Sachsen aber gehe voraus, es gebe das Beispiel, ein sächsischer Herzog trage die Reichssturmfahne voran einem von Usurpation, Druck, Lüge und Verbrechen erlösten Deutschland!

Er setzte sich, verlegen und selber erschüttert. Sein Gesicht war purpurn, er räusperte sich lange und rau. Aller Augen richteten sich langsam auf Ludwig.

Ludwig wollte aufstehen, dann unterließ er es, aus Scham vor der feierlichen Geste. Er holte tief Atem, sah flüchtig seinen Lehrer Steiger an und sagte mit einer ausgetrockneten, bleichen Stimme, die ganz der seiner verstorbenen Mutter Anna Beatrix glich:

»Was Oberst Bruckdorf vorgetragen hat, ist das Ergebnis langer Vorbereitungen. Ich kann nichts anderes tun als dies Resultat annehmen. Sie haben mir Ihre Hoffnungen zugewendet, haben mir in Ihrer Unternehmung die sichtbarste Stelle zugewiesen. Das verdanke ich ganz allein dem Namen, den ich trage, und dem Vertrauen, um das mein einstiger Erzieher für mich geworben hat. Ihm, meine Herren, haben Sie geglaubt. Ich bin ein junger Mensch, ohne Erfahrung und notwendigerweise ohne Leistung. Aber ich teile mit Ihnen das Gefühl für die Untragbarkeit des jetzigen Zustands. Mit Ihnen glaube ich, dass die Menschen, die jetzt über unser Land verfügen, es entwürdigen, sein Herz und seinen Geist zerstören und es zur allgemeinen Gefahr machen. Ich bin heute nur eine Figur in Ihren Händen und kann nicht wissen, ob ich jemals mehr sein werde. Niemand kennt seine eigenen Kräfte, am wenigsten ein noch unfertiger Mensch. Wenn Ihr Plan glückt, und es erweist sich, dass diese Kräfte nicht ausreichen, so werde ich meinen Platz gern einem Fähigeren lassen. Das ist ein Versprechen. Und noch ein zweites Versprechen kann ich geben. Sie alle setzen Ihre Existenz und Ihr Leben aufs Spiel. Das will ich auch. Das Blut, das in mir fließt und dem Sie vertrauen, will ich gern hingeben. Es wird kein Opfer sein, wenn es geschehen muss. Denn so wie in diesem Lande das Leben geworden ist, lohnt es nicht mehr. Sie wollen, und auch ich will, dass es wieder lohnt. Wenn es mir gegeben wäre, zu beten, so würde ich für Sie beten, und dafür, dass Ihr Mut und Ihr Glaube gekrönt werden.«

Er hatte bei seinem letzten Satz die Stimme nicht sinken lassen. So wussten die anderen erst nicht, ob er zu Ende gesprochen habe. Es entstand eine befangene, schwere Stille. Man hörte nur den herzkranken Herrn von der Unstrut einmal tief aufseufzen. Da geschah ein donnernder Schlag gegen die Tür. Alle standen sie aufrecht. Die unter ihnen, die Soldaten gewesen waren, blickten einander an; ihr Ohr unterschied den Gewehrkolben. »Öffnen!« gebot eine gemessene Stimme. Neue Kolbenstöße folgten. Die Tür wankte schon.

Steiger hatte Ludwig um die Schulter gefasst, er zog ihn zum Fenster. Er riss es auf. Sein verstümmelter Arm deutete durch den Hof auf ein Tor. »Am Postplatz stehen Taxis. Sie fahren zur Grenze, nicht Richtung Altenberg – Richtung Freiberg-Teplitz! Sagen Sie dem Chauffeur, wer Sie sind!«

»Aber Steiger!« sagte Ludwig ganz leise.

Ihm war, als hätte er den Vorgang vorausgewusst, ganz so, wie er sich abspielte. Alle blickten auf ihn. Mit genierten Schritten ging er zur Tür. Bruckdorf und Eisendecher drängten sich vor ihn. Er sah, dass Eisendecher bewaffnet war.

Zum ersten und letzten Mal lag es ihm ob, zu befehlen. »Stecken Sie das ein – bitte«, sagte er. »Es werden viele sein. Wo Leben ist, ist noch Hoffnung.« Die Türfüllung splitterte. Ludwig schob den Riegel zurück.

Ins Zimmer blinkten die Läufe von vier Gewehren. Dahinter Revolvermündungen, genug, um eine Kompanie zu erledigen. Man erkannte im unsichern Licht die schwarzen Uniformen der SS. Der Anführer, hoch und breit gewachsen, Totenkopf an der Mütze, trat herein. Er hielt in seiner linken Hand einen Zettel.

»Sie verlassen zu zweien den Raum«, sagte er beinahe höflich. »Unter der Tür werden Sie nach Waffen durchsucht. Bei Widerstand Kopfschuss. Sie werden paarweise transportiert. Die ersten sind Ludwig von Sachsen und« – er blickte auf sein Papier – »und von Zednitz.«

Steiger stürzte zu Ludwig heran, ergriff seine Hand und drückte sie mit Heftigkeit an die Lippen. Der Offizier ließ es ruhig geschehen. »Bitte jetzt!« sagte er nur.

Als Ludwig und Zednitz um die zweite Ecke des Korridors bogen, sahen sie an der Wand wie ein Paket Herrn Gretschel liegen, mit dem Gesicht nach unten. Ludwig wollte stehenbleiben, aber das wurde nicht geduldet.

Im Auto saßen bereits zwei SS-Männer, Revolver in Fäusten. Sie stiegen ein. Man fuhr unterm Schlossbogen durch, an der Hofkirche vorbei, über die Augustbrücke zur Neustadt.

## 9.

Das Gebäude, vor dem sie hielten, wirkte wie eine Schule. An seiner riesigen Front waren die vorhanglosen Fenster allesamt hell erleuchtet, vom Parterre bis unter das Dach. Man war zum Empfang bereit. Man verbarg sich hier nicht. Nackt und frech und im vollen Licht residierte hier die Gewalt.

Die Begleiter verschwanden im Haus. Von Soldaten umstellt, hatten die Gefangenen im Regen zu warten. Ludwig las überm Portal einen griechischen Spruch: Ho me dareis anthropos u paideuetai, und wunderte sich, dass er's noch übersetzen konnte. Die Inschrift war eigentlich der neuen Bestimmung des Gebäudes noch besser angepasst als seiner früheren. Er bemerkte etwas dergleichen zu Zednitz. »Stramm angefasst« werde man ja wohl werden.

»Maul halten!« fuhr man ihn an. Von drinnen kam ein Zeichen, und man führte Zednitz ins Haus.

Ein zweites Auto hielt. Aber Ludwig blieb keine Zeit, sich zu vergewissern, wer nun anlangte. Bewaffnete eskortierten ihn zum zweiten Stockwerk hinauf. Eine breite Tür, der Treppe gerade gegenüber, wurde vor ihm geöffnet.

Inmitten des saalartigen Raumes saß ein junger Mann hinter einem Schreibtisch, auf dem keinerlei Arbeitsmaterial zu sehen war. Er trug die schwarze Uniform mit silbernen Abzeichen und eine Doppelschnur von der linken Schulter über die Brust. Sein helles Gesicht unter spiegelnd blondem Haar, das sonst hätte schön heißen müssen, war auf eine abstoßende Art entstellt: der linke Nasenflügel zeigte sich bis hoch hinauf zackig zerfressen. Es war beinahe unmöglich, den Blick von dieser Nase abzuwenden.

Mehrere Schreiber waren im Zimmer verteilt. Auch die Eskorte blieb. Neben dem leeren Schreibtisch hatte man ein Grammophon aufgestellt.

»Nehmen Sie Platz«, sagte der Uniformierte. »Schlechtes Wetter plötzlich. Zigarette? Abtreten alle«, sagte er dann vornehm ins Leere hinein. »Sie bleiben, Wisotzky!«

Er setzte sich behaglich zurecht, als die Tür sich geschlossen hatte.

»Dies soll kein Verhör sein, Prinz von Sachsen. Wir brauchen keins. Es ist über Sie schon verfügt, seit längerer Zeit schon.«

»So«, sagte Ludwig auf seinem Strohstuhl.

»Wir ließen Sie so im Netze zappeln, wissen Sie. Wir dachten, der Kreis Ihrer Paladine würde sich noch erweitern. Aber es waren immer die gleichen Getreuen. Na, da haben wir heute mal zugegriffen«, schloss er faul.

»Nun«, sagte Ludwig, »da Sie nichts von mir wissen wollen ...«

»Ach, wir wollen schon. Wir wüssten zum Beispiel gern, mit welchen Stellen der Reichswehr Ihr Oberst Bruckdorf Verbindung gehalten hat. Wollen Sie uns das mitteilen?«

»Könnte ich nicht. Ich weiß nichts davon.«

»Natürlich. Und auch die Namen der Bischöfe und sonstigen O-berhirten kennen Sie nicht, mit denen die Paladine Herdegen und von der Unstrut konspiriert haben?«

»Ebenso wenig. Ich versichere, dass ich keine Ahnung habe.«

»Aha«, sagte der andere. »Ja also, das wäre das. Volkskönig war ja wohl die Bezeichnung?« fragte er dann ohne Übergang. »Volkskönig. War das mehr so eine private Benennung oder sollte es Ihr offizieller Titel sein?«

Ludwig runzelte die Brauen. Wie kam das Gesindel zu solchen Einzelheiten? Sein guter Steiger – er erinnerte sich – hatte das schallende Wort wohl einmal gebraucht, unter verlegenem Schweigen der andern. Aber wieso wusste man hier, was in seiner Berliner Wohnung vor Monaten flüchtig ausgesprochen worden war –

»Im ganzen waren Sie wohl mehr auf Herzog abgestellt, was?«

Wie so etwas redet! dachte Ludwig angewidert. Auf Herzog abgestellt. Wirklich zum Speien.

Er sagte: »Sie werden selbst den Eindruck haben, dass diese Unterredung hier gar keinen Zweck hat. Ich nehme an, dass man mich erschießen wird. Wie ist das?«

»Seien Sie doch nicht so neugierig, Prinz«, hieß es jovial, »das erfahren Sie ja alles noch. Aber es wäre nützlich für Sie, sehr nützlich, wenn Sie mir *eine* Frage beantworten wollten: wer hat denn nun den janzen jottvollen Plan ausjeheckt?« Er sagte ›jottvoll‹, obwohl er im übrigen nicht berlinerte.

»Diese Frage will ich beantworten«, sagte Ludwig. Es kam viel zu prompt, um glaubwürdig zu wirken. »Der Plan ist von mir ausgegangen. Die heute verhafteten Herren haben sich durch mich überzeugen lassen, aus Anhänglichkeit an eine früher regierende Familie.«

»Aha.«

»Und ich bedaure es heute, ja ich bedaure es aufs tiefste, dass ich gute, redliche Männer in ein aussichtsloses Unternehmen verstrickt habe. Das können Sie aufschreiben«, sagte er zu dem Schreiber hinüber.

»Der schreibt sowieso schon alles auf. Das ist ja alles jottvoll, tatsächlich jottvoll. Also Sie waren der teuflische Verführer, und die andern sind so hinterherjetrampelt. Hören Sie gern mal ein bisschen Grammophon? Legen Sie Platte drei auf. Wisotzky!«

Wisotzky, ein albinohafter Hüne, tat nach Befehl. Kratzend setzte die Nadel an.

Eine Männerstimme wurde hörbar, stockend zuerst und zögernd, dann in bequemerem Fluss. Ehe Ludwig noch unterscheiden konnte, wer da sprach, erhoben sich andere Stimmen und redeten durcheinander. Hierauf blieb die erste wieder allein zurück. Es war Unna, der sprach. Als er abbrach, entstand eine Pause, die Nadel kratzte vernehmlich, und dann hörte Ludwig sich selbst etwas sagen.

Er sah sich am Tische sitzen dabei in seinem Berliner Wohnzimmer. Oben an der Schmalseite saß er, vom Fenster abgewendet, in dem Armstuhl mit dem oranischen Wappen. Die Geheime Staatspolizei also hatte von den Zusammenkünften gewusst, und hatte, was da geäußert wurde, phonographisch festgehalten. Es war bekannt, dass dergleichen geschah. Der Vorgang war einfach. Irgendwo im Raum wurde ein Mikrophon eingebaut, und mit einem Griff machte ein Vertrauensmann es aufnahmebereit. Ein Vertrauensmann – wer denn? Es konnte nur Imme gewesen sein, Hermann Imme, der Säbelbeinige, mit den runden, blauen Augen im Apfelgesicht. So also sah Verrat aus. Monat um Monat hatte der ihm die Kleider zurechtgelegt, und Pyramidon auf den Nachttisch bei Föhnwetter, hatte den Atem angehalten beim geringsten Wunsch seines Herrn, und wenn er Mittwoch Ausgang hatte, war er zur Staatspolizei gewandert und hatte seine Rente behoben. So sah das aus. Jetzt sprach, von der Rückseite der Platte drei, Oberst Bruckdorf, militärisch deutlich, recht laut. Es war eitel Hochverrat, was er redete.

Ludwig blickte den Menschen hinter dem Schreibtisch an. Der schien sich köstlich zu unterhalten. Sein zerfressener Nasenflügel zuckte vor Vergnügen.

»Ja also, Prinz«, bemerkte er freudig, »das sind so unsere kleinen technischen Wunder. Ganz überzeugend, wie? Aber das ist noch jarnischt«, fuhr er in seinem unglaubwürdigen Berlinisch fort, »ieberhaupt noch jarnischt is das.«

Ludwig unterbrach ihn. »An der Richtigkeit meiner Aussage ändern diese Aufnahmen nichts. Darum bleibt es nicht weniger wahr, dass die Initiative von mir kam.«

Der andere winkte müde mit der Hand. Er gab seinen Zügen einen Ausdruck von Langeweile und Ekel. »Geschenkt«, sagte er nur. Das hieß: kennen wir alles, haben wir alles gehabt – Anstand, Kameradschaft, Edelsinn, Großmut, interessiert uns alles nicht im Geringsten, Staubkörnchen in unsrer Maschine, die weitermalmt.

Er nahm den Telefonhörer ab und drückte einen Knopf nieder: »Truppführer Lankwitz!«

Truppführer Lankwitz kam und warf mit Elan den Arm nach vorn.

»Sagen Sie mal, Lankwitz, ist Zimmer 14 bereit?«

»Zu Befehl, Herr Obersturmbannführer.«

»Alles nett und komfortabel? Gute Kissen im Bett?«

»Befehl, Herr Obersturmbannführer.«

»Also alles bereit für 'ne wirklich behagliche Nacht? Wir haben einen verwöhnten Gast.«

Wieder bejahte Truppführer Lankwitz, und Ludwig konnte keinen Zug von Hohn in seinem stumpfen Gesicht entdecken. Er war gleichwohl überzeugt, dass Zimmer 14 ein besonders abscheuliches Kerkerloch sein müsse. Man hatte ihn einmal in Venedig durch die alten Verließe geführt: nackte Steinlöcher, grabdunkel, nass, mit einem scharfkantigen Stein als Schlafkissen. Die fielen ihm ein.

Aber als man ihn zum Souterrain hinunterführte und Zimmer 14 vor ihm aufschloss, präsentierte sich dies Gelass in der Tat gar nicht unfreundlich. Besonders geräumig war es nicht, zwei Schritt breit und fünf lang, aber ordentlich möbliert, und das Bett wirkte einladend. Eine unbestimmte Birne hoch an der Decke spendete grelles Licht.

Truppführer Lankwitz fragte nach seinen Wünschen für das Abendessen.

Ludwig äußerte keine.

Trotzdem brachte man ihm einen Teller mit Schwarzbrot und Schinken herein, dazu eine Flasche Bier, alles ganz appetitlich. Hierauf wurde draußen die Tür umständlich verschlossen und, wie Ludwig zu unterscheiden meinte, auch noch durch Querbarren verrammelt.

Nach einigem Umherwandern brach er ein Stück von dem Brot ab und legte etwas Schinken darauf. Erstaunt nahm er wahr, dass Zunge und Gaumen ihren unterscheidenden Dienst versagten. Das Schinkenbrot schmeckte durchaus wie Papiermaché. Und er hatte sich eingebildet, seine Nerven hätten auf Überfall und Verhör überhaupt nicht reagiert! Er legte das Brot auf den Teller zurück.

In diesem Augenblick ging an der Decke das Licht aus. Die Finsternis war vollkommen. Tastend ließ er sich aufs Bett sinken, das weich und elastisch nachgab; er saß und lauschte in die Stille um sich. Aber lange blieb es nicht still.

Auf dem Korridor näherten sich Schritte und Stimmen, und deutlich konnte er unterscheiden, wie man zu beiden Seiten die Nebenzellen aufschloss.

Er vernahm Möbelrücken, sodann Kommandos, und zwar dieselben von links und von rechts:

»Ausziehen! Über die Tischkante. Gesicht nach unten!«

Ludwig in seiner Finsternis lauschte ungläubig. Dies alles entsprach so genau den Gerüchten, die im Lande flüsternd kolportiert wurden – dass er zweifelte. Es war nicht Wirklichkeit! Man imitierte die Schreckensberichte. Man spielte ihm etwas vor, um ihn einzuschüchtern.

Die Ausrede war ihm nicht lange gegönnt. Rechts und links begann das Verhör. Eine Frage, immer dieselbe. Und dann zischte die Stahlrute.

Die Frage links lautete: Mit welchen Kommandeuren hast du Verrat getrieben?

Die Frage rechts lautete: Mit welchen Bischöfen hast du Verrat getrieben?

Nach jeder Frage wurde gezählt. Keine Antwort kam. Und dann hieben sie zu.

Das wiederholte sich einförmig. Nur wurde das »Verhör« bequemlichkeitshalber bald abgekürzt:

»Kommandeure – eins – zwei – drei.«

»Bischöfe – eins – zwei – drei.«

Kein Laut von den Delinquenten. Aber Ludwig ahnte zuerst und dann glaubte er zu wissen, wer da über der Tischkante lag, mit hochaufschwellendem Rücken, und in das Holz biss, um nicht aufzuheulen. Dort links, das war Eisendecher, der Soldat – auch der Oberst konnte es sein, aber nein, das glaubte er nicht. Und er wusste plötzlich, wie Eisendechers Rücken aussah, braun, breit, muskulös, und er sah die Muskeln aufspringen unter der Stahlpeitsche. Zur Linken dort, war das Unstrut? Ja sicherlich, sie hatten nicht Herdegen gewählt, sondern Unstrut, weil der herzkrank war und aussah, als werde er nicht widerstehen. Warum schrie er nicht wenigstens! Vor wem nahm er sich denn zusammen, vor den Henkerskanaillen etwa, oder hatte man ihm gesagt, dass er, Ludwig, ihn hören könne? Jetzt, jetzt kam ein Wimmern, ein raues Stöhnen, aber es kam von der anderen Seite, Eisendecher war es, der Soldat, der zuerst aufgestöhnt hatte – es war wie ein grausiges Wettspiel.

Ludwig merkte auf einmal, dass es ihm warm aus den Handflächen rieselte, er hatte seine Nägel derart eingekrallt, dass die Haut zerrissen war. Mein Gott und Vater, mein Gott und Herr, es war ja nicht auszuhalten, da drinnen marterten sie zwei Männer zu Tod – weshalb, für wen – für ihn.

Es riss ihn vom Bett und warf ihn gegen die Wand, er trommelte mit den Fäusten und brüllte: »Halt! Halt! Halt! Aufhören!« Und zurück zu der Gegenwand, stolpernd im Finstern: »Aufhören! Aufhören!«

Das Verhör zu beiden Seiten ging weiter.

»Bischöfe – eins zwei drei –«

»Kommandeure – eins zwei drei –«

An keinem von ihnen konnte mehr eine Handbreit Haut heil sein. Und das waren nur diese zwei. Was geschah mit den andern? Mit Zednitz? Dem alten Bruckdorf? Was war mit seinem Steiger geschehen? Der lebte womöglich nicht mehr, die Hunde wussten ja ganz genau, wer der wirkliche Urheber war. Mein Gott – und er saß hier im Käfig, machtlos, zum Hören verdammt, wenn er aufbrüllend Halt gebot, so grinsten die drinnen und grimassierten einander zu, denn genau so war ihr Programm. Mein Herr und Gott! Mein Gott und Vater – ach, nun konnte er beten, nun musste er beten, obwohl er nicht glaubte – lieber Gott, was wäre es für eine Erlösung, wenn sie jetzt kämen, ihn holten und ihn draußen im Hof vor die Flinte stellten –

Auf einmal brannte im Zimmer wieder hell das Licht. Nebenan war es still. Die fürchterliche Vorführung schien beendet zu sein. Betäubt vom verzweifelten Lärm, der in seinem Innern tobte, hatte Ludwig überhört, wie man die Zerfleischten, sicherlich Ohnmächtigen, fortschleppte. Er sah auf seine Uhr. Es war halb zwölf.

Von nun an veränderte sich nichts mehr. Das Licht blieb brennen. Es sollte ihn am Einschlafen hindern, wenn er nach dem Gehörten noch Lust verspüren würde, zu schlafen.

Die Nacht war noch lang. Er zweifelte nicht, dass es seine letzte sein sollte. Er wanderte die fünf Schritt seiner Zelle auf und ab, hundertmal, fünfhundertmal, er wanderte mehrere Kilometer weit in dieser Nacht. Er hatte meistens die Hände in den Hosentaschen, schleuderte ein wenig die Beine und machte scharf kehrt an der Schmalwand, wieder und wieder.

Er war ruhig. Er prüfte sich selber genau, stellte fest, dass er von Todesfurcht frei sei, und war jung genug, darüber Befriedigung zu empfinden. Ja, es war gut, dass er starb. Was durfte er anderes wünschen! Nach dem Fehlschlag der Unternehmung, die seinen Namen trug. Nach dem Leiden, das für ihn über jene anderen verhängt wurde. War er tot, so würde man milder gegen sie verfahren, gleichgültiger zumindest. Das Unternehmen zerrann dann in sich. Wahrscheinlich würden die Henker verzichten. Nach ein paar Monaten kamen die Freunde frei. Er hatte gar nichts anderes zu tun als zu sterben. Er wollte es so.

War dies die Wahrheit? Betrog er sich nicht? Glaubte er etwa nicht daran? Er stellte sich die Szene am Morgen recht deutlich vor Augen, gab ihr jede schreckensvolle Realität. »Dann spritzt mein Hirn an die Wand«, sagte er laut, und blieb gleichmütig. Es hatte am Ende doch etwas für sich, wenn so viele Ahnen von einem in die Schlacht gezogen waren und so viele gefallen –

Aber er suchte nach anderen Gründen für diese Gelassenheit, der er misstraute. Es gab solche Gründe. Hatte er's nicht selber ausgesprochen, in jener ersten und letzten Rede seines Daseins noch keine zwei Stunden war es her – dass das Leben nicht mehr lohne, so wie es in diesem Lande geworden war! Mit siebenundzwanzig zu sterben, war im allgemeinen bestimmt kein Spaß. Aber das eine hatte das unsägliche Gelichter, das nun über Deutschland seine schmutzigen Stiefel setzte, erreicht: man verlor nichts mehr mit dem Tod. Schon erschien beinahe ausgetilgt, was an diesem Lande lebens- und liebenswert war. Sie buken mit ihren Henkertatzen dieses allzu fügsame, allzu formbare Volk zu einem ununterscheidbaren Sklaventeig zusammen. Sie schlichen und horchten und spitzelten, sie prahlten und brüllten Gasse und Stuben voll, ein ekelerregender Phrasenschleim überzog Deutschland. Es stank nach Blut und gemeinem Gewäsch. Was sie bauten, war steinerne Phrase. Schon sahen die Städte nicht mehr aus wie vordem, kaum das offene Land. Man konnte keinen Eichbaum mehr ansehen, ohne Brechreiz zu spüren. Was Deutsche gedacht hatten, was deutsche Dichtung gewesen war, wurde posthum verdächtig, weil das Gesindel es zu unsaubern Zwecken stahl, umbog und fälschte. Das harmlose Wohlsein, die Lust am Atmen, waren vergällt. Der gute Bissen und der Wein quollen einem im Munde. Ja, es war so, wo nicht Freiheit war und nicht Barmherzigkeit, da lohnte die Existenz nicht. Da war es sehr gleichgültig, ob man mit zwanzig starb oder mit siebzig. Da war es besser, jung hinzugehen, und vollends, wenn man ein deutscher Fürst war und an vertrauenden Männern schuldig geworden –

Plötzlich drehte sich alles um ihn. Er hielt taumelnd an, schwindelig von seinem tausendmaligen Käfigmarsch. Es ging vorbei. Aber er spürte eine schwere Müdigkeit. Halb vier. Wenn bloß dieses verdammte, grellweiße Licht dort oben verlöschte ... Die Stirn tat ihm weh davon. Er ließ sich niederfallen auf das sonderbar weiche Bett, angekleidet, das Gesicht nach unten, die Arme ausgebreitet, und schon schlief er.

Unsere Träume spielen sich in Bruchteilen von Sekunden ab. Er wusste das, und dennoch glaubte er nachher, lange geträumt zu haben. Aus der Ermattung, so schien ihm, war er sogleich in die Arme dieses Traumes gestürzt, und es waren Susannas Arme. Ausgebreitet lag er an ihrer Brust. Er hatte im Wachen nicht wissen wollen, nicht dürfen, was noch lockte, noch lohnte im Leben. Aber nun, augenblicklich, wusste er es. Wie konnte er aufrecht davongehen durchs Tor, dem Dasein absagen aus stolzen Gründen, da es zurückblieb, das Dasein, ungekannt, ungelebt. Denn um *sie* allein ging es. Alles wurde Schatten und wurde halbwahr vor der ungeheuren Wirklichkeit ihrer Schultern und ihrer Brust – vor ihrem grauen, spähenden Blick, ihrem reifen Munde, der dunklen Stimme. Er hatte sich gesehnt all die Zeit her, es war kein Augenblick vergangen ohne sie. Er hatte die schwerste Steinplatte hingewälzt über sein Verlangen, eingesargt lag es mit offenen Augen. Sie war die Frau seines Meisters, eines Geschlagenen im Kampf, und schon der Gedanke an sie verbot sich, aber im Schlafe, in diesem letzten Traum – denn er wusste im Traum, es sei sein letzter – fiel jedes Gebot. Er weinte mit ausgebreiteten Armen an ihrer Brust, er schluchzte, das Gefängniskissen unter seinem Gesicht wurde ganz nass. Er merkte es im Augenblick, da sie kamen und ihn aufweckten.

Die elektrische Birne brannte noch immer, aber durch das hochgelegene Fenster kam ein trüber Morgenschein. Im Zimmer befanden sich zwei Männer in bürgerlicher Kleidung, beide den Hut auf dem Kopf.

Ludwig stand auf seinen Füßen. Er war sogleich völlig klar. Ja, dies war die Stunde, da dergleichen geschah. Alles vollzog sich wie nach Rezept.

»Wir stören Sie früh«, sagte der Mann, der näher stand, lüftete seinen steifen schwarzen Hut und setzte ihn wieder auf. Sein Gefährte hinter ihm, ungefüger von Ansehen, wiederholte linkisch die gleiche Geste mit seinem braunen Filz.

»Vielleicht wollen Sie erst etwas Toilette machen.« Das Wort Toilette klang sonderbar schrecklich unter diesen Umständen.

Ludwig tauchte das Handtuch ins Wasser und fuhr sich mit dem Zipfel über Augen und Stirn. Dann strich er sein Haar glatt und wandte sich gegen die Tür.

»Nehmen Sie Hut und Mantel mit. Es ist kühl.«

Ludwig gehorchte, etwas befremdet über die Fürsorge. Hut und Mantel hingen am Haken, er wusste nicht, wie sie hergekommen waren. Die Zellentür stand weit offen.

»Einen Augenblick bitte!« Der Gehilfe erhielt einen Wink. Ganz gelenkig produzierte er ein Paar Handschellen. Alles geschah ohne Brutalität.

»Muss das sein?« Ludwig hatte bis dahin nicht den Mund aufgetan.

»Ausdrücklich befohlen. Bedaure.«

»Aber *dort* wird man sie mir abnehmen, nicht wahr?«

»Dort – gewiss.«

Der Gehilfe schritt voran, dann kam Ludwig, zuletzt der, der gesprochen hatte. Es ging durch einen langen Gang, dann eine Treppe hinauf, am einfallenden Licht war zu merken, dass man sich jetzt zu ebener Erde bewegte.

»Es ist der Weg des Todes, den wir treten«, dachte Ludwig, und die taktmäßigen Schritte sangen es mit. »Wie viel gute Verse weiß man, ohne dass man es weiß. Ist alles weg, wenn jetzt das Gehirn – Wenn sie nur meinen armen Steiger nicht so fürchterlich quälen! Eigentlich wollte ich, er sähe mich sterben. Es würde ihn kräftigen und trösten, wenn ich das mit Anstand mache. Es ist der Weg des Todes, den wir treten –«

Rechts und links waren die Klassenzimmer. Eine Schiefertafel lehnte zwischen zwei Türen an der Wand, halbverwischte algebraische Kreidezeichen darauf, an ihrem Gestell hing ein völlig vertrockneter, verschrumpfter Schwamm. Aber am Ende des Korridors war eine Tür, die führte zum Schulhof. Da hatten sonst die Jungens gespielt. Jetzt stand dort das Peloton für ihn bereit.

Der Gehilfe stieß die Tür auf. Sie führte nicht nach dem Schulhof. Sie ging nach der Straße. Unmittelbar vor den Stufen hielt ein Automobil. Einer in SS-Uniform saß am Steuer, ein andrer hielt den Schlag geöffnet.

Dieser ganze Apparat war ihm unangenehm. Wozu noch erst ein Transport! Wie einfach und bequem hätte man das auf dem Hof haben können ... Vielleicht fürchtete er, seine Haltung zu verlieren, wenn Umstände gemacht wurden. Vor jenem Bezirk seines Innern, wo er *nicht* gerne starb, würde der Vorhang aufwehen, wenn die Zurüstung sich lange hinzog.

Der Mann mit dem steifen Hut saß neben Ludwig im Fond. Auf dem Rücksitz saß der Gehilfe. Er hielt zwischen den roten Tatzen einen blanken Revolver.

Lautlos fuhr das Auto an. Es war ein vorzüglich gefederter, besonders komfortabler Wagen. Lichtschalter, Aschenbecher, sogar ein Parfümzerstäuber waren vorhanden, alles aus blankgeriebenem Nickel. Polster und Wandbespannung beige-farben, die Vorhänge ebenso.

Diese Vorhänge waren herabgezogen. Man saß in einem gelblichen Dämmer. Niemand sprach.

Ludwig wandte ein wenig den Kopf und betrachtete seinen Nachbar. Es war ein grauhaariger Herr mit einem magern, ganz gut geschnittenen Gesicht, trotz der frühen Stunde sorgfältig rasiert. Er sah aus – nun, wie ein Abteilungschef im Verkehrsministerium. Der Mensch gegenüber dagegen war ein Büttel; in Schmierstiefeln, gestreiftem Beinkleid, dunklem Sakko, und den braunen Hut auf dem Kopf, wirkte er unglückselig.

Die Fahrt dauerte lang. In Dresden konnte man längst nicht mehr sein. Regen prasselte auf das Dach und gegen die rechte der verhängten Scheiben.

Man brachte ihn also zur Exekution auf das flache Land, ganz geheim. Alles was man da draußen nötig hatte, war eine Grube mit ungelöschtem Kalk, um seinen Leichnam zu verzehren.

Seinen Leichnam – »Wann sind wir endlich da«, fragte er nun doch.

»Das wird leider noch eine Weile dauern«, war die Antwort. Dann, nach einer Art von innerem Kampf, lüftete er wieder den Hut: »Polizeirat Donner.«

»Sehr erfreut«, sagte Ludwig. Er sagte es ganz bewusst und genoss die Komik des Vorgangs. »Und nun nehmen Sie mir das hier ab! Ich gebe Ihnen mein *Wort*, dass ich nichts unternehme.«

Herr Donner blickte unschlüssig auf Ludwigs Hände. Dann, als könne er jetzt, da gesellschaftliche Beziehungen hergestellt waren, sich der Forderung nicht länger entziehen, gab er dem Gehilfen einen Wink. Der legte seine Waffe beiseite und öffnete mit geübtem Griff den Verschluss.

Man fuhr und fuhr. Schließlich schien man eine Stadt zu durchqueren. Der Wagen hielt. Einer der Uniformierten vorne sprang vom Sitz. Man hatte zu warten. Sächsische Stimmen und Tramgeläute schallten herein. Es dauerte lang, ehe man wieder auf der Landstraße rollte.

Von links fiel ein Sturm den Wagen an, dass er sich zu biegen schien. Es wurde kälter. Durch einen Spalt zwischen Vorhang und Wand sah Ludwig wirbelnde Blätter.

»Scheußliches Wetter, Hoheit!«

»Scheußliches Wetter, Herr Polizeirat.«

Man fuhr wohl doch nach Berlin. Wollten sie ihn zur Abschreckung in großer Zeremonie guillotinieren? Einen Fürsten hatten sie noch nicht umgebracht, mindestens öffentlich nicht.

»Ich hätte Ihnen Kaffee geben lassen sollen«, sagte Herr Donner plötzlich, »Sie haben ja nicht gefrühstückt.« Er schüttelte missbilligend den Kopf über seine eigene Vergesslichkeit.

Das klang kaum nach Exekution. Und nach Berlin fuhr man auch nicht. Ludwig hätte nicht sagen können, woher ihm die Gewissheit kam. Vielleicht spürte er die Himmelsrichtung oder war es die große Stadt, die passiert worden war? Zwischen Dresden und Berlin lag keine.

Cottbus vielleicht? Aber Cottbus war nur ein Städtchen. Er würde den Herrn Polizeirat um eine Landkarte bitten ...

Dies dachte er schon nicht mehr klar. Er war unversehens in Schlaf gefallen. Sein Kopf schwankte hin und her. Undeutlich merkte er noch, wie man ihn gegen die Ecke lehnte. So fuhr er schlafend seiner Bestimmung entgegen.

Er wachte auf, als der Wagen still hielt. Eisige Luft traf ihn. Die Tür war offen. Draußen schneite es dünn. Sie befanden sich mitten im Wald, neben einem Kilometerstein. Am Schlage stand der Gehilfe, den Rockkragen in die Höhe gerichtet, und einer der Soldaten. Das ganze wirkte durchaus geeignet für eine geheime Erledigung.

Der Polizeirat saß immer noch neben ihm. Er hielt jetzt tatsächlich eine kleine Landkarte in den Händen.

»Wir sind angekommen«, sagte er beinahe liebenswürdig. »Sie gehen jetzt hier diese Straße weiter ...«

»Darf ich fragen, ob Sie Befehl haben, mich auf der Flucht zu erschießen?«

»Ich habe Befehl, Sie an die Grenze zu bringen.«

Ludwig spürte plötzlich eine ziehende Schwäche in Hüften und Knien. Er machte einen Versuch aufzustehen.

»Einen Augenblick noch!« sagte Herr Donner. Er entnahm seiner Rocktasche ein Portefeuille, diesem einen Umschlag und dem Umschlag ein Blatt Papier. Er las vor:

»Berlin, 7. November 1935.

Der Stellvertretende Chef der Geheimen Staatspolizei Reichsführer SS

Ich verfüge, was folgt: Ludwig von Sachsen-Camburg, geboren am 15. Dezember 1908, wird des Landes verwiesen. Alle Grenzbehörden haben Befehl erhalten, ihn zu verhaften, wenn er den Versuch macht, deutsches Gebiet von neuem zu betreten. Das Weitere ist dem Ausgewiesenen persönlich bekanntzugeben.«

Der Polizeirat schloss die Tür. Es war jetzt beinahe dunkel im Wagen. Er sagte leise und stark artikulierend:

»Wenn Sie deutsches Gebiet wieder betreten, so erfolgt automatisch, ohne Verfahren und Aufschub, die Hinrichtung aller mit Ihnen Verhafteten, also der Herren von Eisendecher, von Zednitz, von Unna, Herdegen, von der Unstrut, Steiger und Oberst Bruckmann.«

Er hatte den Satz auswendig gelernt. Immerhin sagte er Bruckmann statt Bruckdorf.

»Und wenn ich mich füge?«

Keine Antwort.

»Wenn ich im Ausland bleibe, werden sie dann in Freiheit gesetzt? Ich bin bereit, mich schriftlich zu verpflichten.«

»Weitere Mitteilungen habe ich nicht zu machen.«

Ludwig stieg aus, mit ihm Herr Donner.

Die Straße vor ihnen lief etwas bergan, zwischen lauter Tannenwald.

»Wenn Sie dort die Höhe erreichen, müssen Sie schon das deutsche Zollamt sehen. Das tschechische liegt dann nur wenige Schritte entfernt.«

Er lüftete nach seiner Gewohnheit den Hut und setzte ihn gleich wieder auf. Das tat auch der plumpe Gehilfe. Der SS-Mann hob den Arm. Hingegen blieb der Chauffeur unbeweglich auf seinem Sitz und sah geradeaus.

Ludwig setzte sich in Bewegung. Er ging ganz langsam, in der ruhigen Erwartung, jeden Augenblick eine Kugel zwischen die Schulterblätter zu bekommen. Aber es geschah nichts.

Doch, jetzt rief ihn der Polizeirat an. »Prinz Ludwig – die Hauptsache!« Ludwig wandte sich um. Es trennten ihn noch keine dreißig Schritt von der Gruppe.

»Ihr Reisepass!« rief Donner, und schwenkte im Schneetreiben das braune Heft.

Ludwig hatte den Pass in seiner Wohnung zurückgelassen, als er nach Dresden fuhr. In der linken untern Schublade seines Schreibtisches war das Büchlein eingeschlossen gewesen. Aber Hermann Imme wusste natürlich genau, wo seine Papiere lagen.

# Herr Ozols

## 1.

Schon zum vierten Mal ging er an dem Hause vorüber und entschloss sich nicht, einzutreten. Das Herz klopfte ihm so, dass es weh tat. Er machte einen Augenblick Halt, blickte in den unwirtlichen Torweg und begann seine Wanderung von neuem.

Es war ein Seitensträßchen mit charakterlosen, unschön heutigen Häusern. Nichts von dem unordentlichen Zauber der Gassenwelt, die sich bei seinem Herweg soeben flüchtig vor ihm aufgetan. Kleingewerbe, dem die Hauptstraße vorne zu teuer war, hatte sich hierher zurückgezogen. Er kannte die Geschäftchen schon auswendig. Es waren eine Schuhmacherwerkstatt, in der ein bleicher, etwas verwachsener Geselle vorne am Fenster hämmerte, eine Plissieranstalt, zwei Sattlereien, eine Hemdennäherei und ein Kolonialwarengeschäft, vor dem unfrisches Obst zur Schau lag. Die Näherinnen und die Mädchen in dem Plissierladen waren schon aufmerksam geworden und blickten durch die Scheiben, wenn Ludwig vorüberkam, aber der Schuhmacher tat, als sähe er ihn nicht, und schlug streng auf seine Sohle los.

An der Ecke das Straßenschild – er las es nun schon zum dritten Mal. Hopfenstokova hieß die Gasse. Immer wenn er seine Briefe nach Prag adressierte, hatte er das Wort mit einem Kopfschütteln niedergeschrieben. Da wohnten also Rotteck und Sanna in einer Gasse namens Hopfenstokova –

Warum eigentlich zauderte er? Mit ein paar raschen Schritten erreichte er von neuem das Tor und lief nun beinahe die Treppen empor, auf die durch Mattglasscheiben das Licht des Novembernachmittags schmutzig hereinrieselte. Viele Türen, zu viele. Auf jeden Treppenabsatz schienen vier Wohnungen zu münden. Von unten kam zirpende Musik. Es klang, als übe jemand auf der Harfe.

Da war das Schild, im obersten Stock. Das alte Schild vom Landgrafenberg, er erkannte es gut, aus solidem Kupfer und schwarz graviert. Dort vor der Villa war es immer sehr blank gewesen, hatte rötlich gestrahlt.

Da stand er nun also vor der einzigen Tür, hinter der, in Freiheit, Menschen wohnten, die ihn angingen. Er hatte sonst niemand. Es gab auf der Welt für ihn nur den davongejagten Professor Johannes Rotteck und seine Frau.

Die Glocke gab einen piepsenden Ton. Drinnen ging eine Tür. Schritte kamen. Vor ihm stand Rotteck.

Groß und hager ragte er auf in einem grauen Halblicht. Es war kein Korridor da. Unmittelbar von der Treppe ging es gleich in das erste Zimmer hinein. Ein Kleinbürgerzimmer, beklemmend. Sechs Stühle um einen Tisch in der Mitte, ein Sofa, eine Kredenz. Unter dem Tisch ein Stück Teppich. Geraffte Vorhänge. So wohnten sie, er hatte es immer gewusst.

Die Begrüßung war fast ohne Worte gewesen. Rotteck legte Ludwig die Hand um die Schulter und führte ihn um den steifen Esstisch herum durch die offenstehende Tür in sein Arbeitskabinett.

»Jaja, mein Prinz«, sagte er, als er hinter seinem Schreibtisch saß, Ludwig ihm gegenüber im Mantel, den Hut auf den Knien, »wie geht's nun also, wie steht's? Vielfach sind zum Hades die Wege und einen gehst du selber, zweifle nicht –« Es schienen Verse zu sein. Sie endeten in einem Murmeln. Er schloss die steingrauen Augen unter den borstigen Brauen, lehnte sich zurück, schob die Finger ineinander und ließ die Gelenke knacken.

Sein Gesicht war noch kantiger geworden, er war schlecht rasiert, und der Bart keimte weiß. Er trug keinen Rock, nur ein blaues Trikothemd, an dem der Kragen offenstand und seinen Hals sehen ließ, dessen Falten aus Holz schienen.

Der Raum war ganz klein, nicht viel mehr als ein Verschlag, umstellt mit Büchern. Das einzige, hohe und schmale Fenster, links vom Arbeitstisch, sah über ein Gewirr von Kaminen und Dächern, auf denen Wäsche trocknete. Der Tisch, hinter dem er saß, war aus billigem Holz, ein Büroschreibtisch ordinärer Sorte, mitgemietet offenbar wie die ganze Einrichtung. Auf seiner Platte regierte symmetrische Ordnung. Rechtwinkelig, militärisch exakt, war sie belegt mit sauber geschichteten Papierstößen und Nachschlagebüchern. Die Feder lag quer über dem Manuskriptblatt, an dem Rotteck schrieb. Es war, als hätte er seit zwei Jahren ununterbrochen so gesessen und auf diesem billigen Tisch geschrieben.

»Nun, und die Arbeit«, fragte er unvermittelt und hatte die Augen aufgeschlagen, »fertig wohl, und schon was Neues?«

»Leider nicht«, sagte Ludwig. »Ich bin unterbrochen worden.«

Es war höchst traumhaft, hier zu sitzen und, nach einem schweigenden Sprung über alles Geschehene, sich zu verantworten, dass ein Bilderkatalog noch nicht fertig war.

»Unterbrochen. Soso. Die Umstände, ich begreife. Die Umstände sind ja dort jetzt äußerst blutig, infam und skurril. Aber die Ausrede gilt nicht, mein Prinz. Wer sonst soll die Umstände negieren und ausstreichen als der Mann von Kopf, indem er sein Werk tut. Denken Sie an Vauvenargues mit erfrorenen Füßen in seinem böhmischen Zelt, denken Sie an *den* dort in seinem Sevillaner Gefängnis!«

Er deutete mit dem Kinn nach der Schmalseite des einen Bücherbords. Da hing ein Holzschnitt, das einzige Bild hier im Raum. Aber »der dort« war nicht Cervantes, der Dichter. Es war sein hohes Geschöpf, im Kerker gezeugt: der Don Quixote in Daumiers Vision, ungeheuer und mager, das heldenhafte und absurde Antlitz dunkelnd fast weiß in den Wolken.

Es folgte ein Schweigen. Rotteck hatte seine Feder zur Hand genommen und vollführte in der Luft runde Schreibbewegungen.

»Ich habe Sie in der Arbeit gestört«, sagte Ludwig befangen. »Soll ich später wiederkommen?«

»Aber was fällt Ihnen ein!« Rotteck legte eilig die Feder hin. Es war ihm anzusehen, wie er sich einen Ruck gab, sich zurückfand. Er blickte Ludwig freundlich in die Augen und sagte:

»Statt da Predigten zu halten, sollte ich Ihnen lieber danken, Ludwig, dazu ist Anlass. Ohne Ihre Umsicht und Hilfe säße ich nicht hier, könnte nicht im Warmen schwatzen von Vauvenargues und Cervantes. Ohne Sie wären diese ersten Jahre nicht zu überwinden gewesen. Jetzt geht's wieder, die Galeere schwimmt.«

Noch immer wurde Susanna nicht erwähnt. War es nicht, als umginge er ihren Namen geflissentlich? Er sagte ich und nicht wir. Es wäre natürlich gewesen für Ludwig, ja geboten, nach Sanna zu fragen. Aber er vermochte es nicht.

»Ich bin ganz glücklich«, antwortete er, »Sie an Ihrem Werk zu wissen –«

»Ja, mein Lieber, dafür ist man eingesetzt. Sehen Sie her! Das ist entstanden.«

Er beugte sich ein wenig zur Seite, entnahm der unteren rechten Lade seines Schreibtischs einen schwarzüberzogenen Kasten, stellte ihn vor sich hin und öffnete. Der Kasten enthielt ein hoch aufgeschichtetes Manuskript.

»Tomus quintus operis. Da liegt er. Holland und Spanien. Zeitalter der Riesen. Rembrandt, Hals, Greco, et dii minores. In diesem Band darf ich blättern, es steht mir ganz frei, ich bin sein einziger Leser.«

»Sie haben ihn noch nicht drucken lassen?« fragte Ludwig beklommen.

»Nicht lassen. Nein. Ich habe das mit Teufelsgewalt verhindert. Sie haben sich einen ironischen Zug zugelegt drüben im Vaterland, lieber Prinz. Oder scheint es Ihnen am Ende befremdlich, dass sich für dies Buch auf Erden kein Verleger findet?«

»Kein Verleger?«

»Ich steh auf dem Index, nicht wahr. Die Herren Massenmörder haben mein Werk für staats- und jugendgefährlich erklärt. Und wenn sie die ersten vier Bände nicht öffentlich verbrannt haben, dann nur, weil so dicke Bücher schlecht brennen.«

»Ihr Name ist nicht auf Deutschland beschränkt! Sie werden übersetzt.«

»Wurde übersetzt, lieber Prinz, wurde! Als man noch ein Volk hinter sich hatte, eine Kultur. Ein deutscher Gelehrter, das hieß einmal was in der Welt. Aber jetzt! Warum sollen uns denn die anderen wollen, wenn das eigene Land uns nicht brauchen kann. Sollen die sich die Köpfe zerbrechen, wer recht hat? Macht legitimiert, mein Bester. Erfolg legitimiert. Heute geht's schnell. Jahre sind wie Jahrzehnte. Und hinterm Berg, in Paris, in New York, wohnen auch noch Leute. Sehr gute sogar. Ja über eine finnische Übersetzung wird verhandelt. So steht's.« Er richtete sich auf seinem Sitz in die Höhe. »Und trotzdem, mein Lieber, nein *deshalb*, gerade deshalb erst recht: immer so!«

Er nickte nach dem Daumier'schen Bilde hinüber, ergriff die Feder und hielt das kleine Holzstäbchen imitierend genau so, wie drüben der dunkelnde Ritter auf seinem Klepper die Lanze hielt.

Draußen entstand ein Geräusch. Ludwig blickte nach der Tür, durch die jetzt gleich Susanna eintreten würde. Schritte kamen heran, weibliche Schritte. Doch nicht die ihren, sicher und leicht, er hätte sie erkannt.

Ins Zimmer herein blickte, ohne zu sprechen, eine Magd im Kopftuch, bäuerlich von Aussehen. Sie fragte etwas auf tschechisch. Rotteck gab ihr Bescheid, nach seinen Worten suchend in dem fremden Idiom.

Ludwig fand sich zurück. Er sagte: »Andere Zeiten werden kommen. Und dann treten Sie hervor mit dem abgeschlossenen Werk. Es wird Ihr Ruhm sein, dass Sie es vollendet haben in solcher Zeit!«

»Werden sie kommen, die anderen Zeiten? Nicht für uns, Ludwig. Machen wir uns doch nichts vor. Dieser Einbruch der Werwölfe und Stinktiere ist keine Episode. Ganz so wie wir haben andere gesessen, als Rom sank, vor einem Jahrtausend und einem halben. In ihren schönen Säulenhöfen haben sie gesessen, in Aquileja und in Tarent, in Tingis und Timgad, und haben darauf gewartet, dass die Herren Germanen kämen und ihre Bibliotheken und Bäder zerschlügen. Und sie wussten, sie *wussten*, Ludwig, dass nun die Finsternis kam, dunkle Jahrhunderte, dass noch die Kindeskinder ihrer Kindeskinder das Licht nicht mehr sehen würden.«

»Geschichte wiederholt sich nicht. Den Satz hab ich aus ihrem eigenen Mund oft gehört. Wer weiß, vielleicht ist die wüste Narrheit, die wir erleben, samt Rassenveitstanz und Geisteshass, das letzte Zucken einer verendenden Welt ...«

»Und danach kommt das Glück? Alle Gifte sind ausgeschwitzt, und in strahlender Schöne erhebt sich der neue Mensch? So war auch schon der prächtige Weltkrieg eine letzte Zuckung, und hinter ihm am Horizont ging der rote Sonnenball der Vernunft auf! Nein, Ludwig, es ist gut, sich nicht mehr zu täuschen. Nicht mehr zu glauben. Nicht mehr zu hoffen. Und ohne Täuschung und Trost das Sinnlosgewordene, das Anständige zu machen, so gut man nur kann.«

Er hatte eine seiner langen, knochigen Hände auf den nun wieder geschlossenen schwarzen Karton gelegt, der das Manuskript seines fünften Bandes enthielt.

Ludwig ließ ein paar Augenblicke vergehen. Dann fragte er sachlich: »War Ihnen das Material denn erreichbar? Die deutschen Bibliotheken –«

»O die! Nein, da hieß es verzichten. Die neuen Cimbern und Goten werden doch einem Verräter wie mir keine Bücher über die Grenze schicken. Aber unterschätzen Sie Prag nicht! Hier steht nicht umsonst die älteste Universität deutscher Zunge. Die Bibliothek hier ist zwar nicht aufgeschwollen in die Millionen, aber das Wesentliche ist da. Freilich, manches fehlt auch. Aber es ist ganz gut so. Der deutsche Gelehrte hat immer die Nase zu tief zwischen Pergamenten. Das verstellt einem nur den Blick. Ich bin jetzt freier gewesen. Macht man sich los vom Gängelband der sechshundert Vorläufer, so merkt man erst, was man selber besitzt. Man müsste so eine Geschichte des Porträts niederschreiben können von van Eyck bis van Gogh, ohne ein Buch aufzumachen. Das war erst das Rechte.«

»Aber die Anschauung? Die Bilder selbst?«

»Die müssen hier auf der innern Augenlidwand alle zu sehen sein, in Miniaturfresko.« Er lachte sonderbar und schloss die Augen. »Hier drin ziehen sie alle vorbei, wie Sternbilder«, sagte er und bewegte langsam die ausgespreizte Hand vor seiner Stirnfläche her, »die Abgeschiedenen alle, blutlebendig als wären sie noch im Licht. Die ruf ich hier an, mein Lieber, an diesem Fenster mit der Aussicht auf all die Wäsche. Eine geduldige Beschwörung. Da langweilt man sich nicht.«

Etwas nicht ganz Vernünftiges, Übermäßiges, leicht Unheimliches war in seinen Reden. Eine trotzige Überheblichkeit, die wehe tat. Der Mann hier, dieser Deutsche, den ein grausamer Schnitt vom Körper seines Volkes abgetrennt hatte, blutete unter seinem Panzer aus unstillbarer Wunde. Alles an seinem Benehmen war anders, als man hätte erwarten sollen. Wenn er reale Umstände streifte, so geschah es mit einer Art von Missachtung. War es nicht verwunderlich, dass er an das Geschick des befreundeten Schülers auch nicht eine Frage wendete? Es schien ihm weiter nicht aufzufallen, dass er ihm nun hier gegenübersaß. Ludwig entschloss sich, ein wenig von sich selber zu reden. Schließlich gab es ja einiges zu berichten. Es war beinahe Affektation, es nicht zu tun. Und was eigentlich verbarg sich unter der Tatsache, dass Rotteck noch immer mit keiner Silbe seiner Frau gedachte –

»Wie geht es denn Frau Susanna«, hörte Ludwig sich fragen. Und schon brach er ab. Denn da war sie.

Diesmal war sie es. Er wusste schon, wie draußen die Tür ging. Gleich würde sie hier auf der Schwelle stehen – im rostbraunen Kostüm mit dem kleinen Hut und der frechen roten Feder darauf. Aber das war natürlich unmöglich. Frauen tragen Kleider nicht so lange.

Sie trug es wirklich. Dies war das erste, was er wahrnahm. Es war nicht mehr ganz frisch, wie hätte es frisch sein können. So arm war sie jetzt. Da stand sie im Türrahmen; hell, groß, schöner als jemals, betäubend. Er sprang nicht einmal auf. Und er sah, dass ihr das Blut in die Wangen einschoss, in zwei spitzen, dunklen Flammen.

## 2.

Zeitig wie jeden Tag erwachte er und blickte sich um. Das helle kleine Gasthofzimmer war ganz banal und vollkommen unpersönlich, denn hier gab es nichts, was dem Bewohner gehörte. Ein paar Toilettengegenstände auf dem Waschtisch, sonst war nichts zu sehen.

Er sprang auf, wusch sich, zog seinen Anzug an und setzte sich nahe ans Fenster. Immer von neuem lockte der Ausblick. Das bescheidene Hotel, ein schmales und hohes Haus, gehörte zu einer krummen, eigensinnig geknickten Gasse der Altstadt. Aus seinem vierten Stockwerk blickte Ludwig hinab auf regelloses Gemäuer, schief und grau; ein Bogen spannte sich über den Gehweg, der einen hochgiebeligen Turm dahinter in zwei Hälften schnitt. Unter köstlich gebrochenen Balkonen zogen sich breit und weiß Ladenschilder und Plakate hin; ohne Rücksicht auf antiquarische Reinheit überdeckten sie halb die zartesten Schmiedeisengitter. Nichts Verletzendes lag darin, nur viel gutes Gewissen. Man hatte nicht weniger Lebensrecht als die Alten vor dreihundert Jahren. Schon zu so früher Stunde herrschte Verkehr, munter und ohne Hast. Selten fuhr ein Auto. Stimmen der sich Begrüßenden schallten herauf, es klang freundlich, niemand schrie.

Aber da sein Zimmer so hoch lag, erblickte Ludwig, zwischen zwei schrägen Dächern hindurch, dort hinten auf ihrem Hügel jenseits des Stromes die Burg. Breit hingelagert, mit ganz unzähligen Fenstern, die schlichte mächtige Front, dahinter die Gotik der Domtürme feierlich aufschloss. Es war das sechshundertjährige Haus der böhmischen Könige. Dort, er wusste es, arbeitete jetzt ein 85jähriger Greis, als Sohn eines slowakischen Kutschers geboren, ein alter Professor und Philosoph, klar, wahrhaftig und weise, aller Phrase und Pose mit Heiterkeit fern, Gründer, Schutzpatron, beinahe Gott dieses Staats, zu höchster Geltung aufgestiegen, ohne die Menschlichkeit je zu verletzen, ein Blickpunkt und Trost für alle, die in einer Epoche der maulvollen Roheit und des Völkerbetrugs vor Ekel verzweifelten.

Es schien Ludwig, und täglich sann er darüber nach, dass zwischen ihnen beiden die Schicksalsebene dieses Erdteils sich ausspannte wie zwischen Vergangenem und mutiger Zukunft: zwischen dem uralten Weisen, dem Sohn des Leibeigenen, gläubigem Schmied einer neuen Demokratie oben in seinem Königsschloss – und ihm selbst, letztem Nachkommen aus tausendjährigem Herrenblut, der in seiner Gasthofmansarde so ausgeschieden, so ausgeschlossen, so vom Heute zurückgewiesen saß wie keiner.

Alles schloss ihn aus, Name, Erziehung, Geschick. Noch im Nächsten, Notwendigsten, war ihm die Tat versagt. Er war zum Opfer bereit gewesen. Aber auch der Tod versagte sich ihm. Andere lebten für ihn unterm Beil. Die sich in seinem Zeichen vorgewagt hatten, waren der Qual und Misshandlung ausgesetzt. Vielleicht fielen zu dieser Stunde die stählernen Hiebe auf ihre zerfleischten Rücken. Und er war ohnmächtig. Der Befehl, den man ihm an der Grenze vorgesprochen hatte, war eine teuflische Fessel.

Er hatte darauf gezählt, sich mit Rotteck zu beraten. Er kam vor den Richterstuhl seines Freundes und Meisters. Er sehnte sich danach, seinen Freispruch zu hören. Aber er fand keinen Freund, kaum einen lebendigen Menschen. Es war ganz unmöglich, mit Rotteck zu reden. Er saß wie in einer gläsernen Schale. Es hätte einen Axthieb gebraucht, die zu zertrümmern. Über das, was in Deutschland vorging, war bis heute zwischen ihnen kein Wort gewechselt worden – nicht über reale Vorgänge wenigstens. Kein Name einer der unsäglichen Figuren, die dort jetzt Volksschicksal spielten, war über Rottecks Lippen gelangt. Er wusste bis heute nichts von Ludwigs Geschick, er wusste auch nicht, warum Ludwig hier war. Er schickte keinen Blick hinaus über seine tägliche Pflicht, er wollte es nicht, er verbot es sich. Kaum verließ er sein Schreibkabinett. Notwendige Gänge zur Bibliothek, zweimal wöchentlich der Weg zu den privaten Kursen, die er abhielt, um seinen Unterhalt zu gewinnen, mehr war es eigentlich nicht. Bedürfnisse hatte er kaum. Stand er auf von seinem Manuskript, so geschah es widerwillig, Schlaf war eine lästige Unterbrechung. Und Ludwig hatte selbst das Gefühl, als dürfe Rotteck von seinem Dienst keinen Augenblick lassen. Erlaubte er sich's, so wäre das der Zusammenbruch. Nur so ertrug er die furchtbare Isolierung. Rief ihn das Leben an, so stürzte der Nachtwandler vom Dache.

Es war erschütternd zu sehen, mit welcher Bereitwilligkeit, ja Begier, er auf Ludwigs erste Frage sofort die Blätter zur Hand nahm, um vorzulesen – diese Blätter, die er aufschichtete Tag um Tag, und die vielleicht bestimmt waren, keines Lesers Auge mehr zu erreichen. Von den französischen Porträtisten des 17. Jahrhunderts war auf ihnen die Rede: die Richelieu-Welt erstand, dunkel glühend, in einer gütelosen Würde. Rottecks Stil schien Ludwig noch mehr zum Gebieterischen hin verwandelt. Er war härter geschnitten. Manche Perioden klangen wie aus dem Lateinischen übersetzt.

Es war, als nähme Susanna wenig Anteil an seiner Arbeit. Eine sonderbare Stummheit und Fremdheit regierte zwischen den beiden – oder war es vielleicht ein Verbundensein, so vollkommen, dass es der Sprache entraten konnte? Es fiel kaum ein persönliches Wort. Rottecks Haltung ihr gegenüber war die einer fast zeremoniösen Höflichkeit. Susanna schien wenig zu Hause zu sein, sie ging und kam wie sie wollte. Erschien sie, so war niemals von Menschen die Rede, denen sie begegnet sein mochte. Es war unklar, was sie in den vielen Stunden eigentlich trieb. Jetzt, da Ludwig gekommen war, hatte sie soviel Zeit für ihn, als er sich nur ersehnen konnte.

Der kalte und trübe Monat war schön geworden genau am Tag seiner Ankunft. In einem stillen, lockenden Silberlicht, einem zarten, nichts verhüllenden Nebel, lagen die Hügel der Stadt und ihr ziehender Strom. Sie gingen viel miteinander, so viel, als wären sie beide unbehaust, sie standen im hallenden Schweigen der Gotteshäuser, kamen zehnmal die gleichen Gassen, wanderten wieder und noch einmal zwischen den ausladenden Silhouetten der Standbilder über die Karlsbrücke, entgegen den immer neu zu entdeckenden, weiten Herrlichkeiten des Burgbergs. Und aus jedem Brunnenhof, jedem Stein drang die Lebenssicherheit eines Europas, das einmal gewesen war, jener Zeitalter, die Freude an sich selber gehabt hatten und den Trost eines Glaubens. Strahlend aufwärts deuteten die Türme von St. Veit und St. Niklas; aber mit Daseinslust, nobel und fest, lagerten weithin die Häuser eines großen, sich selbst vertrauenden Adels. Und dies alles war kein Museum, kein Brügge und kein Venedig. Allenthalben regte sich tapferes Leben einer Nation, die begann. Einer Stadt, die in Wahrheit erwacht war aus dem langen Provinzschlaf ihrer Vernachlässigung. Der das kaiserliche Gewand nicht zu weit saß, die es füllte mit der Prallheit tätiger Glieder. Hoffnung wehte durch diese Gassen, Hoffnung klang aus den lebhaften Lauten der fremden Sprache. Aber niemand, immer fiel es ihm auf, niemand sprach laut, dies war ein gelassenes, heiteres Volk – wie wohl das tat nach dem Geschnarr und Gewetter, mit dem dort drüben reglementierte Haufen ihre Unsicherheit zu übertäuben versuchten.

Wundervoll erschien ihm diese Stadt, er hatte keine schönere gesehen. Doch er konnte nicht bleiben. Zwar gehörte er nirgends hin, seine Flucht hatte kein Reiseziel. Er hätte hier, ebenso gut und ebenso schlecht wie irgendwo sonst, versuchen können, seinen Unterhalt zu erwerben. Aber es war ihm nicht möglich, mit Susanna am gleichen Ort zu leben.

Als sie dort in der Wohnung in den Türrahmen trat, da ging ihm, wie unter einem Blitz in der Nacht, die ganze Wahrheit seines Herzens auf. Er hatte zuvor kein Glück gekannt. Nichts, was dem Glück ähnlich sah. Es war alles nichtige Spielerei gewesen, die Zeit auszufüllen, bis er sie wiedersah. Bei ihr ganz allein war es, das Glück seiner Männlichkeit und seiner Jugend – ein streng untersagtes Glück, da es die Frau seines Meisters war, die er liebte. Es war betäubend gewesen, zu sehen, wie sie flammend errötete bei seinem unerwarteten Anblick. Da gab es nichts mehr zu leugnen. Rotteck, so schien es, hatte das nicht bemerkt. Zählte dies alles nicht mehr für ihn in seinem gläsernen Haus? Gleichviel, schon der Gedanke an eine Erfüllung war Frevel.

Er ging in seiner Beherrschung bis zum Zwang. Wenn sie nebeneinander dahinschritten, hielt er sich von ihr entfernt, er mied noch die Berührung mit ihrem Kleid. Aber zwischen ihnen war der Raum erfüllt von sengenden Wellen. Er hatte auch zu Susanna mit keinem Wort von seinem persönlichen Schicksal gesprochen. Sie wusste nichts. Er würde reisen, bald, sie nicht wiedersehen. Aber noch, wenige Tage lang noch, wollte er ihre Gegenwart spüren. Noch diesem tiefen Stimmklang lauschen, den lebensvollen Mund in dem hellen Gesicht sich regen sehen, ihren spähenden, verwundenden Blick, und die unnennbare Lockung ihrer Glieder unter dem abgetragenen Kleid.

Der Tag draußen vor seinem Fenster war strahlend schön geworden – ein seltsamer Nachsommer, tief im November. Das riesige Zifferblatt drunten in der Gasse, über dem Lädchen des Uhrmachers, zeigte halb elf. Es fiel ihm ein, dass er vergessen hatte zu frühstücken. Als er läutete, brachte ihm ein kleiner Kellnerjunge zwei Briefe.

Der eine enthielt seine Wochenrechnung. So war er schon sieben Tage in Prag – er prüfte die Ziffer: die Summe in tschechischer Währung kam ihm beträchtlich vor. Als er damals von Berlin nach Dresden verreiste, hatte er, eigentlich aus Zerstreutheit, einen größeren Geldbetrag in seine Tasche gesteckt. Es waren sechshundert Mark. Diese sechshundert Mark standen zwischen ihm und der Not. Er vermied jede Ausgabe, so gut er konnte. Aber er besaß keinen Anzug zum Wechseln, kein zweites Paar Schuhe.

Am zweiten Tag nach seiner Ankunft in Prag hatte er sich hingesetzt und hatte den treulosen Hermann Imme brieflich angewiesen, ihm einen Koffer mit Kleidern und Wäsche herzusenden. Die Abfassung dieses Schreibens hatte ihn bitter amüsiert. Der Erfolg schien ihm selber ganz zweifelhaft.

Aber der Verräter hatte gehorcht. Er hatte seinen Herrn zwar ans Messer geliefert, aber Befehl war Befehl. Denn als Ludwig das zweite Kuvert aufriss, enthielt es eine Benachrichtigung des Zollamts. Sein Koffer lagerte dort. Ludwig sah vor sich, wie vorschriftsmäßig alles gepackt war, Kleidungsstücke, Krawatten, weiße Hemden, farbige Hemden, und sicherlich die Frackknöpfe. Das Dasein wurde immer grotesker. Ludwig lachte laut vor sich hin in seiner Mansarde, so dass der kleine Kellnerjunge, der mit dem Frühstück vor der Tür stand, zögerte, anzuklopfen.

## 3.

Sie waren langsam vom Hradschin heruntergekommen. Unter dem Turmgewölbe, durch das man zur Karlsbrücke gelangt, blieben sie stehen. Über diese Brücke führte ihr Weg zurück. Aber es war ihnen unmöglich, sich schon zu trennen. Ohne ein Wort kehrten sie um und wandten sich wieder zur Kleinseite, nicht die Straße hinauf, die sie gekommen waren, sondern nach links hin. Sie bogen um eine Kirche. Ein länglicher Platz tat sich vor ihnen auf, verwunschen und friedevoll.

»Was ist das?« fragte Ludwig.

»Der Grandprioratsplatz. Ich bin manchmal hier.«

Der Platz bestand eigentlich nur aus zwei Häusern, langhingestreckten Palästen, ziemlich niedrig, aus Steinen von verloschenem Grau. Bloß um die Fenster das lackweiße Holzwerk leuchtete und an dem Hause zur Linken, auf einem Wappenschilde, die Trikolore. Der französische Gesandte schien hier zu wohnen. Ein prächtiges neues Automobil hielt vor seinem Palais, verwunderlich inmitten dieser Versunkenheit.

Kein Laut und kein Mensch. Im Hintergrund, dort wo der Platz sich verengte, ein geschlossenes Tor. Sie begannen auf- und abzuwandeln über das unregelmäßige Pflaster, unter den entlaubten Akazien. Eine Bank stand zwischen zwei Stämmen. Es dämmerte schon.

Ludwig fand nicht das erste Wort. Aber sie waren zu einem Zustand gelangt, der ein längeres Schweigen nicht mehr vertrug.

»Jetzt werde ich bald einmal reisen müssen«, sagte er endlich.

»Sie sagen das so tragisch, Ludwig. Reisen! Es ist doch nur eine Trambahnfahrt.«

»Nicht für jedermann.«

»Da haben Sie recht. Nicht für jedermann. Manchmal geh ich auf den Masarykbahnhof und schaue mir ganz ungläubig die Waggons an mit den harmlosen Schildern – nach Leipzig, nach Hamburg. Aber für Sie?«

»Ich muss Ihnen endlich erzählen –«

Aber es erschien ihm plötzlich fürchterlich schwer, die Ereignisse darzustellen. Er fühlte von der Seite ihren verwunderten Blick auf sich gerichtet.

»Was verstummen Sie denn so geheimnisvoll?«

»Ich war da in etwas verwickelt. Erfahren müssen Sie's doch einmal. Also kurz und gut ...«

Er erzählte keineswegs kurz und gut, sondern stockend und farblos, aus lauter Scheu, sich in Szene zu setzen. Das eine jedenfalls erreichte er, dass die Rolle, die er selber gespielt hatte, äußerst unheldisch, beinahe fragwürdig erschien. »Also mit der Trambahnfahrt ist es auch bei mir nicht so einfach«, schloss er. Es war eine ziemlich verunglückte Coda.

»Nun«, sagte sie, »die Hauptsache ist: Sie sind mit heiler Haut davon!«

Das Wort traf ihn wie ein elektrischer Schlag. Mit einem schmerzhaften Feingefühl, das ihm jede Regung in der begehrten Frau vermittelte, hatte er beim Sprechen wohl gespürt, wie sein Bericht auf sie wirkte. Sie wusste mit all diesen Fakten von Umsturzplänen, Verrat und Polizei nichts anzufangen. Sie wollte nichts davon wissen. Aber schließlich, mochte er noch so elend erzählt haben, die Szenen in dem SS-Keller, das Verhör, die Schreie zur Rechten und Linken, das Schicksal der Zurückgebliebenen, seine eigene schreckliche Ungewissheit – darüber ging man doch nicht einfach hinweg! »Die Hauptsache ist: Sie sind davon.« War das Fühllosigkeit? Sie war die Frau eines Mannes, dem die Brut dort drüben das Leben zerknickt hatte, sie musste mitfühlen können. Aber sie wollte es nicht.

Eine brutale Lebensstärke hatte aus ihrer Antwort geklungen. Jenseits von Pflichtgefühl, Empörung, Mitleid forderte ein einfacheres Element mit gebietender Stimme sein Recht. Er spürte das mit einem Erschauern. Diese fast unmenschliche Gelassenheit steigerte nur sein Begehren. Er hätte sie auf das Pflaster niederreißen können und sie besitzen.

»Zurück können Sie nicht«, sagte sie wieder, »so bleiben Sie hier! Werfen Sie's hinter sich!«

»Das sagen Sie nicht im Ernst. Sie haben mich wahrscheinlich nicht recht verstanden, Sanna. Diese sieben Männer sind da in Schutzhaft. Schutzhaft – es klingt ganz harmlos, beinahe beruhigend. Aber es bedeutet, dass alles Recht für sie aufgehört hat. Wer sonst ins Gefängnis kommt, der sieht ein Ende. Hat man ihn für zehn Jahre eingesperrt, er kann doch die Tage zählen. Einmal geht das Tor wieder auf. Aber die Menschen in diesen Lagern liegen lebendig im Grab. Sie können schreien, niemand hört sie. Jeder Hund von einem Büttel darf sie ins Gesicht schlagen. Wird einer krank, es kümmert sich keine Seele um ihn. Stirbt er, so scharrt man ihn ein.«

»Das weiß man ja. Hunderttausende sollen so eingesperrt sein.«

»Aber diese sieben sind es für mich!«

»Sie können doch nichts machen, Ludwig. Also vergessen Sie's!«

Er sah sie an von der Seite, außer sich. Im sinkenden Abend erschien das schöne Gesicht sehr blass. Sie blickte beharrlich vor sich nieder im Weitergehen.

Aus dem Portal der französischen Gesandtschaft trat jemand heraus. Es war ein Diener in Schurz und gestreifter Weste, ein weißhaariger Mann. Er zündete sich eine Zigarette an und blies den Rauch in die Abendluft. Ludwig spürte den Geruch der Rauchfahne, wie sie vorüberkamen, und registrierte, dass es Caporal-Tabak war, sicherlich bekam ihn der Diener mit der diplomatischen Post von daheim, zollfrei.

»Eingesperrt für Sie«, begann sie aufs Neue, als sie umbogen, dort wo der Platz zu Ende war. »Das glauben Sie selbst nicht. Die sind eingesperrt für sich selbst. Für ihre eigenen Pläne und Wünsche. Wären Sie nicht dagewesen, Ludwig, die hätten sich eben einen andern Fürsten gesucht. Sie waren doch nur eine Fahne, das haben Sie selber gesagt. Und was ist Ihnen vorzuwerfen? Waren Sie vielleicht feige? Haben Sie sich zu entziehen versucht? Nun also. Was quälen Sie sich!«

Da war er, der Freispruch, den er sich von Rotteck erhofft hatte. Aber er erleichterte ihn nicht.

Sanna war vor der Bank zwischen den Akazienstämmen stehengeblieben. Sie setzten sich. Drüben der alte Diener warf seine Caporal weg, ging ins Palais, schloss die Tür hinter sich. Gleich darauf begannen an den Parterrefenstern die Rolläden niederzurasseln. Sie waren beide so allein auf diesem Grandprioratsplatz wie in einem verschlossenen Zimmer.

»Ludwig«, sagte sie, »jetzt will ich auch einmal reden. Sie lieben mich, Ludwig, nicht wahr – oder wie ist das? Als ich Sie da plötzlich vor mir sah vor einer Woche, da hab ich gedacht: endlich! jetzt ist er zu mir gekommen. Vielleicht hab ich auch gar nichts gedacht. Ich habe geglaubt, ich fall um und schlage mit dem Kopf auf den Boden. Denn ich habe ja gewartet, Ludwig, ich sage Ihnen das für den Fall, dass sie es noch nicht wissen, Männer sind begriffsstutzig manchmal. Sie denken da an Ihre Monarchisten in ihrem Cachot und wissen, wie es um die steht. Aber wie es um mich steht, das wissen Sie weniger! Die Welt ist ganz verdreht worden, sie ist voller Männernarrheit. Ihr lebt ja alle nicht mehr, ihr Männer, nur euren Wahnsinn gibt es für euch. Volk, Recht, Autorität, Freiheit, Krieg oder nicht, Presse, Verbot, Aufmärsche, Revolution, ein Führer, ein Fürst, was weiß ich! Bloß ein Leben gibt es nicht mehr. Lauter Gespenster, die mit Gespensterbeilen aufeinander loshacken. Die Tat! der Geist! das Werk! Ich kann Ihnen sagen, Ludwig, es ist eine Wonne und ein Spaß, wenn das ›Werk‹ so allein regiert ... Nein, auch Sie haben an mich nicht gedacht, sich nichts vorgestellt. Sie haben Ihren Part gespielt in dem Narrenschauspiel. Jetzt sind Sie gekommen. Ich habe geglaubt, Sie sind zu mir gekommen. Aber nein, man hat Sie über die Grenze gestoßen, zufällig dorthin, wo ich bin.«

»Sanna ...«

»Nein! Ich will jetzt nichts hören.« Sie ergriff mit einer jähen und festen Bewegung seine Hand. »Ich weiß, was Sie sagen könnten. Ludwig, es hat keinen Sinn mehr, zu beschönigen und zu vertuschen. Sie gehen da neben mir her, und ich spüre, wie es mit Ihnen ist. Sie streifen ja nicht an meinen Rock – als wär er aus Feuer und du könntest in Rauch aufgehen. Du denkst dir womöglich noch, das ist anständig. Ach wie anständig, Ludwig, wie hoch vornehm! Man hat seine Pflicht, sein Gesetz, nicht wahr? Die Frau eines Freundes und Meisters, die nimmt man nicht, da tut man sich Gewalt an und ihr – und ist man einmal davon, so war es ein süßer Schmerz und das Bewusstsein einer großen Entsagung. Wie sinnvoll, Ludwig, o wie sinnvoll.«

Sie hatte zuletzt ganz leise gesprochen, verlöschend, er hörte sie kaum. Ihr Gesicht war nur schwach zu erkennen, aber er sah, dass sie den Kopf rückwärts neigte über die Lehne. Ein letzter Fensterladen fiel drüben krachend hernieder. Ludwig fasste im Dunkel nach der Frau, umspannte mit beiden Armen ihren Leib, hob sie zu sich herüber, als hätte sie kein Gewicht, und warf sich mit einem stöhnenden Aufschrei auf ihren Mund, der lechzend geöffnet war.

## 4.

Sie hatte in diesen Tagen ein erregendes Wort. »Wir müssen satt werden!« sagte sie, während sie ihm mit geschlossenen Augen nackt in den Armen lag. »Satt werden« – und auf Augenblicke erschien ein eigentümlich roher Ausdruck auf ihrem schönen Gesicht. Als ob sich zu ersättigen nicht eben das ganz Unmögliche gewesen wäre. Nicht einmal seine Hände konnten sich sättigen an diesen Brüsten, die zu voll waren für die Schlankheit ihres Körpers, aber ihre Form noch bewahrten, eben noch. Satt werden – als wüsste sie, dass sie ihn in einem unstillbaren Verlangen zurückließ, Tag um Tag, wenn sie die Türe hinter sich zuzog, und er ihre Schritte über die Treppen hin sich verlieren hörte. Dann riss er das Fenster auf, beugte sich hinaus und sah sie in der Gasse auftauchen. So sicher ging sie, so ruhig, als läge keineswegs das Toben solcher Stunden hinter ihr. Beim Lädchen des Uhrmachers, unter dem Zifferblatt, sah er sie nach links hin verschwinden.

Wie sie heute angekleidet vor ihm stand, wieder in dem rostbraunen Kostüm, das in der Nähe die Fäden zeigte, packte sie noch einmal seine Hände. Sie bog sich im Stehen über ihn, größer als er, und unter dem sanften Gewicht ihres Leibes sank er rückwärts über das aufgerissene Bett. Er spürte den rauen Kleiderstoff überall an seiner Haut. Ihr weißes Gesicht lag auf dem seinen, mit weitoffenen Augen, die aus großer Nähe blickten. Dann öffnete sie die Lippen zu einem letzten weiten tiefen Kuss. Strömend schmolz ihr Mund in den seinen. Aber kaum hatte sie ihn losgelassen, war er schon wieder durstig nach ihr und streckte die Arme aus. Sie war schon fort. Er lauschte ihr nach, benommen, zu lange. Denn wie er seinen Leinenmantel übergeworfen hatte und sich zum Fenster hinausbog, sah er sie schon nicht mehr.

Es lagen Tage eines zerrüttenden Glücks hinter ihm, die Tage seines ersten wirklichen Mannesglücks, dem der Stachel der Schuld eine äußerste, furchtbare Süßigkeit gab. Das Bewusstsein davon verließ ihn nicht einen Augenblick. Er sprach zu ihr darüber, er versuchte darüber zu sprechen. Aber beim ersten Satz verschloss sie ihm mit der Hand die Lippen. »Du wirst nicht reden«, sagte sie, »jetzt nicht. Einmal sei ganz auf der Welt! Du nimmst niemand etwas. Sprich nicht.«

Er schwieg also. Er fasste seinen Entschluss für sich allein. Da ging sie jetzt durch die dunkelnden Straßen nach Hause, über den Wenzelsplatz, die Vodickova hinauf, er verfolgte ihre Schritte beinahe Haus um Haus. Diesen Weg würde er morgen auch zurücklegen.

Den nächsten Vormittag ließ er vergehen, vergaß zu essen und kam erst gegen drei auf die Straße. Die schönen Tage waren vorbei, die Luft war grau, und es rieselte. Er wanderte umher in der Stadt, die ein verdrossenes Antlitz zeigte. Es schlug halb vier von Maria Tein, als er auf dem Altstädter Ring stand. Dies war keineswegs seine Richtung. Er kehrte um. Aber nahe vorm Ziel verließ ihn Entschlusskraft. Es regnete jetzt auch stärker. So betrat er ein Café, im ersten Stock gelegen, modern komfortabel, etwas kahl. Es war still hier. Schachspieler, einige Liebespaare und viele blasse Studenten, die mit den Zeigefingern in den Ohren hier über den Lehrbüchern saßen. Sie sparten so Heizung und Licht in ihren unbehaglichen Mietsstuben.

Nach Landessitte legte ihm der Kellner einen Stoß Zeitungen hin. Mechanisch griff er nach einem reichsdeutschen Blatt und fing an, die Seiten umzudrehen. Als wäre das Wort mit Leuchtbuchstaben gedruckt, sprang ihm eine Notiz entgegen, die »Camburg« datiert war. Aber es war gar nichts. Bericht über irgendeine Frauentagung. »Parteigenossin Meusel begrüßte – Kreisfrauenschaftsleiterin Krälisch dankte.« Kreisfrauenschaftsleiterin! Vornamen hatten die keine mehr. Wie dieser tierische Ernst vor Albernheit stank! Da hatten sie jetzt eine Kreisfrauenschaftsleiterin dort in Camburg ...

Er lachte plötzlich laut auf, so dass er selber erschrak und ein brünetter Student, der gleich neben ihm Pharmakologie memorierte, ihn gestört und vorwurfsvoll ansah. Ludwig schob die Zeitungen weg. Es war nicht Zeit mehr für solche Flucht. Wenn ihm die Kraft nicht kam, Rotteck gegenüberzutreten, so würde er schreiben. Der Kellner legte Briefpapier vor ihm hin. »Verehrter Herr Geheimrat!« Er sah die Worte an, nahm ein anderes Blatt und schrieb nun:

»Verehrter Herr Rotteck, ich habe einzugestehen, dass die Beziehung zwischen Ihrer Frau und mir sich in der letzten Zeit geändert hat. Sie ist heute mehr als bloße Freundschaft. Weder Verständnis noch Verzeihung kann ich dafür erbitten. Es ist mir nur eines zu sagen erlaubt: dass von keiner Leichtfertigkeit die Rede ist, sondern vom tiefsten Ernst –«

Es wurden zehn mühsame, qualvolle Zeilen.

Den Brief in der Manteltasche, ging er im jetzt strömenden Regen die Vodickova hinauf, um ihn dort im Hause beim Pförtner abzugeben. Der Satz, den Sanna ausgesprochen hatte. »Du nimmst niemand etwas«, rauschte ihm mit dem Regenfall in den Ohren. Mach dir keine Bedenken, hieß das, mach keine Tragödie daraus, ich bin frei … Aber er vermochte danach nicht zu handeln. Jede Heimlichkeit schien gerade diesem einen Mann gegenüber unmöglich. Unmöglich wie der Gedanke, sich ein Glück brockenweise zu stehlen, das ganz und ungeteilt sein musste. Nein, es gab keinen anderen Weg.

In der Hopfenstokova ließen sich die Nähmädchen in ihren weißen Schürzen heute nicht sehen. Aber der verwachsene Schuster hob den Kopf von seinem Leder, als Ludwig vorüberkam, hielt sein Hämmerchen in der Luft und betrachtete ihn aufmerksam.

Der Hausmeister wohnte hinten im Hof. Nur seine Frau war daheim, ein dürres junges Weib mit weißlichem Haar, an deren Kleid sich ein Kind hing. Aus einem Parterrefenster kam wieder jene zirpende Musik.

Ludwig griff nach dem Brief in seiner Tasche. Dann sagte er: »Nein, es ist gut, ich gehe doch lieber selbst«, ließ die erstaunte Frau stehen und stieg ganz langsam die traurigen Treppen hinauf. Aber als er oben ankam, tobte sein Herz derart, dass er sich erst an die Wand lehnen musste.

Er schellte. Sehr schwere Schritte kamen, Rottecks Schritte. Mit der Möglichkeit, Sanna könne zu Hause sein, hatte Ludwig überhaupt nicht gerechnet, und sie war es auch nicht. Heute fasste Rotteck ihn nicht um die Schulter, er ging ihm voraus in sein Kabinett. Im Lichte des endenden Tags war das bedeutende Gesicht fahlgrau, und zum ersten Mal bemerkte Ludwig einen erschreckenden Zug: der linke Mundwinkel war so nach abwärts gezogen, dass es aussah wie Zerrung oder Lähmung. Aber die Schreibfeder lag über einem halbgefüllten Manuskriptblatt wie eh und je. Ein eisernes Öfchen glühte und überheizte den winzigen Raum.

»Lang nicht gesehen, Prinz und Herr. Vierzehn Tage wohl schon?«

»So lange, Herr Geheimrat, bin ich noch nicht in Prag.«

»Na ja, man verzählt sich. Sie rollt, sie rollt so hinunter, innumerabilis annorum series et fuga temporum … Passiert es Ihnen eigentlich auch, dass Sie immerfort lateinisch denken müssen? Man ist in einer ganz verkehrten Sprache aufgewachsen. Nein, Ihnen wohl nicht – die Jüngeren haben's ja nicht mehr richtig gelernt.« Er blickte ins Öde und begann, vor sich hin zu brummen.

Ludwig saß vor ihm da, in einer schwer erträglichen Scham und Pein. Der Vorsatz, mit seinem Bekenntnis hervorzutreten, wurde von Sekunde zu Sekunde unausführbarer. Es leitete keine Brücke dorthin. Das Bewusstsein, an diesem Verstoßenen, nicht ganz mehr Vernünftigen, sich versündigt zu haben, presste ihm das Herz zusammen wie eine Faust aus Eis. Und dabei strömte ihm von der Gluthitze der Schweiß über die Schläfen.

»Haben Sie sich was angeschaut hier in Prag, Bilder meine ich? Es lohnt immerhin. Guter Frans Hals, prachtvoller Gossaert und ein Hans Baidung Grien, den haben Sie doch immer gern gehabt. In's Palais Nostitz müssen Sie auch, da ist mancherlei.«

»Herr Geheimrat«, sagte Ludwig beinahe unhörbar, »heute möchte ich – darf ich Sie bitten –«

»Warum denn nicht«, sagte Rotteck und griff schon nach seinen Blättern. »*Gern* lese ich Ihnen ein bisschen vor. Dass ich es nur gestehe, Gönner und Herr, ich habe geradezu darauf gewartet. Sie sind ja mein ganzes Publikum jetzt, womöglich mein einziges überhaupt, hodie, cras et per saecula saeculorum.«

Seine Hand, die die Blätter hielt, zitterte greisenhaft. Es war ein Stoß Papier, ein langes Kapitel.

Unmögliche Situation, so grotesk wie furchtbar. Konnte er Rotteck lesen lassen, ihm schweigend zuhören, um dann nach einer Stunde zu sagen: »Herrlich, Herr Geheimrat, ein bedeutender Abschnitt, übrigens, Ihre Gattin und ich –«

Aber Rotteck las schon. Die Stimme klang hohl und hallend. Und da denn nichts andres zu tun war, so hörte sein schuldiger Schüler ihm zu. Erst war ihm unausgesetzt gegenwärtig, was bevorstand, dann aber fing er an zu vergessen, gefesselt. Stoßweise nur, in immer weiteren Abständen, überfiel ihn das Bewusstsein der Lage.

Was Rotteck hier aufgezeichnet hatte, war das Leben und die Arbeit jenes Philippe de Champaigne, der unter Ludwig dem Dreizehnten Hofmaler war. »Weder Sainte-Beuve noch Reuchlin habe ich zum Nachschlagen dagehabt«, schaltete er mit einem flüchtigen Lächeln ein, und fuhr dann fort in seiner Darstellung des Klosters Port-Royal, wo die Tochter dieses Meisters als Nonne lebte und wo ihr berühmtes Porträt entstand, Haupt- und Höhenwerk des Vaters. Seiten hindurch war von dem Bildnis die Rede, diesem wunderbar wahren, soliden Stück Malerei. So kräftig lebte es auf in Rottecks Sätzen, als hätte er's vor sich gehabt an der Louvre-Wand. Nichts in diesem Bericht war abstrakt. Und dennoch erstand hier mehr als ein einzelnes Werk: das Bild wurde zum Inbegriff einer ganzen wirklichkeitsnahen, redlichen französischen Geistesart.

»Also das wär's«, sagte er abschließend und legte den Blätterstoß hin. »Das war der Champaigne. Und dann gehen wir eben weiter – Rigaud, Nattier, Largillière, gesegnete Meister, so ist man beschäftigt. Legen wir Blatt auf Blatt, schichten wir's auf, sehen braucht's niemand, par delà les tombes en avant! Übrigens, dass ich's Ihnen nur sage, Ludwig, – Susanna ist von mir fort.«

»Fort?« flüsterte Ludwig. »Ich verstehe nicht.«

»Aber ich versteh's«, sagte Rotteck. »Sie ist fort von mir, weg, dahin, ganz, für immer. Es war ja auch fällig – was soll die lebendige Frau bei einem Kadaver. Denn es ist Ihnen ja wohl bekannt, dass Sie sich hier im Gespräch mit einem Kadaver befinden? Die Herren Deutschen haben reichlich gemordet, und mich so nebenbei mit, auf unblutige Weise, à l'amiable. Da sitzt der Kadaver und macht Papier schwarz. Ganz recht hat sie, Gottes Recht, Lebens Recht. Nur etwas bündig hat sie mir's mitgeteilt, in drei Zeilen.«

Er deutete mit vager Geste nach einem Zettel, der auf dem Schreibtisch lag. Ludwig erkannte die unordentliche Kleinmädchenschrift. »Heut früh lag das Briefchen auf meinem Tisch. Jajaja. Gar nichts mitgenommen hat sie außer ihrem braunen Kostüm. Hängt alles im Schrank. Wenn's nur gut gehen wird, Ludwig, draußen im Strudel … Aber es wird, Ludwig, es wird. Fluctuat nec mergitur.«

Das Gesicht mit dem herabgezogenen linken Mundwinkel war ganz ohne Regung. Aber auf einmal sah Ludwig, wie aus den weitoffenen Augen die Tränen herabflossen, stromweis, unaufhaltsam. Rotteck machte keine Bewegung, sie abzutrocknen.

## 5.

Die Redaktion der Wochenschrift ›Freies Wort‹ befand sich in einer der Straßen zwischen den Bahnhöfen, in denen die Langeweile der einstigen Provinzstadt ein letztes, graues Quartier gefunden zu haben scheint.

Es waren drei kleine Zimmer im zweiten Stock. Im vordersten, darin mehrere Leute arbeiteten, fragte eine kleine, wach und gutherzig aussehende Sekretärin nach Ludwigs Begehr. Der Ausdruck ihres klugen Gesichts wurde sogleich misstrauisch, als er erklärte, Herrn Leo Breisach selbst sprechen zu wollen, und offen feindselig, als er seinen eigenen Namen verschwieg. Sie ging. Ludwig blieb als ein lästiger Bittsteller stehen in dem zu kleinen Raum, beim Geräusch zweier Schreibmaschinen, das bald stockte, bald überstürzt wieder anhob. Dann ließ ihn die Sekretärin zu einem traurig blickenden, groß und krumm gewachsenen Herrn eintreten, der vor seinem Schreibtisch stand.

»Sie wünschen?«

»Spreche ich mit Herrn Breisach?«

Der lange Herr schüttelte missbilligend den Kopf. »Ich kann Ihnen noch nicht sagen, ob Herr Breisach Zeit für Sie hat. Wer sind Sie denn?«

Ludwig nannte seinen Namen.

»Ah. Hmhm. Sie werden begreifen, dass wir vorsichtig sind. Können Sie sich überhaupt ausweisen?«

»Wieder gehen kann ich«, sagte Ludwig, »wenn Sie weiter unhöflich sind.« Dann besann er sich. »Sie haben natürlich vollkommen recht. Herr Breisach muss sehr gefährdet sein.« Und er zog seinen Pass hervor.

»Gefährdet!« sagte der traurige Herr und gab ihm nach einem kurzen Blick das Papier zurück. »Das kann man wohl sagen. Vor dem Mördergeschmeiß schützt auch der fremde Boden nicht. Und Breisach ist leider unvorsichtig, er weiß überhaupt nicht, was Furcht ist, tut als hätte er wie eine Katze neun Leben.«

Das war in einem grollenden Ton gesprochen, jedoch eine zärtliche Verehrung brach durch; es war ganz klar, dass sich der übellaunige Herr für seinen Chef hätte in Stücke reißen lassen. »Also da will ich mal sehen«, sagte er und ging nach der Tür.

Aber die wurde schon halb geöffnet. »Gundelfinger!« rief eine helle, anziehende Stimme. Herr Gundelfinger begab sich hinein. Gleich darauf erschien Leo Breisach, schüttelte Ludwig die Hände und führte ihn in sein Kabinett, das noch schäbiger möbliert war als die Vorzimmer und zum Ersticken angefüllt mit blauem Zigarettenrauch. Er merkte es nach seiner kurzen Abwesenheit selbst. »Wird's Ihnen zu kalt, wenn ich aufmache?« fragte er Ludwig. »Eigentlich zu blöd, diese Raucherei! Angina pectoris mit fünfundfünfzig ist garantiert.« Wobei er seinem Besucher die Zigarettenschachtel hinschob.

Etwas ungemein Liebenswürdiges, Vertrauenerweckendes, ging von dem kleinen Manne aus. Mit Erleichterung, beinahe beglückt, empfand es Ludwig. Er hatte erwartet, einem ausgesprochenen Intellektuellentypus zu begegnen, etwas Ätzendem, Radikal-Unerbittlichem. Er hatte sich auch, aus welchem Grunde immer, vorgestellt, dass Breisach scharfes Berlinisch sprechen müsse. Aber er redete süddeutsch. Es gefiel Ludwig sehr. Und auf einmal, zu seiner Bestürzung, merkte er, dass dies ganz genau dasselbe warme und farbige Alemannisch war wie bei Rotteck. Mit geschlossenen Augen hätte man die beiden verwechseln können. Dieser kleine Jude musste aus der gleichen Gegend herstammen.

In seinem dunkelblauen, mit Asche bestreuten Anzug und der unordentlich geknüpften Krawatte sah er unscheinbar aus; schön war er nicht mit seiner übergroßen Nase im bräunlichen Gesicht. Aber zwei herrliche, sehr helle Augen, voll von heiterem Licht und strömender Klugheit, dominierten so vollständig in diesem Gesicht, dass nach einer Minute nichts anderes mehr existierte. Er war frei in seinen Bewegungen, grenzenlos unfeierlich, ein kleiner behender lebensvoller Mensch vom Mittelmeer.

Ihn zu karikieren musste nicht schwer sein, und das hatten sie denn auch reichlich besorgt, drinnen in ihrem Germanenpferch. Auf ihrem reglementierten Zeitungspapier war ein hakennasiger Dämon, der Breisach sein sollte, allwöchentlich aufgetaucht. Aber das war jetzt verboten. Sein Name, der ein Symbol geworden war für Freiheit und Widerstand, durfte nicht mehr genannt werden. Selbst ihn mit Unrat zu bewerfen, schien bedenklich. Wie sie ihn hassten, lieber Gott, die Fälscher und Hetzer, die Sudelköche und Mordanzettler in ihren Berliner Propagandazentralen! Ein Preis von fünfzigtausend Mark war auf seinen klugen und furchtlosen Kopf gesetzt; aber es war im schützenden

Ausland immerhin nicht ganz leicht, dieses schöne Geld zu verdienen. Breisachs Freunde hätten ihn am liebsten auf Schritt und Tritt mit einer Garde umgeben, aber er verbat sich die Fürsorge; es war der einzige Anlass, bei dem er heftig wurde. Zu seinem Geburtstag vor einigen Wochen – es war der vierzigste – hatten sie ihm einen hübschen kleinen Revolver geschenkt, vorzügliches teures Modell, obgleich sie arm waren. Da lag er auf seinem Schreibtisch als Briefbeschwerer, ungeladen.

Das ›Freie Wort‹ war seine eigene Gründung, beinahe ohne Kapital hatte er sie zustande gebracht. Man hätte vielleicht annehmen können, dass ihm aus jüdischen Quellen das Geld für sein Unternehmen zugeflossen wäre. Schon im vorbarbarischen Deutschland hatte er als Publizist einen Namen besessen, und gerade die Herren der jüdischen Finanz hatten sich an seinen klaren, fundierten, volkswirtschaftlichen Aufsätzen sehr nutzbringend orientiert. Viele von ihnen teilten jetzt sozusagen mit ihm das Exil. Sie wohnten nicht mehr in ihren Villen am Wannsee, und ihre Aubussons und chinesischen Vasen dekorierten die Paläste der neuen Machthaber. Aber sie besaßen Vermögen im Ausland. Sie hatten ihre Suiten im Savoy und im Claridge. Ein Kampforgan gegen die deutsche Weltgefahr zu finanzieren, hätte jedem einzelnen von ihnen nicht die kleinste Entbehrung auferlegt. Sie zogen stattdessen vor, sich zu »verhalten«. In Bereitschaft zu sein, schien ihnen alles. Eines nahen Tages, wer weiß, hatte der Führer und Reichskanzler sich die Hörner abgelaufen, dann fiel von seinem Neubau die antisemitische Ornamentik ab, und die loyalen Juden zogen in Ehren wieder ein. Für diesen Tag hieß es Vorkehrungen treffen! Am besten geschah dies dadurch, dass man, während in Deutschland das Hephep-Geschrei gellte, in Wallstreet und in der City Anleihen für die heimischen Judenjäger propagierte. Angriffe gegen den Hitler und seine Schweißhunde konnten solch kluge Vorsorge nur stören. Höchst bedauerlich in der Tat, dass dieser Breisach mit seinem ›Freien Wort‹ sich so lange hielt!

Denn er hielt sich nicht nur. Ohne Gönner, in doppeltem Kampf, völlig angewiesen auf das Abonnementsgeld, war die Zeitschrift eine moralische Macht geworden, ein Zentrum des Widerstands. Das ganze Unternehmen stand auf Leo Breisachs Augen. In zweieinhalb Jahren hatte er noch keine vier Wochen Urlaub gehabt. Die tageskritischen Glossen, die jedes seiner Hefte einleiteten, der große Aufsatz zum aktuellen Hauptproblem, der das Kernstück bildete, wurden durch Europa hin von zerstreuten Tausenden mit Begierde und Hoffnung erwartet. Hoffnung nicht auf billigen Trost, vielmehr Hoffnung auf Einsicht, Klärung, Einordnung der tumultuarischen Fakten in historischen Zusammenhang. Der Publizist hatte in manchem einzelnen Fall geirrt. Aber der große Fluss der Ereignisse hatte seiner Klarheit Recht gegeben. Das stückweise Zerbrechen aller Verträge, die an der Schwäche der Umwelt erstarkende Frechheit dieser Rüpeldiplomatie, der Weg einer mit gestohlenem Geld, hämmernder Propaganda und Mord arbeitenden Sprengungspolitik, das alles war in diesen weißen Heften vorgezeichnet worden. Man hatte allzu lange nicht zugehört. Heute hörte man.

Das ›Freie Wort‹ war ein Sammelbecken der Information über alles, was in Hitlers Käfigen vorging. Ein Unisono von Aufschrei und Anklage hallte in diese drei kleinen Zimmer. Wer den Fängen der deutschen Maschine entkam, sogleich oder später fand er seine Straße hierher. Der kleine lebhafte Mann hier vor Ludwig trug ein furchtbares Wissen um Leiden und Verzweiflung hinter seiner bräunlichen Stirn.

»Da wären Sie also«, sagte er gutmütig. »Ich hatte Sie fast schon früher erwartet. Man darf ja gratulieren. Es heißt, Sie seien als einziger davongekommen. Eigentlich ganz erstaunlich.«

Und Ludwig sah auf dem Hintergrunde der freundlichen Augen ein scharfes Misstrauen.

»Darum eben bin ich hier, Herr Breisach. Ich kann nicht als einziger davongekommen sein.«

»Versteh ich zunächst noch nicht recht. Aber Sie werden's mir ja erklären. Wollen Sie uns Material bringen über das Unternehmen? Da müssen wir vorsichtig sein, sehr vorsichtig – der anderen wegen, nicht wahr!«

»Gewiss, o gewiss«, sagte Ludwig. »Aber ich wollte kein Material bringen. Ich nehme gar nicht an, dass diese Vorgänge für Sie besonders interessant sind. Schon während die Sache sich entwickelte, habe ich meine Zweifel gehabt. Solche Einzelaktionen führen schwerlich zum Ziel.«

»Einzelaktionen. Ich weiß doch nicht. Alles Leben und also auch alle Politik besteht aus solchen Einzelaktionen. Die materialistische Geschichtsdoktrin hat gewiss ihre Wahrheit. Aber sie ist nicht die ganze Wahrheit. Einmal« – er lächelte träumerisch – »einmal ist vielleicht dieser ganze Gewaltrummel doch vorbei, und als abgetakelter Soldat sitzt man in seiner Erasmus-Stube. Dann müsste man ein Buch schreiben unter dem Titel ›Wenn‹ – Sammlung historischer Phantasien. Wenn damals bei Poitiers Carl Martell … Wenn damals Philipp von Spanien und sein reinrassiger Admiral … Wenn damals die Jugendaquarelle unseres Adolf nicht solch unverkäuflicher Dilettantendreck gewesen wären, sondern nur ein klein bisschen besser. Wenn … Was also darf ich für Sie tun?«

»Ich habe zwei Fragen. Halten Sie es für möglich, in Erfahrung zu bringen, an welchen Orten meine Gefährten gefangen sind?«

Breisach bewegte langsam den Kopf hin und her.

»Ich werde Ihnen eine Adresse geben. Aber auch dort ist es zweifelhaft. In der ersten Zeit hielten sich ja die Zahlen in Grenzen. Jetzt hat das Einsperren und Verschwindenlassen einen solchen Umfang angenommen … Man spricht von dreihunderttausend Menschen. Dreihunderttausend – soviel Kinder werden hier in der Tschechoslowakei im ganzen Jahr nicht geboren. Sehen Sie her!«

Er hatte unten an seinem Schreibtisch eine Tür geöffnet, nahm ein zusammengelegtes Blatt hervor und entfaltete es. Es war eine mit Tusche gezeichnete Karte der Konzentrationslager und Zuchthäuser des Deutschen Reichs. Ungleichmäßig war sie übersät mit dicken, schwarzen Punkten. Die Lager waren durch ein K bezeichnet. In den Industriebezirken besonders wimmelten diese K's. Rheinland-Westfalen, Sachsen und die Gegend um Berlin waren ganz schwarz.

Ludwig schaute auf diese Landkarte nieder, und die vielen hundert Punkte verwandelten sich für ihn in das, was sie vorstellten: in Barackenlager im Ödland, von elektrisch geladenem Stacheldraht dreifach umstarrt, in Steinburgen, Kellerhöhlen in Prügelkammern, Isoliersärge, Todeszellen. Dies war die Welt, die sich unter jenem »geordneten« Deutschland ausspannte, auf dessen durch Zwangsarbeiter erbauten Autostraßen man die ausländischen Journalisten gratis spazierenfuhr.

»Eine entsetzliche Maschinerie«, sagte er leise.

Breisach nickte. »Es gehört etwas dazu, der in die Zahnräder zu greifen.«

»*Sie* dürfen das wohl sagen!«

»Ich? Lieber Gott! Aber diese Tausende von todesmutigen Leuten, junge Arbeiter, Jungkatholiken, bündische Jugend. Was sich da zusammentut unter harmlosen Namen, als ›Sportclub‹, ›Luftschutzbund‹, ›Gesangverein‹. Was da auf Trottoirs und Fabrikhöfen, in Kaufhäusern und in den Korridoren der Ämter selbst, seine Flugzettel ausstreut.

Was da an Mauer und Hauswand bei Nacht seine Aufrufe hinmalt. Was da seine Braunbücher und antifaschistischen Schriften vertreibt unter unschuldigen Buchdeckeln, da sehen Sie« – er wies auf ein Büchlein – »›Gesundheitsfördernde Pflanzen‹, und innen ist's die Geschichte des 30. Juni! Was da in Berlin allein drei Dutzend Zeitschriften schreibt, setzt und herausgibt. Und nur so ein Blatt in der Hand zu haben, bedeutet gewissen Tod. Auf jeden dieser Namenlosen wartet so ein Höhepunkt oder das Beil. Federlesens wird nicht gemacht. Ein paar hundert Jahre Zuchthaus im Massenprozess sind rasch verhängt! Was da allnächtlich sich über die deutschen Grenzen wagt, hin und zurück, beladen mit Material, durch ein immer dichteres Spitzel- und Wächternetz. Jeder fast ohne Hoffnung für sich, aber mit einem todestapferen Glauben an ein strahlendes Einst –«

Breisachs Stimme hatte sich getrübt, und sein heller Blick war traurig geworden. Er sah nicht aus, als teile er selbst so unbedingt diesen Glauben an das strahlende Einst. Ludwig vergegenwärtigte sich, dass sein ›Freies Wort‹ sich von Parteidoktrin fernhielt. Und nicht geringer als der Sterbensmut jener namenlosen und gläubigen Streiter erschien ihm die Leistung des Mannes, der voller Erkenntnis und Vorbehalt, beladen mit seinem kritischen Wissen um die Unvollkommenheit jedes menschlichen Zustands, täglich die Lanze einlegte gegen Gewalttat und Frevel.

Er sagte: »Darf ich meine zweite Frage stellen. Diese jungen Menschen überschreiten gewiss nicht alle die Grenze unter ihrem richtigen Namen. Ich bin im gleichen Fall.«

»Sie wollen nach Deutschland zurück?«

»Als man mich an die Grenze stellte, geschah es unter einer Drohung. Komme ich zurück, so bedeutet das für meine Mitschuldigen – es waren sieben – den Tod. Aber die Frage ist, ob meine Untätigkeit nicht erst recht und sicher ihren Tod bedeutet, wenn auch vielleicht einen langsameren. Ich muss versuchen, das Meine zu tun. Es sind Befreiungen vorgekommen.«

»Meist durch Bestechung. Die Leute sind ja käuflich. Aber bedeutende Mittel werden nötig sein.«

»Ich will versuchen, sie zusammenzubringen.«

»Und wenn man Sie fasst?«

Ludwig lächelte und machte eine leichte Bewegung nach dem Revolver auf der Schreibtischplatte.

»Sie meinen«, sagte Breisach, »ein toter Prinz ist denen noch lieber als einer im Ausland?«

»Ungefähr so.«

»Also zunächst, wenn ich recht verstehe, wollen Sie einen Pass.«

Ludwig nickte. Breisach sah ihn an. Dann nahm er ein Kärtchen, notierte eine Adresse und malte auf die Rückseite zwei Zeichen.

»Gehen Sie heute Abend hin. Man wird Ihnen helfen. Ich habe mich gefreut, Sie kennenzulernen.«

»Ich auch - das kann ich wohl sagen.«

Er erhob sich. Die untere Tür an Breisachs Schreibtisch, aus dem er jenen Lagerplan hervorgenommen hatte, stand noch offen, und Ludwig sah, dass auf ihrer Innenseite ein Bild aufgeklebt war. Eine billige Reproduktion, aus einem illustrierten Blatt ausgeschnitten, und sie klebte hier an verborgener Stelle. Es war aber wiederum der Don Quixote, Daumiers Ritter, ungeheuer und mager, die heilige Lanze in der Knochenfaust, das heldenhafte und absurde Antlitz dunkelnd fast in den Wolken.

Ludwig zögerte einen Augenblick. Er war im Begriff, noch etwas zu sagen. Aber dann ging er.

## 6.

Allein mit seinen schweren Gedanken begann er zu wandern, achtlos wohin. Er ging zum Hradschin hinauf und weiter durch die Loretogasse, stand im trüben Nachmittagsende zwischen der gewaltigen Säulenfront des Palais Czernin und dem lieblichen Klösterchen, beladen, ohne etwas zu sehen. Er kam wieder zum Fluss hinunter, durchquerte die Stadt bis unter den Ziskaberg und vollführte dann einen weiten Bogen durch proletarische Viertel, bis er ganz südlich von neuem die gelb sich fortwälzende Moldau erreichte. Er ging, den Mantelkragen in die Höhe gestellt, die Hände in den Taschen, mit denselben, ein wenig schlendernden Schritten wie damals in jenem Gefängniskeller.

Einsamkeit - er mochte das Wort wohl bewegen in seinem Herzen. Da er zum ersten Mal erfuhr, was Glück war, als er es unterm Schauer der Schuld in den Armen hielt, entriss es sich ihm, und sein Verlangen griff ohnmächtig ins Leere hinaus.

Er war bereit gewesen, Verantwortung zu tragen, er hatte sich gestellt. Aber im Augenblick, da er bekennen sollte, war ihm der Mund verschlossen worden. Es wäre unmenschliche und sinnlose Grausamkeit gewesen, sich dem Verlassenen noch zu entdecken. Immer sah er Rotteck vor sich an seinem Tisch, das Gesicht mit dem gelähmten Mundwinkel ohne Regung, und aus seinen weitoffenen Augen flossen die Tränen herab, unaufhaltsam. So hatte Ludwig ihn verlassen. Bekenntnis und Sühne waren verschmäht. Eine ewige Lüge war hier gefordert.

Geheimnisvoll und schrecklich klang dies zusammen mit der Tatenlosigkeit, zu der er verdammt schien. Andere hatten für ihn geplant und gehandelt. Andere waren für ihn ereilt worden. Ihm schnürten Fesseln die Hände zusammen. Aber er würde diese Fesseln zerreißen. Er hatte denen, die für ihn litten, Hilfe zu bringen oder für sie unterzugehen. Das hatte er dumpf gewusst auch in den kurzen Tagen jenes geraubten, schuldhaften Glücks. Jetzt war er zu nichts anderem mehr auf der Welt. Wohin er um sich blickte, er ersah für sich keine mögliche Existenzform. Aber am unmöglichsten erschien dies: irgendwo unterzukommen und im Warmen zu vegetieren, während jene Männer Qualen ausstanden und vielleicht starben.

Bei völligem Dunkel fand er sich unter den Festungswerken des Wyschehrad. Auf Befragen erfuhr er, dass der Stadtteil Sejvice, nach dem er sich zu begeben hatte, entgegengesetzt lag, bestieg eine Straßenbahn, hatte mehrmals den Wagen zu wechseln und kam gegen neun Uhr an. In einer Seitenstraße der Verdunska lag das von Breisach bezeichnete Haus.

»Scheurer« stand auf dem Türschild. Ein halbwüchsiges Mädchen öffnete. Im Halblicht des Korridors sah Ludwig, dass sie sich die Lippen geschminkt hatte. Sonst wirkte sie ernsthaft, weit über ihre Jahre hinaus. »Warten Sie hier auf meinen Bruder«, sagte sie streng und nahm Breisachs Karte mit sich hinein. Gleich darauf erschien Scheurer – wenn er so hieß –, ein Mann Ende der Zwanzig in einer Art grauer Litewka mit aufrecht stehendem Kragen. Sein Gesicht erschien Ludwig leidenschaftlich und schön. Unter dichtem, glänzendem, schwarzem Haar, unter breit gewölbter Stirn leuchtete und blitzte ein blaues Auge, ein einziges, denn das andere lag im Schatten einer vorgekämmten Strähne. Als aber diese bei einer Kopfbewegung zur Seite glitt, zeigte das zweite Auge sich tot, als ein graugelblicher Gallert mit verbleichter Iris, schreckenerregend.

Der Raum, den sie miteinander betreten hatten, war eine Art Archiv oder Magazin, umstellt mit Regalen, auf denen Pakete lasteten. Auf einem langen, ungestrichenen Holztisch standen in ihren Wachstuchhüllen zwei Schreibmaschinen. Aus dem Raum nebenan kam Stimmengewirr.

Ludwig brachte mit kurzen Worten sein doppeltes Anliegen vor.

»Bis morgen werde ich wissen«, antwortete Scheurer, »ob Berichte da sind. Die Praxis der Staatspolizei in solchen Fällen ist es, die Teilnehmer zu dislozieren. Seien Sie darauf gefasst, dass der eine in Schlesien sitzt, einer in Württemberg und der dritte oben an der dänischen Grenze.«

Ludwig nickte.

»Was den Pass angeht, so bekommen Sie noch heute abend Bescheid. Das wird gehen.«

»Ich bin Ihnen von ganzem Herzen dankbar.«

»Sie müssen natürlich Ihr Aussehen verändern und sich so fotografieren lassen. Was für Sprachen sprechen Sie denn?«

»Französisch und Englisch gut. Spanisch mittelmäßig.«

»Damit kann man nichts anfangen. Warten Sie jetzt nebenan!«

Im Nebenzimmer waren zehn oder zwölf Personen versammelt, jüngere Leute meist, teil proletarischen, teils intellektuellen Aussehens. Ludwig fand seinen Platz auf einem primitiven Diwan neben einem jüdischen Mädchen mit Brille, das ein gewandartiges fließendes Kleid trug. Er bekam Tee, das halbwüchsige Kind brachte ihm mit vorwurfsvollem Blick eine Tasse davon, schon gezuckert, mit zu viel Milch. Es wurde mäßig geraucht, wahrscheinlich waren die meisten zu arm dazu.

Von den Stimmen, die Ludwig vorher vernommen hatte, war nur eine einzige übrig geblieben. Sie gehörte einer Frau mittleren Alters, die in einem Sessel eine Art Ehrenplatz einnahm.

»Walburga Nothaft«, flüsterte das jüdische Mädchen ihm zu. Aber er hätte auch so ihrer Rede entnommen, dass sie die Witwe Heinrich Nothafts war, des Dichters, Schwärmers und Wanderredners, dessen »Selbstmord« in einem der Lager vor kurzem bekannt geworden. Sie war eben aus Deutschland gekommen, voll von dem Grausigen, das sie wusste. Sie sprach in ununterbrochenem Fluss, in ihrem niederbayrischen Tonfall, und alle lauschten mit einem Ausdruck von Gram und fast religiöser Sammlung. Sie war eine bayrische Bäuerin, auch heute noch. Sie trug ihre Zöpfe so um den Kopf geflochten und ihr

Vorstecktuch so geschlungen, wie es in den Dörfern nördlich von München Sitte ist. Während sie sprach, öffnete sich mitunter die Tür, Neuankömmlinge erschienen und nahmen ohne Umstände Platz. Einige Male zeigte sich Scheurer auf der Schwelle zum Nebenraum und winkte jemand hinaus. Das Kind mit den roten Lippen, abweisenden Blicks, ging lautlos umher und servierte den weißlichen Tee.

»Die haben schon ganze Arbeit gemacht mit ihm, das muss man zugeben«, sagte Frau Nothaft. »Sie haben dem Heinrich nichts geschenkt. Ich glaube, es hat sie geärgert, dass er trotz allem immer vergnügt war. Denn ihr wisst ja, wie der Heinrich gewesen ist, seine gute Laune ließ er sich gar nicht umbringen, und solang er gelebt hat, war's noch nicht ganz so arg und finster für die Kameraden im Lager. Fröhlich gelebt hat er, und die Frauen und das übrige hat er immer gern gehabt, und deshalb haben auch viele geglaubt, er sei kein ernsthafter Kämpfer gewesen. Aber das war ganz falsch. Es hat's kaum einer so blutig ernst genommen. Bloß hat er gemeint, dass man deswegen noch kein böses Gesicht schneiden muss. Dir werden wir das Lachen schon austreiben, haben sie ihm angekündigt, gleich als er verhaftet worden ist. Prügel, Essensentzug, Einzelhaft ohne Licht vierzehn Tage lang – aber wenn er herauskam, war er doch immer wieder der alte. Dann haben sie's immer schlimmer gemacht. Ich hab ihn ja bloß zweimal gesehen in der langen Zeit. Aber ein Kamerad, der entlassen worden ist, hat mir davon erzählt in Berlin. Das schlimmste war das mit dem Affen ... Man muss den Heinrich gekannt haben, um das recht zu verstehen.

Also an einem Sonntag war der Obersturmführer Hartwig fort, und ein anständiger Truppführer hat Dienst gemacht, und der hat einen Zigeuner vom Jahrmarkt ins Lager hereingelassen mit einem Affen, der Kunststücke gekonnt hat. Er dachte, die armen geschundenen Kerle müssen auch einmal ein Vergnügen haben. Der Affe war so ein kleiner, er konnte trommeln und präsentieren und sonst solche Sachen. Und mein Heinrich war ganz närrisch mit ihm. Viecher hat er immer so gern gehabt. Die wissen zu leben, hat er immer gesagt. Unser einer, hat er gesagt, ist ganz selten einmal er selbst, meistens stehen wir am Morgen auf und sind miserabler Laune und verhunzen uns selber den Tag. Aber so eine Katz oder ein Pudel ist jeden Tag dasselbe, genau das Geschöpf wie Gott es gewollt hat, immer vollkommen, vom ersten Atemzug bis zum letzten. Die sind die große Lehre, das Beispiel. Und so müssten wir auch sein … Also mein Heinrich ist ganz außer sich vor Glück mit dem Affen. Er redet mit ihm und springt mit ihm herum, er macht sogar einen Handstand vor ihm auf dem Hof, und der Affe macht's nach, und wie der Heinrich auf den Beinen steht, sehen die anderen, dass ihm die Tränen herunterlaufen, und sie denken, dass er doch ein bisschen ein verrückter Kerl ist, so gern sie ihn haben, denn dass einer weinen kann vor Freude über einen Jahrmarktsaffen, das verstehen sie nicht.

Aber da war auch das Unglück schon da. Auf dem Hof in einer Ecke ist der Obersturmführer Hartwig gestanden. Der war vor der Zeit heimgekommen und hatte das meiste gesehen. Der Hartwig hat immer schon einen besonderen Hass auf den Heinrich gehabt, wahrscheinlich weil er selber so ein hässlicher, trübseliger Kerl war. Jetzt kam er her. Alle standen gleich stramm, wie es Vorschrift ist, auch der Heinrich. ›Was, der gefällt dir, der Aff‹, sagt der Hartwig zu ihm. ›Zu Befehl, Herr Obersturmführer‹, sagt vorschriftsmäßig der Heinrich. Da macht sich der Hartwig seinen Dienstrevolver vom Gurt los. ›Deshalb darfst du ihn jetzt auch eigenhändig erschießen‹, sagt er. Der Heinrich meint erst, es ist ein ekelhafter Witz, und er steht da mit dem geladenen Revolver in der Hand, ganz ungeschickt. ›Na, wird's bald!‹ schreit der Hartwig, ›Finger an den Abzug! Los!‹ Es ist ihm ernst. Das merken alle, auch der Zigeuner merkt es und fängt an zu jammern, aber der Hartwig brüllt ihn an, er soll den Mund halten, sein Viech würde ihm schon bezahlt. Der Affe ist herangekommen, er sitzt gerade vor dem Heinrich und schaut ihn zutraulich an, wahrscheinlich möchte er wieder spielen.

›Das kann ich nicht tun, Herr Obersturmführer.‹

›Ah‹, sagt der Hartwig, ›das kannst du nicht tun. Sag mir mal den Paragraph zwölf der Lagerordnung her!‹ Im Paragraph zwölf heißt es, dass, wer den Gehorsam verweigert, als Meuterer auf der Stelle erschossen wird. Der Heinrich sagt den Paragraph zwölf her, mit lauter, vorschriftsmäßiger Stimme.

›Also!‹

›Ich kann es trotzdem nicht tun.‹

Der Hartwig schnappt nach Luft vor Wut. Vielleicht kriegt er's auch mit der Angst, denn der Heinrich hat ja immer noch den geladenen Revolver in seiner Hand. Er lässt alles wegtreten, auch der Zigeuner mit seinem Affen darf gehen, und alle bewundern den Heinrich und denken, es ist gut.

Aber nachts wird er von seiner Pritsche geholt und in die Isolierbaracke hinübergeführt. Da steht an einem Tisch der Hartwig und hat einen Holzhammer in der Hand. Dem Heinrich werden die Arme auf den Tisch geschnallt, und der Hartwig haut ihm mit seinem Hammer die Fingerspitzen zu Brei, ganz langsam, eine nach der andern. ›Du willst ja nicht abdrücken‹, sagt er dabei, ›da brauchst du sie nicht. Unnützes im Lager wird nicht geduldet.‹ Er macht es gründlich, er arbeitet eine Stunde an ihm herum, und auch wie der Heinrich schon lange ohnmächtig ist, macht er weiter. Er hat bis zu seinem Tod einen eitrigen Breiklumpen gehabt an jedem von seinen zehn Fingern.«

In der Stille, die nach dieser Erzählung entstand, öffnete sich die Tür zum anstoßenden Raum, und Scheurer machte Ludwig ein Zeichen. Benommen erhob er sich und stieß dabei klirrend an seine Tasse, die neben ihm auf dem Boden stand.

Im Nebenzimmer wartete ein unternehmend blickender junger Arbeiter, der nicht grüßte. Er hielt ein rotbraunes Leinwandheftchen in der Hand.

»Ich denke, wir werden einen Lettländer aus Ihnen machen«, sagte Scheurer ohne ein Lächeln.

## 7.

Will jemand von einem zum andern sein Aussehen verändern, so kann er sich nur an die Haartracht halten. Ludwig dachte erst an ein einfaches Kurzscheren, dann aber wählte er einen anderen Schnitt, jenen, bei dem am sonst rasierten Schädel nur vorn in der Mitte eine kleine Haarfläche übrig bleibt. Zwar war dies deutsche Erfindung und wurde bei Angehörigen sonstiger Nationen nicht angetroffen; aber keine andere Frisur, so schien ihm, entstellte gleich gründlich. Mit Befriedigung betrachtete er die Fotografie in seinem Pass: doppelt gestempelt durch die Polizeidirektion in Riga, Lettland, präsentierte sich da ein leer blickender Fremder mit abstehenden Ohren, der 1908 in Liepaja geborene Karlis Peteris Ozols, Kaufmann.

Immer wenn er alleinblieb auf seiner Reise, zog er das rotbraune Büchlein hervor und beschäftigte sich mit dem fremdartigen, ganz innerasiatisch anmutenden Text, unter dem eine französische Übersetzung angebracht war. ›Apraksts‹ hieß da Personalbeschreibung und ›Pavalstnieciba‹ hieß Nationalität. Niemand werde und könne ihn prüfen, hatte Scheurer versichert, Lettisch sprechen auf Erden nur eine runde Million Menschen, darum eben habe man diese Staatsangehörigkeit für ihn ausgewählt. Aber Ludwig hatte schon Mühe seinen Namen zu memorieren. Als an der Grenzstation die kontrollierenden Beamten den Waggon betraten, schlug ihm recht spürbar das Herz. Doch man behandelte den reisenden Ausländer mit betonter Zuvorkommenheit.

Es war Ludwig zumut, als wäre er lange fortgewesen. Mit entfremdeten Augen blickte er auf sein Vaterland. Die gehäuften Uniformen auf jedem Bahnsteig, das schreiende Hakenkreuztuch, das an den unmöglichsten Orten herumhing, es erschien ihm alles so neu. Vor allem fiel ihm das Gehabe der Leute auf, die wechselnd in das Abteil dritter Klasse einstiegen, um ihre kurzen Reisen zu tun: mit verschlossenen und verdrossenen Blicken betrachteten sie einander, und kam ein Gespräch zustande, so hielt es sich in den langweiligsten Allgemeinheiten. Da jeder in jedem einen der Spitzel vermutete, mit denen das Land überschwemmt war und die sich als Arbeitsplatz mit Vorliebe die Eisenbahnzüge aussuchten, empfahl es sich so. Das Volk hier in sächsischen und thüringischen Landen war sonst lebhaften Geistes und häufig von drastischem Witz; jetzt hörte Ludwig kein heiteres Wort.

Als es dunkelte, nickte er ein wenig ein im überheizten Coupé. Ein ruckweises Anhalten des Zuges erweckte ihn. Er sah durch die halbvereiste Fensterscheibe auf einen schwachbeleuchteten Bahnsteig hinaus, ohne viel zu erkennen. Plötzlich fiel ihm die Form des Zeitungskiosks auf – er war erbaut wie ein Schweizerhäuschen und übrigens schon geschlossen – und er wusste, dass er im Bahnhof seiner Heimatstadt hielt. Und nun las er auch seinen eigenen Namen auf dem Eisenrand einer Laterne.

Niemand war mehr im Abteil, aber im Augenblick der Abfahrt kam prustend und den Schnee vom Mantel abschüttelnd ein dicker Mann herein und machte sich's mit einem freundlichen Gruß bequem. »Auch hinüber nach Weimar?« hatte er schon gefragt, ehe der Zug recht in Bewegung war. Drei Minuten später wusste Ludwig, dass er den Konditor Hemmisch vom Hohen Markt vor sich hatte. Er erinnerte sich gut an den Laden und an seine berühmten Schaumkringel und Schokoladenkrapfen. Oft hatte er sich als Kind gewünscht, da eintreten und nach Herzenslust kaufen zu können, was ja aber leider für einen

Prinzen des herzoglichen Hauses nicht anging. Mit Zuneigung betrachtete er den ehemaligen »Untertan« seines Vaters. Es beruhigte ihn sehr, dass Hoflieferant Hemmisch – ganz sicher hing das Wappenschild noch immer über der verlockenden Auslage ihn durchaus nicht erkannte, obwohl er ihn in Person und auf Photos hundertmal gesehen haben musste. Dankbar strich sich Ludwig über seine abscheuliche Frisur.

»Lettland«, sagte Herr Hemmisch, nachdem er seinerseits Auskunft erhalten, »da haben Sie's kalt jetzt, wie?«

»So sehr kalt ist es nicht. Aber feucht. Viel Nebel.«

»Aha. Was ist denn Ihr Geschäft, wenn ich fragen darf?«

»Zündhölzer. Ich reise für eine Zündholzfabrik«, antwortete Ludwig und fröstelte bei dem Gedanken, Herr Hemmisch könnte irgendwelche Kenntnisse über Zündholzfabrikation an den Tag legen. »Meine Firma«, fügte er hastig hinzu, »ist eine von den wenigen, die noch übrig sind. Vor dem Krieg war das Land voll von Cellulose- und Zündholzfabriken, aber dann ist alles zugrunde gegangen.« Der Satz schmeckte ein wenig nach dem Lexikon, aus dem er sich orientiert hatte.

Eine neue Station erschien und, auf erleuchteter Tafel, ein Ludwig vertrauter Ortsname. Es stand auch hier ein Schlösschen seiner Familie.

»Ist das Sachsen hier«, fragte er seinen Reisegefährten. »Königreich Sachsen?«

»Sachsen-Camburg. Ehemals herzoglich. Jaja, mit alldem ist's zu Ende.«

»Was ist eigentlich aus all diesen Fürsten geworden? Wir draußen können uns das gar nicht so vorstellen.«

»Nun, unsrer zum Beispiel wohnt immer noch hier, so in der Stille, ganz als Privatmann.«

»Armer alter Herr!«

»Alt ist er nicht. Kaum über dreißig. Er geht sogar nie außer Landes.« Herr Hemmisch war augenscheinlich in Versuchung, die Gründe dieser Selbstbeschränkung darzulegen. Ludwig sah förmlich, wie er sich auf die Zunge biss. Stattdessen zog er vor, die Existenz des Herzogs zu schildern. Das tat er nicht ohne Kritik; es war ungefährlich. Herzog August, wenn man ihm glauben konnte, hatte sein Leben nun gänzlich der Jagd gewidmet. Von dreißig Tagen galten ihr fünfundzwanzig. In den Monaten aber, da Hirsche und Hasen Schonzeit hatten, hielt er sich grämlich allein im Camburger Schloss und veranstaltete Taubenschießen – wobei die Tiere aus dunklen Kästen in die freie Luft hinaufgelassen und geblendet von der fürstlichen Kugel ereilt wurden. Dieser etwas grausame Sport schien in der Bevölkerung Missfallen erregt zu haben. Mehr noch ein gewisser anderer Vorfall, Herr Hemmisch erzählte ihn ganz ausführlich.

Im vergangenen Oktober hatte der Herzog einmal einen besonders ergiebigen Jagdtag gehabt. Im sogenannten Bannwald nördlich von Camburg war für ihn eine Schusskanzel aufgebaut, und an der hatte man das Wild vorübergetrieben, so dass es ganz ohne Beschwer zu erlegen war. Die Strecke an jenem Tag betrug 7 Hirsche, 32 Rehe und 108 Hasen. Mit Befriedigung hatte der Herzog sein Werk betrachtet, war wieder und wieder die Reihe der Geschöpfe abgeschritten, die da mit glasigen Augen lagen, und hatte sich dann auf die Heimfahrt begeben, im Bedauern, dass die Nacht seiner Tätigkeit so früh ein Ende setzte. Der Weg führte an einer Geflügelfarm vorüber, die einer Familie Quendel gehörte. Unvermutet ließ Herzog August halten, befahl Lichter zu bringen, fasste Posto an einem der Fenster, scheuchte durch einen Schuss das schlafende Geflügel empor und begann unter nervösem Gelächter kunstgerecht zu feuern. Todesgegacker und herumwirbelnde Federn – Herr Hemmisch schilderte es anschaulich – erfüllten in dem niedrigen Schuppen die staubige Luft. Dem Aufsichtspersonal wurde versichert, dass alles bezahlt würde, und vergnügt und gesättigt fuhr der Herzog davon. Bezahlt wurde auch, aber Skandal gab es dennoch. Die Zeitungen – nicht weniger froh offenbar über das ungefährliche Thema als jetzt Herr Hemmisch – bemächtigten sich des Falles, und wochenlang hielt es Herzog August für angezeigt, sein Schloss überhaupt nicht mehr zu verlassen. Hoflieferant Hemmisch fand übrigens das Geschrei übertrieben. »Was wollen die Leute in Grunde«, meinte er, »gefressen werden die Hühner ja doch. Dem Huhn ist es einerlei, ob's eine Kugel trifft oder ob ihm die Köchin den Hals abschneidet. Man muss auch schließlich gerecht sein. Der eine schießt Hühner –« Hier aber, vielleicht im richtigen Augenblick, bremste der Zug, Herr Hemmisch war am Orte seiner Bestimmung angelangt.

Auf diese Weise erfuhr Ludwig einiges über die Lebensführung des Bruders, den sein Geschick so vorzeitig aus dem Blutkreislauf der Macht ausgeschaltet hatte.

Auch Ludwigs Reiseziel war nun bald erreicht. Im Städtchen Eisenach verließ er den Zug und wanderte, sein Köfferchen in der Hand, die schneeknisternde Bahnhofstraße hinunter, um einen Gasthof zu suchen.

Einer, der »Kronprinz« hieß, sah billig genug aus. Aber auch hier wurde der dürftig anmutende Reisende eher zurückhaltend empfangen. Der Ton veränderte sich erst, und zwar zu fast bestürzter Ergebenheit, als man sein ausländisches Papier in Augenschein nahm. Offenbar hatte sich der deutsche Nationalstolz bereits derart entwickelt, dass auch die bescheidenste Ausländerexistenz ein Gegenstand unterwürfigen Neides war.

Es war noch keineswegs spät. Der Schlaf wollte nicht kommen. Ludwig schlug das Buch auf, mit dem er sich schon auf der Reise beschäftigt hatte. Es war eine einbändige Ausgabe von Gibbons ›Decline and Fall‹, zweitausend Seiten auf dünnem Papier. Das Lesezeichen lag beim Kaiser Diocletian und seinen Christenverfolgungen. Aber bald entsank ihm der Band. Vor Gibbons klassisch klaren Bericht schoben sich wüste, stärkere Bilder. Anders als unter diesen Prokonsuln und Präfekten, milden Vollstreckern der kaiserlichen Edikte, ging es zu in den Gefangenenlagern des Dritten Reiches. Was würde er morgen über das Schicksal seiner Gefährten in Erfahrung bringen?

Halb zehn war eine frühe Besuchszeit. Aber er vermochte seine Unruhe nicht länger zu bemeistern. Schon seit einer Stunde marschierte er auf der leeren, verschneiten Wartburg-Chaussee auf und ab.

Die Villa Zednitz, mit Türmchen und Giebelwerk in etwas irriger Gotik erbaut, lag inmitten eines geräumigen Gartens. Ein außerordentlich hübsches blondes Dienstmädchen erschien auf sein Läuten am Eingangsgitter. Trotz der Kälte nahm Ludwig den Hut ab.

»Kann ich Herrn von Zednitz sprechen?«

Sie öffnete unlustig und ersuchte um seine Karte.

»Hab ich leider nicht. Melden Sie Herrn Ozols aus Riga.«

»Riga«, wiederholte sie, »Ozols?« Sie war gerade wohlerzogen genug, um nicht den Kopf zu schütteln. Er folgte ihr über den Gartenweg, von dem der Schnee sauber weggekehrt war. »Warten Sie hier mal!« äußerte sie unterm Portal und hatte es ihm vor der Nase zugeschlagen.

Ludwig blickte sich um. Vier Jahre waren es jetzt her, da war er mit dem jungen Zednitz von der Universität aus hier gewesen. Damals war Juni, und die Zednitz'schen Eltern hatten ihm zu Ehren eine Gesellschaft veranstaltet, eine Art kleines Gartenfest.

Das Mädchen erschien wieder. »Herr Baron lassen fragen, in welcher Angelegenheit Sie ihn sprechen wollen.«

»Geschäftlich, mein Kind. Firma Peteris Söhne in Riga. Sehr wichtig.«

Eine Minute darauf erschien der alte Zednitz selbst unterm Tor. Ludwig hatte ihn frischer und jünger in Erinnerung. Aus dem allzu weißen Gesicht mit dem Spitzbart, das zuckerkrank wirkte, blickten blasse Augen mit Misstrauen.

»Sie wünschen?«

»Ozols ist mein Name«, wiederholte Ludwig. Und als das Mädchen verschwunden war, fügte er leiser hinzu: »Sie erkennen mich nicht, Herr von Zednitz?«

»Keine Ahnung.«

Er nannte seinen Namen.

»Um Gottes willen!« sagte Zednitz und ließ ihn eilig ins Haus.

Im Gartensalon war nicht geheizt. Die Wahl dieses Raumes schon war eine Aufforderung, sich kurz zu fassen.

»Meinen Sohn können Sie nicht sprechen, Prinz«, war das erste Wort.

Ludwig erschrak. Hatte der alte Herr unterm Schrecken der Ereignisse seinen Verstand verloren?

»Ich weiß, Herr von Zednitz«, sagte er behutsam. »Ich weiß, dass das nicht angeht. Mein Wunsch ist auch nur, zu erfahren, in welchem Lager er ist.«

»Sprechen Sie doch leise, leise!« flehte Zednitz – obwohl Ludwig flüsterte. Er spreizte nervös die Finger seiner linken Hand. »Mir ist jede Aufregung verboten. Und Sie regen mich auf, Prinz!«

»Das tut mir von Herzen leid. Ich wusste sonst niemand, an den ich mich wenden konnte. Sie werden verstehen, dass ich erfahren muss, wo meine Gefährten sind.«

»Wo kommen Sie eigentlich her?«

Er gab knappe Auskunft. Der alte Mann zitterte vor Kälte. Aber Ludwig konnte ihn ja nicht wohl ersuchen, die Unterredung in einem erwärmten Raume fortzusetzen.

»Mein Sohn ist hier«, sagte Zednitz mit weißen Lippen.

»Hier bei Ihnen?«

»Er ist seit acht Tagen frei.«

»Und alle die anderen?«

»Ebenso.«

Die Freude kam allzu unerwartet. »Großer Himmel«, sagte Ludwig und presste mit beiden Händen seinen Hut gegen die Brust, »ist's denn auch wirklich wahr?«

»Selbstverständlich ist es wahr. Und der einzige, der noch Gefahr bringen könnte, sind Sie. Es macht Ihnen ja alle Ehre, dass Sie diese Nachricht so außer sich bringt –«

»Eisendecher, Unna«, fragte Ludwig noch einmal, »der herzkranke Unstrut? Den haben sie misshandelt –«

»Ist in einem Sanatorium bei Düsseldorf. Es geht ihm ganz leidlich. Tja, einfach war es nicht. Wir haben alle Verbindungen spielen lassen. So *vollkommen* rechtlos ist man immerhin nicht.«

»Oberst Bruckdorf?«

»Sein Bruder ist Generalleutnant«, sagte Zednitz und lächelte blass.

»Alle frei! Also Steiger auch?«

»Wer bitte?«

»Doktor Otto Steiger.«

»Ach, das ist dieser verrückte Schulmeister, der die ganze Geschichte angezettelt hat. Nein, den haben sie dabehalten«, sagte Herr von Zednitz ganz beifällig.

»Dabehalten! Wo?«

Zednitz zuckte die Achseln.

»An diesem närrischen Schulmeister oder wie Sie sich ausdrücken, liegt mir sehr viel. Er ist mein Lehrer, mein Freund.«

»Ja, da kann ich Ihnen auch nicht helfen, lieber Prinz. Und wenn Sie einen Rat haben wollen –«

»Den will ich. Raten Sie mir, wohin ich mich wenden muss, um Steiger zu finden. Sicherlich weiß es Ihr Sohn.«

»Ich darf Sie ersuchen, meinen Sohn völlig aus dem Spiele zu lassen! Mein Sohn steht unter Beobachtung. Für den Fall, dass binnen Jahresfrist nichts gegen ihn vorliegt, ist ihm Reintegration in Aussicht gestellt.«

»Ihr Sohn will unter dieser Regierung weiter dienen?«

»Mein Sohn wünscht seinem Vaterland weiter zu dienen. Das ist auch mein Wunsch und der seiner Mutter.«

»Ich muss wissen, wo Steiger ist.«

Zednitz schwieg. Sein Schweigen war feindselig.

Ludwig sah ihn an. Und er griff zu dem einzigen Mittel, das ihm blieb. Es war das Mittel des Bettlers, dessen Gegenwart stört und belästigt.

»Fragen Sie Ihren Sohn! Ich verschwinde dann augenblicklich aus dieser Stadt. Niemand wird erfahren, wer mir Auskunft erteilt hat. Ich gebe Ihnen mein Wort.«

Und da jener noch immer schwieg, fügte er mit Überwindung hinzu: »Ich gebe Ihnen mein Wort als deutscher Fürst.«

»Konzentrationslager Ginnheim bei Frankfurt am Main.«

Ludwig setzte seinen Hut auf und ging.

## 8.

Ihm war, als habe er ein kostbares, über sein Dasein entscheidendes Geschenk empfangen. Die Weiterfahrt nach Frankfurt verging ihm so unvermerkt wie einem Ehrgeizigen, der in seinen Träumen schwelgt. Was für eine Erlösung, jene alle gerettet zu wissen. Mochten sie sich unter Opfern an Gesinnung und Würde gerettet haben, das zu erwägen war nicht seine Sache, er war ihrer ledig, er wünschte ihnen eine glückliche Zukunft. Jetzt erst wagte er sich einzugestehen, wie unausführbar sein Vorhaben noch gestern gewesen. Das ganz Unmögliche hatte er gewollt. Dies war nun anders. Nun ging es um das Leben eines einzelnen, jenes Nächsten, an dem er hing.

Die Wunden, die ihm die jüngstvergangene Zeit gerissen hatte, sie schmerzten auf einmal nicht mehr. Die verzweifelte Scham war fort, mit der er bei geschlossenen Augen immer wieder Rotteck vor sich gesehen hatte – verlassen und betrogen über seinen Arbeitstisch gebeugt. Er konnte mit einer Tat bezahlen. Eine Tat wurde von ihm gefordert, Einsatz seines Lebens zum klaren, fest umrissenen Zweck.

Aber als er im Frankfurter Bahnhof seine Tasche niedergelegt hatte und auf den freien, lebhaften Platz hinaustrat, wurde ihm bewusst, dass er auch zu dieser begrenzten Unternehmung die Wege nicht kannte. Da stand er in einer großen, ihm völlig fremden Stadt, ohne Beziehungen, ohne Mittel, mit abgestreifter Identität. Er wusste nichts als den Namen Ginnheim. Dies Ginnheim war leicht zu finden. Und dann stand er waffenlos vor dieser zehnfach verwahrten Festung des Vergessens. Den Freund da herauszuholen, das schien der Aufgabe gleich, mit den Händen einen Expresszug aufzuhalten. Bestechung, war ihm gesagt worden, sei das einzige Mittel. Aber dazu gehörte Geld. Er besaß noch ein paar Objekte von Wert, seine Zigarettendose und eine sehr schöne Uhr. Es war unsicher, ob der Erlös genügen konnte.

Vor allem aber wusste er nicht, wer zu bestechen war. Die Wärter? Ein Vorgesetzter? Der Kommandant des Lagers selbst? Wie kam man mit diesen Leuten in Berührung?

Er stand auf einer Asphaltinsel inmitten der Straßenbahnen und kreisenden Autos, hier festgehalten, weil er keinen sinnlosen Schritt weiter tun wollte, Wunschbilder hinter der Stirn, die sich erhoben, schwach aufglänzten und wieder zergingen.

In gewissen Ausnahmefällen, erinnerte er sich, war das eine oder andere Lager ausländischen Journalisten gezeigt worden, Korrespondenten solcher Zeitungen, deren Sympathie mit Hitlers Herrschaft außer Zweifel stand. Leuten, von denen gewiss war, dass sie alle Einrichtungen tadelfrei, die Behandlung der Eingeschlossenen mustergültig human, ihr Los beinahe beneidenswert finden würden. Spießgesellen mit einem Wort, dazu auserlesen, jenen »Gräuelmärchen« entgegenzutreten, die im nicht narkotisierten Ausland beklagenswerter Weise immer noch umgingen. Sollte er waghalsig sich an die Frankfurter Parteileitung wenden und um solch eine Führung nachsuchen? Er kannte noch nicht einmal den Namen einer Zeitung in Lettland. Und wenn der in Erfahrung gebracht war, würde man nicht, selbstverständlich, seinen Journalistenausweis von ihm fordern? In seinem Passe stand »Kaufmann«. Gesetzt aber selbst, das fast Unmögliche gelang, so brachte ihn ein solcher offizieller Besuch schwerlich in Kontakt mit dem Personal. Mehr als eine oberflächliche Lokalkenntnis würde ihm nicht vermittelt werden, und die allein half nicht weiter. Das Wunschbild zerging.

Der Weg aber musste gefunden werden. Es war nur noch einer, der für ihn litt. Doch das Schicksal dieses einen war um so schlimmer, um so unabsehbarer. Keiner von den adeligen Offizieren und Beamten, die durch ihre »Beziehungen« befreit worden waren, schien sich um diesen Outsider gekümmert zu haben. Wahrscheinlich war auch keinem die Möglichkeit dazu gelassen; sie alle mussten heilfroh sein, die eigene Haut zu retten. Der Vernichtungsapparat der Nazipartei hatte die sechs widerwillig aus seinen Zähnen gelassen, an dem einen Opfer, das blieb, würde man sich schadlos halten. Ein davongejagter Lehrer, halb proletarisiert – den schützte kein Bruder, der Generalleutnant war, und kein Vetter in der Großindustrie. Den würden die Eisenzähne festhalten, bis er hinlosch oder den Verstand verlor. Und es war der eine, den Ludwig liebte. Der seine Jugend bewacht hatte, seine Gedanken genährt, der innig an ihn geglaubt hatte. Ludwig stellte sich Steiger vor, wie der am Abend sich ausstreckte auf seiner Pritsche, wie er seine trostlosen Gedanken ausschickte aus seiner Verlassenheit – nach ihm, Ludwig, von dem sie ihm höhnisch gesagt haben mochten, er sei davon, sei außer Landes, habe sich feig in Sicherheit gebracht auf Kosten der andern.

Vergessen musste sich Steiger glauben, völlig verlassen, dem langsamen Tode ausgeliefert. Das durfte nicht sein.

Ludwigs Standort war so, dass er dem Bahnhofsgebäude den Rücken zukehrte und die breite, belebte Kaiserstraße hinuntersah. Ein Doppelzug von Menschen bewegte sich herauf zum Platz und verteilte sich linkshin und rechtshin. Einzelne nur kamen mitten durch den Wagenverkehr auf ihn zu und strebten über seine Insel hinweg zur Station hinein.

Es sah ihn niemand an. Die Leute schienen es alle eilig zu haben. Es war auch weiter nichts Anziehendes mehr an Ludwig. Sein Gesicht sah müde aus, seine Kleidung war unfrisch, zerdrückt. Es gab keinen Grund, weshalb zum Beispiel Frauen hätten den Blick auf ihn heften sollen.

Eine tat es dennoch. Sie kam mit ziemlich gehetzten Schritten von der Kaiserstraße herüber, stutzte ganz auffällig, als sie zur Insel heraufkam, sah ihm aus großen Augen sonderbar starr und wild ins Gesicht, war schon vorbei und, ehe Ludwig sich umwandte, in der Bahnhofshalle verschwunden. Die Augen waren nachtdunkel gewesen, das Gesicht schmal und bräunlich, die Kleidung gering. Ein jüdisches junges Mädchen aus ärmerer Schicht.

Aber dieser nächtige und starre Blick hatte eine Erinnerung aufgerissen. Neben einem flammenlosen Kamin, auf steifem Holzstuhl, saß ein anderes jüdisches Mädchen – etwas jünger war sie damals gewesen, als diese fremde Kleine jetzt war. »Junge Leite!« Ludwig hörte die Stimme ihres Vaters – entschuldigend, weise, ironisch oder feig. Es war Frankfurter Jüdisch.

Natürlich – er wohnte hier, der alte Antiquar seines Vaters. Er wohnte nicht nur hier – er gehörte auch zu den Verfemten, den Ausgestoßenen, zu der winzigen und hilflosen Minderheit, aus deren Anprangerung, Besudelung, Beraubung, die herrschende Rotte sich ihre Effekte holte. Wetzlar konnte diese letzten Jahre nicht stillen Gemüts überdauert haben, trotz all seiner Skepsis und unterwürfigen Weisheit. Von ihm konnte Ludwig sich Rat erwarten, vielleicht Förderung. Ein

Jude – er dachte nicht darüber nach, woher ihm die Gewissheit kam, aber sie war da – ein Jude würde einen Hilfsbedürftigen, der einem Hilflosen Hilfe bringen wollte, nicht ohne Beistand lassen. Es war ein Gnadengeschenk, das ihm die Vorübereilende mit ihrem Blick in die Seele geworfen hatte. Ludwig war versucht, ihr nachzugehen, sie im Bahnhofsgebäude zu suchen, ihr zu danken. Aber sie hätte ihn ja unmöglich verstehen können.

Er schlug in der nächsten Telefonzelle Wetzlars Adresse nach. Jacques Wetzlar – da stand es. Das Antiquariat am Rossmarkt war angeführt und die Privatwohnung in der Miquelallee. Anzurufen verbot sich. Es war noch zeitig genug am Tage, um das Geschäft offen zu finden.

Am Rossmarkt, einem wimmelnden Hauptplatz, fand er sogleich die Hausnummer. Mehrmals blickte er zu ihr empor, sich zu vergewissern. Kein Zweifel, hier war es. Hier musste es gewesen sein. Denn die zwei breiten Schaufenster im Erdgeschoß waren leer. Man blickte in ein ausgeräumtes Magazin, das sich voll öden Dunkels tief ins Haus hinein erstreckte.

Es sah aus, als wäre dieser Laden nicht ganz friedlich geräumt worden. Das eine der Fenster wies ein Loch auf, von dem Sprünge strahlenförmig nach allen Seiten liefen. Hinter die zwei längsten hatte man im Winkel rohe Holzleisten genagelt. Noch ließen sich an der gläsernen Eingangstür Spuren des Namens erkennen, der da in kleinen, schwarzen, erhabenen Buchstaben zu lesen gewesen war. Man hatte ihn abgekratzt, diesen Namen, in Hast offenbar und ohne Rücksicht auf Schönheit. Das q von »Jacques« war stehen geblieben und von »Wetzlar« das W und das z. Es wirkte recht finster, unheilbedeutend.

Ludwig machte sich auf nach der Miquelallee.

Die elegante Wohnzeile war nur auf der einen Seite bebaut. Jenseits nickten aus einem langhingestreckten Park kahle Baumwipfel übers Gitter. Schöne Anwesen lagen hier, in vornehmer Stille, weit auseinander, gartenumgeben. Das Wetzlar'sche Haus präsentierte sich nobel, als ein niedriger, klassizistischer Bau mit einer kleinen Säulenvorhalle. »NS-Hago Frankfurt am Main« stand am Garteneingang zu lesen. Eine Art von geflügeltem Stock oder Pfosten trug das Schild mit dem Hakenkreuz. Hago? Es klang wie ein altnordischer Jagd- oder Schlachtruf. Gott mochte wissen, was für eine muffige Parteiorganisation sich derart maskierte. Jedenfalls war es ganz unwahrscheinlich, dass der Jude

Jacques Wetzlar in einem Haus mit der Aufschrift »Hago« noch zu finden war.

Es lag kein Schnee hier in Frankfurt. Es rieselte im Dämmer. Ein laulicher Wind flötete missmutig durch die kahlen Bäume der Allee. Ludwig stand überlegend. Sollte er eintreten und sich bei den Hagoleuten nach der Adresse des einstigen Inhabers erkundigen?

Die Straße war menschenleer. Aber fünfzig Meter entfernt hielt ein Automobil vor dem Nachbarportal. Der Chauffeur auf seinem Sitz las wartend die Zeitung.

»Sagen Sie bitte – hier nebenan hat doch immer eine Familie Wetzlar gewohnt. Haben Sie eine Ahnung, wohin sie verzogen sind?«

»Kann leider nicht dienen.«

»Meinen Sie, man weiß dort im Hause Bescheid?«

»Wenig wahrscheinlich.«

»Da kann also nur das Adressbuch helfen oder die Polizei.«

»Wird alles wenig Zweck haben, Herr«, sagte der Chauffeur und wandte mit Ostentation ein Blatt seiner Zeitung um, von der er kaum aufgeblickt hatte.

Er war ein junger, bartloser Mensch in einer dunkelgrünen Livree mit schmalen Goldlitzen. Er sah klug aus. Nun sandte er einen Seitenblick nach Ludwig aus, wie um festzustellen, ob der immer noch dastünde. Es fing stärker an zu regnen. Das schwarzlackierte Auto glänzte vor Nässe. Ludwig kam eine Erinnerung.

»Herr Wetzlar hatte einen Chauffeur in seinem Dienst, viele Jahre lang. Ist der immer noch bei ihm?«

»Martis? So, den haben Sie gekannt«, sagte der andere. Zum ersten Mal klang seine Stimme interessiert.

»Den Namen weiß ich nicht. Ein besonders groß gewachsener Mann, ein Riese geradezu. Besonders sympathisch.«

»Das glaube ich, lieber Herr, dass der sympathisch war. Ein Goldmensch. Gediegenes Gold sozusagen. Hat auch nichts zu lachen jetzt.«

»So – auch nicht? Bei Wetzlars ist er also nicht mehr in Stellung.«

»Der ist nicht in Stellung, nein. Aber sagen Sie mal, Herr, Sie erkundigen sich da ziemlich komisch!« Und er blickte Ludwig gerade und streng in die Augen.

»Mir läge sehr viel daran, Martis zu sprechen.«

»Kann alles sein. Aber jetzt möchte ich Sie bitten, von meinem Wagen wegzugehn. Ich hab's nicht gern, wenn man mich im Gespräch mit Fremden sieht.«

»Verstehe«, sagte Ludwig. »So ist das ja hierzulande.«

Diese Worte übten auf den Chauffeur eine Wirkung. Er betrachtete Ludwig aufmerksam und kniff dann leicht das linke Auge zu. Es wirkte wie ein Freimaurerzeichen. »Also, wenn Sie Martis durchaus sprechen müssen, dann nehmen Sie Linie 18 und fahren hinüber nach Sachsenhausen, Zwischenstraße 8a. Zwischenstraße. Dritter Stock hinten hinaus. An der Tür ist kein Schild. Sagen Sie mal, Herr«, unterbrach er sich, »ich mache da wohl keine Dummheit?«

»Sie machen *keine* Dummheit.« Ludwig vollführte eine Bewegung, um dem Mann durchs Fenster die Hand zu reichen. Dann unterließ er es. Es war besser so – hierzulande.

Die Zwischenstraße in Sachsenhausen, farblos wie ihr Name, war ein kurzer Durchgang in der Umgebung eines Bahnhofs. Als Ludwig im dritten Stockwerk an der unbezeichneten Tür läutete, rührte sich drinnen erst lange nichts. Dann meinte er Wispern zu hören. Er klopfte sacht. Spaltweit ging die Tür auf.

»Was wollen Sie?« fragte eine Frauenstimme, die jugendlich klang.

»Wohnt hier Herr Martis?«

»Er ist nicht daheim.«

»So, nicht? Das ist aber schlimm für mich.«

Der Spalt wurde weiter. Ludwig sah vor sich eine dunkelhaarige kleine Frau in blauem Schürzenkleid.

»Vielleicht sehen Sie noch einmal nach? Sie müssen sich nicht beunruhigen.«

Hinter und über der Frau fasste eine Hand nach dem Türrand. »Kommen Sie herein«, sagte der Bass eines Riesen.

Ludwig wurde in ein Gelass geführt, das Küche und Wohnraum zugleich war. Der erste Eindruck war der einer pedantischen Ordnung. Das Zimmer sah aus wie ein Musterraum einer Ausstellung für Kleinbauten. Und da stand Martis – Martis, den er so oft im Hof des Camburger Schlosses gesehen hatte, immer hausfraulich putzend und blankreibend an Jacques Wetzlars Automobil. Ein kleines Mädchen von sieben oder acht Jahren schob auf dem Tisch in der Mitte an einer Rechenmaschine die farbigen Holzperlen hin und her. Sie trug ein blaues Schürzenkleidchen genau nach dem Vorbild der Mutter, und war so sauber wie die Einrichtung. Sie verließ ihren Stuhl und knickste.

Die beiden Männer standen einander gegenüber. Martis überragte Ludwig um zwei Köpfe. Er sah matt und elend aus, in seinem breiten Gesicht hing das Fleisch in Säcken hernieder. Aber er war vorbildlich rasiert.

»Wir kennen uns, Herr Martis«, sagte Ludwig.

Der Arbeiter schaute ihm grübelnd ins Gesicht. »Geh mal raus, Agnes«, sagte er, »geh runter zu Frieda.« Das Kind nahm seine Rechenmaschine, knickste noch einmal und ging. »Soll ich auch meine Frau – aber sie weiß immer alles.«

Ludwig schüttelte den Kopf.

»Wir kennen uns von Camburg, vom Schloss. Sie sind oft mit Herrn Wetzlar zu uns gekommen. Ich kann seine Adresse nicht finden. Deswegen habe ich Sie aufgesucht.«

Statt aller Antwort begann das Kinn des Mannes zu zittern. Ein zuckender Kampf ging über das breite Gesicht. Seine Frau trat zu ihm und legte ihm zaghaft die Hand auf den Arm. Dann verließ sie das Zimmer.

Es dauerte eine Weile, ehe Martis anfangen konnte, zu erzählen.

## 9.

Wetzlar lebte nicht mehr.

Seit mehr als zwei Jahren folgten einander die Gesetze, die die Ausplünderung und wirtschaftliche Vernichtung der jüdischen Bürger zum Ziel hatten. Schließlich war auch eine Verordnung herausgekommen, die jüdischen Antiquaren und Kunsthändlern die Fortführung ihrer Geschäfte verbot. Juden, hieß es da, seien von Bluts wegen unfähig, das aufgesammelte Kulturgut im Geiste des deutschen Volkes zu verwalten.

Die Altertumshändler sahen sich also in die Notwendigkeit versetzt, ihr Eigentum zu veräußern. Da auf diese Weise der Markt überschwemmt wurde, hieß das Enteignung. Deutsche Volks- und Parteigenossen standen bereit, um die freiwerdenden Schätze für ein Läppergeld zu übernehmen. Dass einer vielleicht einen Rubens nicht von einem Böcklin unterscheiden konnte und einen Boulle-Tisch nicht von einer Kredenz aus dem Jahr 1900, verschlug dabei nichts. Sie waren von Bluts wegen legitimiert und befähigt, Kulturgut zu verwalten.

Die Maßnahme, wie viele ihresgleichen, wurde lückenhaft durchgeführt. Antiquare, die schon länger die kostspielige Ehre hatten, die Paläste der Anführer zu beliefern, wurden durch Protektion ausgenommen. Bestechungsgeld, in die richtigen Hände serviert, tat ebenfalls gute Dienste. In allen größeren Städten betrieben vereinzelte jüdische Antikenhändler auch weiterhin ihr Geschäft.

Wetzlar als ein eigensinniger alter Mann verschmähte die Schleichwege. Er tat, als wisse er nichts von der neuen Verordnung, und fuhr weiter jeden Tag von der Miquelallee zum Rossmarkt. Eines Morgens fand er seinen Laden verriegelt und sein Personal ratlos auf dem Trottoir. Er suchte den Zweiten Bürgermeister von Frankfurt auf, einen gebildeten Juristen, den er seit zwanzig Jahren kannte. Der empfing den blinden Greis mit Höflichkeit und versprach, seine Sache an entscheidendem Ort zur Sprache zu bringen. Drei Wochen später erhielt Wetzlar die formelle Erlaubnis, seinen Beruf weiter auszuüben. Wer die Ausnahme verfügt hatte, wusste er nicht. Er wusste aber auch nicht, dass seinetwegen ein Kompetenzstreit ausgebrochen war, und dass es »oben« Leute gab, die ihm für die erlittene Niederlage Rache zugeschworen hatten.

Mehrere Monate lang ging alles gut. Zwar war von einem eigentlichen Geschäftsgang längst nicht mehr die Rede. Die öffentlichen Münzinstitute konnten natürlich mit einem jüdischen Händler keine Abschlüsse wagen; im privaten Publikum war, mit anderen feineren Neigungen, auch die Freude an schönen Altertümern im Versiegen; und die Verbindung mit Käufern im Ausland war durch die schikanösen und unerlernbaren Geldbestimmungen unterbrochen. Der blinde Mann konnte nicht seine Tage auf den Devisenämtern verbringen und Stunden hindurch vertrackte Formulare ausfüllen. Auch lag ihm an alldem wenig. Er war reich. Das geschäftliche Interesse hatte nie in ihm dominiert. Er war ganz zufrieden, sich weiter zwischen seinen Vitrinen zu bewegen und mit vereinzelten Kennern gelehrte numismatische Gespräche zu führen.

Um diese Zeit war seine Tochter längst ein erwachsener Mensch, ein zartes, schönes, ernsthaftes Mädchen. Ihre historischen und kulturhistorischen Studien hatte sie kurz vor der Doktorpromotion abbrechen müssen. »Sie können Ihr Studium an der hiesigen Universität nicht fortsetzen«, hatte es ohne Anrede und Formel auf dem offiziellen Wisch bündig geheißen; damit hatte es sein Bewenden gehabt.

Sie beklagte sich keineswegs. Zu lernen, meinte sie, gebe es bei den neugebackenen Professoren ohnedies nichts, die da mit dem Parteiabzeichen geschmückt die Katheder missbrauchten. Es sei ihr nur hoch willkommen, sich mehr als bisher dem Vater widmen zu können.

An ihm hing sie leidenschaftlich. Nie riss den beiden, die Neigungen und Interessen gemeinsam hatten, der Gesprächsstoff ab. Es kam nicht vor, dass Ruth einen Abend außer Haus zubrachte.

Wo hätte sie übrigens hingehen sollen! Die jüdischen Familien pflegten kaum mehr Verkehr miteinander. Vielfach war in ihren Häusern mitten in der Nacht die Staatspolizei erschienen und hatte Gastgeber und Gäste verhaftet, unter der schreckenerregenden Anschuldigung, sie hätten »Moskau gehört«. Der Radioapparat war überhaupt nicht in Gang gesetzt worden, wenn aber, so hatte man vielleicht zur Musik aus dem Londoner Savoy ein wenig getanzt – doch wie war das zu beweisen! Ein Theater, ein Konzert zu besuchen, empfahl sich ebenfalls nicht. Anrempelungen allerdings waren seltener geworden; jedoch man saß in Atemnähe des uniformierten Gelichters. Ruths Empfindlichkeit aber war außerordentlich. Ihren Vater schützte in gewissem Maß sein Gebrechen und die freundliche Apathie des Alters. Ihr Dasein aber war ein ununterbrochener Ekel. Der Blick in eine Buchhandlung mit »nationaler« Literatur machte sie auf Tage krank. Gewöhnung stumpfte nicht ab. Sie reagierte auf die Fotografie des »Führers und Reichskanzlers«, sie reagierte sogar auf das allgegenwärtige Hakenkreuz so heftig wie beim ersten Anblick. Sie brachte es nicht fertig, eine deutsche Zeitung zu lesen, und zwar war ihr das gestelzte Geschwafel der sogenannten »besseren« Blätter fast noch tiefer zuwider als die platte Ordinärheit der populären Parteipresse. Der Gedanke, fern von diesem besudelten Lande zu leben, ganz gleich wo, im tristen Frieden der französischen Provinz, in einem proletarischen Quartier in New York, war ein arkadischer Traum.

Doch eine solche Möglichkeit bestand nicht. Den Vater zu verlassen, konnte ihr nicht in den Sinn kommen. Und ebenso undenkbar schien es, den blicklosen und gebrechlichen Greis noch zu verpflanzen. Auch hätte er ja außerhalb der Reichsgrenzen keine Existenzmittel besessen. Durch seine verzweigten Verbindungen wäre es ihm gewiss möglich gewesen, zu gelegener Zeit Teile seines Vermögens ins Ausland zu schaffen. Aber bei der pedantischen Loyalität sogar gegen diesen Räuber- und Schandstaat, die sich gerade sehr viele Juden sinnwidrig zur Pflicht machten, hatte er solche Chancen immer von sich gewiesen. Jetzt war es zu spät dafür.

Er spürte, was in ihr vorging. Er wusste, dass sie litt. Er hatte oftmals versucht, sie wenigstens zu einem Erholungsaufenthalt draußen zu veranlassen. Endlich erreichte er's. Eine befreundete Genfer Familie, Eltern und zwei Töchter, forderte Ruth zu einer gemeinsamen Reise auf – nicht ohne sein Zutun. Diesmal also, nach vielem Zureden, nahm sie an. Man wollte von Triest aus die Adria hinunterfahren, ein paar Wochen auf Rhodos verbringen, Ägypten und die Heiligen Länder sehen und über Sizilien zurückkehren. Ruth war seit vierzehn Tagen unterwegs, da geschah das Unglück.

Es geschah als Folge eines neuen Gesetzes, das auf der Tagung der Hitlerpartei in Nürnberg zur Verkündigung kam. Diese Parteitage, ungeheuerlich aufgeblähte Rummelfeste zu Ehren des Volksheilands, gipfelten regelmäßig in irgendeinem politischen Blitz- und Donnereffekt. Der diesjährige Effekt bestand in der offiziellen Ausstoßung der Juden aus der Volksgemeinschaft. Die Merkmale rassischer Blutsreinheit wurden kodifiziert. In einem aberwitzigen Rechtskauderwelsch sonderte man deutsche Bürger, jüdische Mischlinge und eigentliche Juden voneinander ab. Da hieß es etwa:

»Staatsangehörige jüdische Mischlinge mit zwei volljüdischen Großeltern bedürfen zur Eheschließung mit Staatsangehörigen deutschen oder artverwandten Blutes oder mit Staatsangehörigen jüdischen Mischlingen, die nur einen volljüdischen Großelternteil haben, der Genehmigung des Ministeriums.«

Es war, als ob, im Angesicht einer vor Angewidertsein schon ganz müden Welt, ein halbdressierter Gorilla die Gesetzgebertoga umnähme, um so angetan Recht und Vernunft zu verhöhnen.

Aber diese Judengesetze hatten noch einen kleinen, raffinierten Anhang. Es wurde Juden verboten, »arische Dienstmädchen« zu beschäftigen.

Es handelte sich um einen neuen niedrigen Trick, die jüdischen Männer zu infamieren. Tierisch hemmungslose Geilheit wurde ihnen zur Last gelegt: keine Kathi oder Lina vom Lande war sicher in Greifweite eines solchen orientalischen Satyrs. Nur die Kathis im kanonischen Alter durften weiter dienen.

Als die Nachricht davon in das Ausland drang, entstand Gelächter. Man hielt das Ganze für einen Witz. Es klang zu schamlos und albern. Aber es war ja die Stärke dieses einzigartigen Regimes, das Gelächter der Welt nicht zu scheuen. Eines Tages würde der Welt schon das Lachen vergehen. Dann nämlich, wenn Deutschlands militärische Rüstung vollendet war –

Im Lande selber, unter den deutschen Juden, gab es Zähneklappern. Opfer an Menschenwürde hatten viele von ihnen achselzuckend gebracht. Aber nun ging es an den Komfort ihres Alltags! Für manchen war diese Entbehrung das erste Ungemach, das er wirklich empfand. Die Dienstmädchen weinten. Stellungen bei Juden waren begehrt gewesen. Man bekam da genug zu essen und wurde angeredet wie ein Mensch. Einige erschienen bei den Behörden und frugen an, ob sie vielleicht weiterdienen dürften, wenn sie zum Judentum überträten.

Die neue Verordnung, aus ganz speziellen Gründen, wurde mit Strenge durchgeführt. Ausnahmen gab es diesmal nicht. Selbst Bestechung versagte. Die ausführenden Organe wussten, dass hier nicht zu spaßen sei. Denn dieses Dienstmädchengesetz war ein Herz- und Krongedanke des Führers.

Ruth also war auf ihrer Reise, als es erlassen wurde. Sie badete mit ihren Freunden auf Rhodos. Ohne allzu viel Sorge hatte sie den Vater zurückgelassen. Es war jemand im Hause, der ihre eigene Obhut und Pflege zu ersetzen imstande war, ein Mädchen, das seit zehn Jahren in der Familie lebte, herzlich an Wetzlar hing, jede seiner Gewohnheiten kannte. Eine kräftige Dreißigerin, immer freundlich und guter Laune, eine angenehme Hausgefährtin. Ruth in ihrer südlichen Ferne konnte gewiss sein, dass der Vater wenigstens physisch wohl aufgehoben war.

In dem Haus an der Miquelallee war von dem neuen Gesetz niemals die Rede. Möglicherweise kannte Wetzlar es gar nicht, da er sich deutsche Zeitungen nicht vorlesen ließ und jetzt niemand da war, um ihm englische vorzulesen. Sicherlich kannte das Mädchen Hermine es nicht; sie war nicht ohne Selbstbewusstsein, lehnte den Verkehr mit anderen Dienstboten ab und ging fast nie aus. Der Chauffeur Martis, der mit Frau und Kind in drei Zimmern über der Garage lebte, hatte den giftigen Schwachsinn wohl gelesen, ihn aber sogleich wieder vergessen oder doch keine praktische Nutzanwendung daraus gezogen. Ein hilfsbedürftiger alter Herr und ein gesetztes, vernünftiges Mädchen, das halb zur Familie gehörte – den Fall konnte auch der beflissenste Nazipolizist nicht in das Gesetz einbeziehen.

Diese Überschätzung rächte sich. Martis hätte warnen müssen. Er warf es sich später aufs bitterste vor. Sein Leben lang kam er über diese verhängnisvolle Unterlassung nicht völlig hinweg.

Denn irgendein dienstwilliger oder bezahlter Schuft in der Nachbarschaft hatte die Geheime Staatspolizei auf »das Treiben im Wetzlar'schen Hause« aufmerksam gemacht, und eines Nachts um halb zwölf wurde der Antiquar aus seinem Bette heraus verhaftet. Er nahm das Begebnis erstaunlich gefasst auf, leistete keinerlei Widerstand und folgte den Polizisten, die in Zivil erschienen waren, in das Untersuchungsgefängnis. Das ganze ging so still und ohne Aufhebens vor sich, dass Martis und seine Frau in ihrer Garagenwohnung nichts bemerkten und von dem Vorfall erst erfuhren, als alles vorüber war.

Es wurde wirklich Anklage erhoben. Der tierische Ernst, der ein Hauptmerkmal dieser Obrigkeit war, erlaubte es in der Tat, einem 68jährigen Blinden den Prozess zu machen, weil er seine Pflegerin nach zehnjährigem Dienst weiter im Haus behalten hatte. Möglich immerhin, dass der Untersuchungsrichter sich schämte; jedenfalls erklärte er, dass bei dem hilflosen Manne keine Fluchtgefahr vorliege, und nach dreitägiger Haft wurde Jacques Wetzlar aus dem Untersuchungsgefängnis entlassen. Die öffentliche Gerichtsverhandlung wurde anberaumt. Er kehrte nach Hause zurück.

Im Gefängnis war sein erster Gedanke gewesen, Ruth auf ihrer Erholungsreise die böse Nachricht zu ersparen. Er instruierte seinen Verteidiger. Sie blieb ohne Ahnung. Zwei Briefe aus Rhodos, die Wetzlar vorfand, atmeten Befreiung, Frieden, Glück.

Das Mädchen Hermine hatte natürlich das Haus verlassen müssen, sie lebte in ihrem hessischen Heimatort unter Polizeiaufsicht. So las ihm der Chauffeur Martis die Briefe vor. Plötzlich stockte er.

»Lies doch weiter, Martis«, sagte Wetzlar, »was ist denn?« Da hörte er den Mann vor ihm weinen. Er tastete nach seiner Schulter. »Sei mal vernünftig, Martis, das muss eben durchgemacht werden. Wollen froh sein, dass die Kleine nicht hier ist!«

Aber Martis war nicht mehr zu halten. »O Himmelherrgott!« brach er aus. »Ich muss fluchen, verzeihen Sie, Herr Wetzlar, ich kann mir nicht helfen. Man erstickt ja dran. O diese gottverfluchte, stinkende Saubande – ist's denn die Möglichkeit, dass sich so was ein Volk gefallen lässt! Ja, was *ist* denn mit diesem Deutschland? Ist denn das hier ein Hyänenstall! Hier leben doch Menschen. Hier gibt's doch Männer mit Anstand und Mut. Ich war schließlich im Feld. Unsere Offiziere, das waren doch Männer. Schufte gab's auch darunter, aber die hat man gekannt und hat sie verachtet. Ich spreche ja gar nicht vom Volk, ich bin kein Kommunist. Ich spreche von den Herren! Die Herren, die stolzen Herren, die lassen sich das gefallen. Die erkennen das da als ihre Obrigkeit an. Das da! *Das* da! Da steht doch jedem die stinkende Lüge in der Fresse geschrieben. Von denen ist ja keiner normal. Das hat ja Jauche im Hirn. Und *das* macht Gesetze! Das verfolgt und bedreckt einen Mann wie Sie – einen Herrn, der nichts ist als Gutheit und Klugheit. Und das soll unsereins aushalten! Da soll unsereins nicht auf die Straße rennen und den Nächsten erschlagen, der daherkommt in seinem scheißbraunen Hemd ... Können Sie denn nicht fort, Herr Wetzlar, fort, weg, weit weg aus der Mistgrube, zu der die Deutschland gemacht haben! Unser Fräulein hält's ja auch nicht mehr aus, die weint ja vor Glück, dass sie fort ist. Ich gehe mit Ihnen, Herr Wetzlar! Wir gehen alle mit. Ich brauche kein Geld, ich kann arbeiten, ich bin geschickt. Ich lasse Sie nicht sitzen, Herr Wetzlar, ich nicht. Sie sollen es sehen. Und wenn Sie in *einem* Zimmer leben müssen irgendwo – es wird ein schönes Zimmer sein, Sie werden es schön haben. Sie können sich denen doch nicht hinstellen vor ihr Gericht! Das geht doch nicht an. Das darf doch nicht sein. Da kann man ja nicht mehr an Gott glauben, wenn so was passiert.«

Und dann weinte er wieder los, aber ganz hemmungslos jetzt, heulend, voller Wut und ratlosem Gram. Wetzlar reichte ihm die Hand hin und ließ ihn weinen.

»So«, sagte er schließlich, »und jetzt hol den Wagen heraus, Martis. Wir fahren zum Rossmarkt.«

Aber nun kam das Schwerste für Martis: seinem Herrn mitzuteilen, dass, während er im Gefängnis saß, der Laden am Rossmarkt geschlossen worden war und alles, was er enthielt, behördlich beschlagnahmt.

Jene Amtsstellen, die vor einigen Monaten knirschend hatten verzichten müssen, nahmen die neue, bessere Gelegenheit wahr. Zwar hatte das Antiquariat Wetzlar mit jenem »Gesetz zum Schutz des deutschen Bluts und der deutschen Ehre« nicht das allergeringste zu tun. Aber der Bemakelte war nun vogelfrei. Kein rechtskundiger Bürgermeister würde noch einmal wagen, für ihn Partei zu nehmen. Nun konnte man ihm endlich, endgültig, den Besitz und Stolz seines Lebens stehlen, konnte das kostbare Lager an die ungeduldigen germanischen Händler verschleudern, nachdem die ihrerseits ihre Schmiergelder verteilt hatten.

Unter dem neuen Schlag brach Wetzlar nieder. Diese rohe Sinnlosigkeit, dies hohnlachende nackte gemeine Unrecht war zu viel für ihn. Er schloss sich zwei Tage lang ein, nahm nichts zu sich, niemand bekam ihn zu Gesicht. Aber in der Nacht vom zweiten Tag auf den dritten weckte er den Chauffeur und fuhr durch die ausgestorbenen Straßen zum Zentrum.

Ein paar Ecken vom Rossmarkt entfernt, ließ er halten, verbot Martis kurz, ihm zu folgen, und begab sich auf einem rückwärtigen Wege, auf dem sein Fuß jede Bordschwelle kannte, zu seinem Geschäft. Er betrat den Laden durch die Hintertür. Da immer noch ein ganz schwacher Schimmer zu seinem Sehnerv drang, machte er Licht und tastete zwischen seinen Schätzen umher. Vermutlich wollte er sich überzeugen, ob noch alles vorhanden sei. Möglicherweise auch lag es in seiner Absicht, einzelne Stücke für sich zu retten, an deren Schönheit oder Seltenheit er hing: jedenfalls wurde später eine Münze, eine einzige, in seiner Rocktasche gefunden.

Jeder Zollbreit Boden hier war ihm vertraut. Trotzdem stolperte er über einen Schemel, der unordentlicher und ungewohnter Weise im Weg stand. Das ergab ein lautes Geräusch. Er lauschte lange. Nichts im Hause schien sich zu rühren. Aber eine Viertelstunde darauf war die SA zur Stelle. Zu acht drangen sie ein, herbeizitiert von irgendeinem parteifrommen Hausbewohner.

Aber diesmal ergab er sich nicht. Der sanfte alte Mann wehrte sich. Er hatte sich in eine Ecke geflüchtet und drosch ungeschickt, hilflos, mit seinen Fäusten auf die lachenden Parteisöldner ein.

»Jetzt lass es gut sein«, hörte er einen sagen, der gutmütig schien, »sonst kriegst du noch eines über dein auserwähltes Haupt, dass dir's reicht!«

»Das werden wir sehen«, schrie der Alte, »mir kommt keiner zu nahe!«

Er war verwandelt, die Wut gab ihm Kräfte, er reckte sich in die Höhe wie ein rasender Simson. Unversehens packte er mit beiden Händen einen der schweren Schaukästen, hob ihn hoch auf und ließ ihn niederkrachen auf den nächsten der Knechte.

Kein Unglück geschah. Der Münzkasten sauste dem Mann auf den Rücken, warf ihn aufs Knie, aber verletzte ihn nicht. Man vergriff sich denn auch nicht an Wetzlar. Man band ihm einfach die Hände zusammen uns schleppte ihn fort, in ein Haftlokal der SA.

Martis, den man bei seinem Wagen wartend gefunden, war schon zuvor überwältigt worden.

Als sie am Morgen kamen, um den Alten zum Verhör zu führen, fanden sie ihn tot. Der Zellenboden schwamm in Blut. Wetzlar hatte sich mit einer kleinen, scharfen Feile, die er mit anderen Instrumentchen in einem Bündel stets bei sich trug, in der antiken Art die Pulsadern geöffnet.

## 10.

Dies waren die Vorgänge, die Ludwig im Umriss erfuhr. Martis erzählte sprunghaft und ungeschickt. Nicht überall war der Zusammenhang klar. Aber ihn herzustellen fiel Ludwig leicht.

»Und Ihnen, Herr Martis – was ist Ihnen selber geschehen?«

»Ich war acht Wochen im Lager. Mir haben sie wenig getan. Sie haben immerfort versucht, mich für ihre SS zu kriegen. Alter Wachtmeister bei den Kürassieren, 1 Meter 92 lang – das sticht den Brüdern in die Augen. Aber da können die warten. Fünf Kameraden sind mit Tod abgegangen, während ich da war! Drei davon ›Selbstmord‹. Und dabei gilt Ginnheim noch für ein gutes Lager.«

»Und was machen Sie jetzt? Arbeit zu finden ist wahrscheinlich schwer.«

»Mit dem Entlassungsschein! So was gibt's nicht. Auf die Weise machen sie einen mürbe. Bei mir ist das schwerer, ich habe gute Ersparnisse aus der Zeit beim Herrn Wetzlar. Ich brauche nur hinzugehen und erklären, dass ich zur Einsicht gekommen bin, dann stellen sie mich ein, als Chauffeur. Ihren neuesten Mercedes-Kompressor haben sie mir vorgeführt zur Verlockung. Da fährt das Oberpack drin spazieren. Aber Entschuldigung, Hoheit, ich rede da so! Deswegen sind Sie nicht hergekommen.«

»Es ist einfach eine Fügung, dass ich Sie gefunden habe. Sie waren in Ginnheim. Um Ginnheim handelt es sich für mich.«

Und er berichtete. Martis stand still wie ein Baum. Als Ludwig zu Ende war, atmete er tief und stöhnend aus. Es klang, als hätte er die ganze Zeit über den Atem angehalten.

»Nun ja. Also das Gescheiteste wird sein, Hoheit, Sie bleiben bei uns über Nacht. In ein Hotel dürfen Sie nicht. Ihren Koffer hole ich morgen früh von der Bahn. Ganz unnötig, dass der Beamte am Depot sich an Ihr Gesicht erinnert.«

»Überlegen Sie sich's! Sie kennen mich kaum, und Doktor Steiger kennen Sie gar nicht. Sie haben eine Frau und ein Kind. Vielleicht ist es richtiger –«

»Richtig ist immer nur *eines*, Hoheit: der Bande aus ihren dreckigen Zähnen zu reißen, was man nur kann.«

Nach einer Weile wurde das Abendbrot aufgetragen. Es war sauber gedeckt. Die dunkle Frau saß still mit bei Tisch und blickte aus blasser Miene gläubig zu ihrem Manne auf. Die artige Kleine aß mit niedergeschlagenen Augen. Als sie für einen Moment das Zimmer verließ, sagte Ludwig:

»Sie reden da sehr frei vor ihr. Haben Sie keine Sorge, dass sie in der Schule mal plaudert?«

»Die Agnes redet nicht«, sagte Frau Martis, und es war das erste Mal, dass sie selber den Mund auftat. »Ich hab's ihr eingeschärft, und sie hat es gleich verstanden. Jetzt soll sie ja in den BDM eintreten. Aber sie hat von sich aus gesagt, sie tut's nicht.«

»BDM?«

»Bund Deutscher Mädchen«, erläuterte der Chauffeur statt ihrer und lachte grimmig. »Die werden ja schon mit den Zöpfchen organisiert. Und ob die Agnes wirklich draußen bleiben kann, das weiß ich nicht. Wer da nicht mitmacht, der ist in der Schule wie aussätzig. Ein feines Land!«

Als abgedeckt war, blieben die beiden wieder allein. In einer Wohnung nebenan hatte man das Radio aufgedreht, dumpf brüllend, gehackt, schlug eine Männerstimme ins Zimmer. Es klang wie eine Ansprache vor Rekruten. Aber es war nur ein Vortrag über das Thema »Schach – ein deutsches Spiel«.

Ludwig hatte es mit Recht eine Fügung genannt, dass er den Chauffeur Martis gefunden hatte. Martis war zur Hilfe bereit. Martis kannte einen Weg, und er nannte ihn. Die Sache würde viel Geld kosten. Und Lebensgefahr, natürlich, war trotzdem dabei.

Ludwig nickte.

»Mir ist nur eines nicht klar, Herr Martis. Wenn dieser Sturmführer Linnemann einmal das Geld hat – was zwingt ihn dann noch, sein Wort zu halten? Nehmen Sie an, der Mensch stellt den Strom *nicht* ab, und der Stacheldraht bleibt elektrisch geladen, was dann?«

Martis lachte. »So dumm werden wir ja nicht sein, es ihm vorher zu geben.«

»Woher weiß er dann – entschuldigen Sie – dass er Ihnen trauen kann und dass er's bekommt, wenn Steiger einmal heraus ist? Wir hätten ja Gottes Recht, die Bande zu betrügen.«

»Kann man sich keineswegs leisten, und das wissen die gut. Dann dauert es keine zwei Tage, und ich bin ›umgelegt‹. Nein, das Geld ist ihm sicher.«

»Hm.«

»Wir wollen nur eines hoffen, nämlich dass Herr Steiger in Einzelhaft ist. Aus dem Schlafsaal kann er ihn nicht rauslassen.«

»Und fünfzehnhundert Mark, meinen Sie?«

»Darunter wird er's nicht machen. Der Junge hat noble Passionen. Hält zwei Weiber aus.«

Sie prüften dann zusammen die Wertgegenstände, die Ludwig besaß, seine goldene Zigarettendose und seine Uhr. »Ich habe da noch etwas«, sagte er und griff schon nach seinem Halse, um den Smaragd hervorzunehmen. Dann ließ er die Hand wieder sinken.

»Ich weiß nicht«, sagte Martis, »die silberne Uhr –«

»Das ist Platin, Herr Martis. Viel teurer als Gold.«

Der Chauffeur nahm die flache, schöngearbeitete Uhr in die Hand und wendete sie behutsam hin und her. Auf der Rückseite zeigte sie eingraviert Ludwigs Initialen und darüber den Herzogshut.

»Die werden Sie selber verkaufen müssen, Hoheit. Lieber wär mir's gewesen, es hätte Sie niemand gesehen. Aber wenn ich mit der Uhr anrücke, lässt mich der Juwelier gleich verhaften. Da muss schon ein Herr kommen.«

»Sehr herrenhaft seh ich nicht aus«, sagte Ludwig und lachte fröhlich – es klang ihm selber recht seltsam. Er warf einen Blick in den Wandspiegel im weißhölzernen Rahmen. »Mein stoppeliger Kopf –« Es war so. Rings um die Haarfläche vorn waren bereits dunkle Stoppeln nachgewachsen, was einen ziemlich abscheulichen Eindruck ergab.

»Nehmen Sie eben den Hut nicht ab, Hoheit!«

Sie lachten miteinander. Eine große, freie Dankbarkeit strömte durch Ludwigs Herz vor dem ruhigen Mannes da. So wie der gab es Hunderttausende, gab es Millionen im deutschen Volke. Die vergaß man, die wurden zugedeckt von dem schäbigen Gesindel, das brüllend den Vordergrund einnahm. Dieses Land mit allem darin, was anständig, wahrhaftig, *liebenswürdig* war, erschien ekel kompromittiert. War eines Tages der ganze Lügenspuk vorbei, so würde es Jahrzehnte dauern, ehe man die Deutschen wieder als Menschen ansah, wie es die anderen waren. Gründlich, auf lange Sicht, hatte der Führer und Reichskanzler die Ehre seines Volkes hergestellt.

Es wurde Ludwig in der Wohnküche ein Lager zubereitet, eine Matratze mit Kissen und Decke darauf. Als er lag, kam Martis noch einmal zu ihm herein. Er machte kein Licht, aber durch die spaltweit offene Tür kam aus dem Schlafraum ein Schimmer.

»Sie hätten doch mein Bett nehmen sollen, Hoheit. So wird's Ihnen sicher zu hart sein.«

»Ich liege gut. Ausgezeichnet. Und nennen Sie mich bitte nicht Hoheit. Es geniert mich.«

Er blickte an dem Manne empor, der im Dreivierteldunkel aufragte wie eine Sagenfigur.

»Sagen Sie, Herr Martis, von *ihr* hat man seither überhaupt nichts gehört?«

Martis wusste sofort, von wem die Rede war. »Kein Sterbenswort. Keine Ahnung, wo und wie sie's erfahren hat. Denn in den Blättern stand nichts.«

»Vielleicht in den ausländischen.«

»Möglich. Wir haben an die Genfer Herrschaften geschrieben und ein paar Andenken hingeschickt. Aber es kam keine Antwort. Was würde es auch helfen! Vermögen ist keines mehr da. Alles beschlagnahmt, gestohlen. Weiß Gott, wo sie lebt … So gescheit. So fein. Ein Aug, eine Stimme! Heulen könnte man. Gute Nacht, Hoheit.«

»Gute Nacht, Martis. Und danke.«

Es war seit Prag die erste Nacht, in der er nicht von Susanna träumte. Üppig, rätselhaft, aufpeitschend, nicht zu verscheuchen, hatte sie jede seiner Nächte heimgesucht. Heute kam sie nicht.

## 11.

Das Auto, das Martis sich ausgeliehen hatte, war ein recht schäbiger Lieferwagen, dessen Führersitz überdacht war. Über den rückwärtigen Teil spannte sich eine schwarzlederne Plane, darunter lag eine Umhängetasche mit Reisebedarf bereit, und für Steiger Mantel und Mütze.

Martis nahm nicht den geraden Weg nach Ginnheim hinaus. Er verließ die Stadt im Osten und schlug einen weiten Bogen über Seckbach und Eckenheim. Es war halb eins, als sie ankamen. In der Hauptstraße des noch ganz dörflich anmutenden Ortes zeigte sich keine Seele. Beim Ortsausgang rechter Hand lag ein Friedhof. Hier bog Martis ab, fuhr fünfzig Meter den aufgeweichten Feldweg weiter und hielt dann hart an der Mauer.

»S'ist noch zu früh«, sagte er. »Eine gute Nacht.«

Die gute Nacht war absolut finster, und es goss in Strömen. Als der Motor abgestellt war, rauschte es betäubend um sie.

Bisher hatte sich das Unternehmen nach Wunsch entwickelt. Den portugiesischen Smaragd zu veräußern, hatte Ludwig nicht nötig gehabt – dies Geschenk seiner Mutter, das zudem ohne große Gefahr sich nicht anbieten ließ. Uhr und Golddose hatten genügt; sogar ein Überschuss blieb.

Martis hatte seinen Mann in dem kleinen Café im nahen Bockenheim aufgesucht, wo in ihren Freistunden die Wachmannschaften des Lagers verkehrten. Zweimal war sein Gang vergeblich gewesen. Er musste schon fürchten, sich verdächtig zu machen. Aber beim dritten Mal hatte er Glück. Hinten im Hof auf der primitiven Toilette war mit zehn Sätzen alles abgemacht worden. Genau um Viertel nach eins würde der Sturmführer Linnemann den Schutzhäftling Steiger von seiner Pritsche holen. Genau fünf Minuten lang würde der doppelt geführte Stacheldraht ohne Strom sein. Dann musste Ludwig bereitstehen.

»Ich werd's Ihnen noch einmal deutlich erklären«, sagte Martis. Sein Bass war so ruhig, als gehörte diese Expedition zu seinen Gewohnheiten. »Ich kenne das Gelände. Ich hab hier gekarrt. Also, Sie gehen hier um den Kirchhof herum, Hoheit. Bei der zweiten Mauerecke gehen zwei Wege ab. Der links führt übers Feld bis zur Landstraße. Den nehmen Sie. An der Landstraße stehen Häuser, fünf oder sechs. Da ist's aber nicht. Sie gehen am Straßenrand weiter. Dann kommen noch mal zwei

Häuser. Da ist's. Da warten Sie. Gerade gegenüber ist das Lager – höher als die Straße gelegen. Dort kommt Ihr Herr Lehrer herunter. Dann kommt alles darauf an, wo Sie stehen.«

»Lassen Sie mich das wiederholen, Herr Martis.« Er sagte seine Lektion auf.

»Stimmt«, sagte Martis. »Haben Sie sich auch gut überlegt, dass Lebensgefahr dabei ist? Der Linnemann funktioniert. Aber wenn Alarm geschlagen wird, schießen die.«

»Ja, natürlich.«

»Ist es der Mann auch wert? Da irrt man sich manchmal, entschuldigen Sie.«

»Haben Sie es sich überlegt?«

Hierauf gab der Chauffeur keine Antwort. »Ja«, sagte er, »dann wird's langsam Zeit. Viel Glück!«

Ludwig ging erst die Schmalseite des Friedhofs entlang, dann die hintere Längsmauer. Nach den ersten Schritten war er gänzlich durchnässt. Im aufgeweichten Lehm blieb er beinahe stecken. Zur Linken in der Ferne blinkten ein paar öde Lichter. Auf die ging er zu. Das Herz schlug ihm hämmernd, aus Freudigkeit. Dies war die herrlichste Stunde, seit unendlicher Zeit! Das Glück, wenn der Freund nun wirklich vor ihm stände, ließ sich nicht ausdenken. Er stürzte dem Augenblick der Tat und Erfüllung entgegen wie trunken. Das Leben war wieder gut – auch wenn es jetzt endete. Denn lebendig würde er sich nicht überliefern. Er umfasste den rauen, gerippten Schaft des Revolvers in seiner Hosentasche.

Früher, als er erwartet, waren die Häuser da. Mietshäuser, schmal, hoch, armselig, Gerümpel lag hinter ihnen herum, die Zäune waren verfallen. Ludwig stapfte weiter am Feldrand, ein wenig tiefer als die offene Straße. Jenseits stieg die Böschung steil an. Er war darauf gefasst, auf Posten zu stoßen. Aber nichts rührte sich in der unwirtlichen Nacht. Auf einmal kläffte dicht vor ihm innerhalb einer Umzäunung ein Hund. Dies war das erste der beiden alleinstehenden Häuser. Und nun unterschied er auch jenseits der Straße, erhöht, die Barackenanhäufung des Konzentrationslagers.

Er fasste Posto, eng an die Mauer gedrückt. So wartete er. Plötzlich erschien ihm alles ganz sinnlos und aussichtslos. Es konnte einfach nicht sein, dass über den Fahrdamm jetzt sogleich Steiger käme, her zu ihm, in die Freiheit. Das gab es ja nicht. Der Sturmführer hatte

Angst bekommen – der Sturmführer war abgelöst worden, versetzt – der Sturmführer ging mit dem Schalthebel nicht richtig um, Steiger blieb hängen im geladenen Draht – oder Steiger kam durch, lief aber verkehrt, eine Schildwache schoss auf ihn, und er, Ludwig, hörte im Regenrauschen nicht einmal den Schuss. Es war schon geschehen! Wie lange stand er denn schon! Es konnte nicht gut gehen. Es war bereits schlecht gegangen. Steiger war tot. Und er selber hatte ihn umgebracht –

Ihm war ganz unerträglich heiß. Das Blut schwoll ihm im Hals, zum Ersticken. Er riss Kragen und Binde ab, stopfte beides in seine Tasche. Dabei hatte er das Kettchen berührt, daran sein Smaragd hing. Die Gedanken irrten ihm ab. Mit Steiger saß er in seinem Camburger Zimmer, am Tag da man seine Mutter bestattete. Es ist kein Zufall, hörte er Steiger sagen, dass dieser Sarg nun neben dem Sarg des Kaisers steht … Er lachte. Es klang irrsinnig, so dass er erschrak. Da stand der Camburger Kaiser und wartete auf seinen Paladin, ein durchnässter Strolch. Das war durchdringend komisch, wenn man's bedachte, zum Schreien komisch, war das. Das musste er erzählen – wem denn? Er hatte niemand.

Jenseits der Straße kam die Böschung herunter ein Mensch. Er lief nicht, er ging ganz langsam. Nun hatte er die Straße erreicht, stand still inmitten des Fahrwegs, drehte sich um und blickte zum Lager hinauf. Er benahm sich so sinnwidrig, dass Ludwig überzeugt war, es könne unmöglich der Flüchtende sein. Er strengte die Augen an in seinem Hauswinkel und erkannte, dass der linke Ärmel des Mannes schlaff herunterhing. »Steiger!« rief er, heiser und durchdringend flüsternd.

Der andere hörte vielleicht, aber verfehlte die Richtung. Ludwig trat ein wenig hervor. Steiger kam, starrte ihm ins Gesicht durch das fallende Wasser, er hob seinen Arm, sein Mund öffnete sich, und dann stürzte er Ludwig ohnmächtig an die Brust, die Beine einknickend. Ludwig umfasste ihn und zog ihn gegen das Haus zurück.

Er lehnte den Bewusstlosen gegen die Mauer, rief seinen Namen, rieb ihm die Schläfen. Aus einem Roman fiel ihm ein, dass man Ohnmächtigen in die flache Hand schlagen müsse. Von Bourget war der Roman … Steiger regte sich nicht. Jetzt wurde jenseits, oben im Lager, Geräusch laut, verworren kamen Menschenrufe durch den rauschenden Regen, die anschwollen. Ein breiter Lichtbesen fegte über die Straße der Scheinwerfer! Ludwig stand mit dem leblosen Manne im Arm. Es war ein Knochenbündel, das er da hielt. Zu tragen wagte er's nicht, um kein breites Blickziel zu bilden. So zog und schleifte er das Bündel um die Hausecke. Hier war man geborgen vorm Licht. »Steiger!« schrie er ihm wieder ins Ohr. Der hörte nicht. Er nahm Steigers Hand, führte sie zum Mund und biss hinein. Er spürte Blutstropfen. Der Körper spannte sich, reckte sich auf. »Los!« schrie er heiser. »Komm weg hier, Steiger, fort!«

Über das Feld hin fegte das Scheinwerferlicht. War der Häuserschatten verlassen, so boten sie jeder Kugel ein Ziel. Das Geschrei war noch hörbar, doch gedämpft jetzt, es kam nicht heran. Ein Schuppen stand knapp am zerfallenen Zaun, Kleintierstall oder Werkzeughütte. Die Tür stand halb offen.

Ein Maschinengewehr begann zu tacken. Ludwigs Hirn arbeitete ganz exakt. Er sah eine Chance. Die Chance war eins gegen hundert.

Ein zweiter Scheinwerferstrahl kreuzte den ersten, er kam von der Seite her, von höherem Standort.

»Da hinein! Wenn es dunkel wird und ich bin nicht zurück, so lauf übers Feld, rechts hinüber, zum Friedhof. Dort steht ein Auto. Los!«

Steiger klammerte sich an, protestierte verworren, Ludwig stieß ihn heftig zurück, warf seinen eignen Mantel und Hut hinter ihm her, schlug die Brettertür zu. Und dann wagte er es.

Er rannte aufs freie Feld hinaus, ausglitschend, stolpernd. Das Doppellicht wischte über ihn weg. Knattern ohn Unterlass, Knattern verstärkt. Jetzt war er gesichtet! Er tat einen Sprung, warf einen Arm in die Höhe – nur einen – und ließ sich niederstürzen nach vorn, aufs Gesicht.

Das Licht ging, kam wieder, schien zu verweilen, kam wieder und noch einmal. Sie sahen ihn daliegen. Schossen sie denn nicht nach, um sicher zu gehen? Er wartete. Den Mund im lehmigen Boden lag er da, seines Todes gewärtig. Das Licht kam und ging. Das Maschinengewehr schwieg schon längst. Es regnete schwächer. Tiefste Stille – und Dunkel. Niedergeduckt, halb kriechend, schlich er zurück.

»Da bin ich, Steiger«, sagte er, als er die Tür öffnete. Im Finstern tappte der andere auf ihn zu. Werkzeug fiel um, es schallte ihnen wie Donner. Dann hatte ihn Steiger ertastet. Er umschlang Ludwig mit seinem Arm, er suchte mit dem Mund seine Brust und küsste ihn auf das Herz, wieder und noch einmal, inbrünstig »Du wirst dich schmutzig machen, du Lieber«, sagte Ludwig.

War es angezeigt, noch zu warten? Schwere Entscheidung. Wenn sie vom Lager herunterkamen, um den Toten zu holen! Wenn sie nochmals das Feld ableuchteten und der Tote verschwunden war ...

Sie verließen den Unterschlupf. Sie tappten über das dunkle Feld. Eine Furcht fiel Ludwig an, Martis könne beim Maschinengewehrfeuer sie beide erledigt geglaubt und sich selber in Sicherheit gebracht haben.

Da sah er an jener Mauer als einen schwarzen Klumpen das wartende Automobil.

Der Führersitz bot Platz für drei. Sie wollten aufsteigen. »Der Herr Doktor muss unter die Plane«, sagte Martis. Steiger kroch unter die Lederbespannung.

Der Chauffeur schnürte sie fest. Dann fuhr er an. Aber die Räder waren im Lehm tief eingesunken. Martis legte seinen Mantel unter, stieg wieder auf, schaltete den Rücklauf ein und gab Vollgas. So kamen sie zur Landstraße zurück.

Sie durchfuhren das Dorf Ginnheim und bogen nach Westen. Ratternd schwankte der Karren um die Kurven. Sie donnerten über den Rhein bei Mainz, im ersten Tagesschein durchjagten sie Kreuznach, vor Trier schwenkten sie rechtshin ab – einen Waldweg.

Martis hielt. Zum ersten Mal sah er Ludwig ins Gesicht. Er lachte. »Sie sehen aber aus, Hoheit«, sagte er »ganz voller Lehm! Und das hier ist Luxemburg.«

Sie schnürten die Plane auf. Steiger lag schlafend. Das höllische Stoßen und Rattern hatte ihn nicht gestört. Sein armes Gesicht lächelte im Schlaf.

Ludwig dachte daran, dass noch kein Monat vergangen war, seit ihn, auf der anderen Seite des Reichs, der Polizeirat Donner an die tschechische Grenze geliefert hatte.

## Der Smaragd

### 1.

Der Weg durch den kleinen Staat führte abwechselnd über kahle Hochflächen hin und durch Wälder. Sehr kalt war es nicht, aber immer bauschte der Höhenwind ihre dünnen Mäntel oder trieb ihnen Sprühregen ins Gesicht. Erst auf belgischem Gebiete würden sie die Bahn nehmen. Sie fürchteten jede Kontrolle: Steiger hatte ja keinen Pass. Er sei kräftig genug, ließ er tapfer vernehmen, um auch bis ans Meer zu marschieren. Ludwig verbarg Besorgnis und Zweifel. Beinahe schweigend zogen sie ihren beschwerlichen Weg. Manchmal ergriff Steiger im Hinschreiten Ludwigs Linke, und sie gingen auf eine Weile Hand in Hand.

Viele Wegweiser zeigten links hinunter zur Hauptstadt. Dort residierte die Großherzogin, die Ludwig nahe verwandt war, eine Braganza durch ihre Mutter. Sie hätte sich wohl gewundert, wäre er, so wie er war, in ihrem Vorzimmer erschienen. Seltsame Wanderung! Dass dies Wirklichkeit war, ließ sich kaum festhalten. Das Knarren der Ardennenbäume im Winterwind kam aus traumhaft entrückter Sphäre.

Übrigens hatten sie Glück. Als sie müde waren, nahm ein Automobilist sie mit durch den Abend, ein Lederfabrikant aus Wiltz, wie er sogleich mitteilte, wohlwollend und ein wenig betrunken vom Moselwein nach Abschluss eines guten Geschäfts. In einer Dachkammer fielen sie in den Schlaf der tiefen Erschöpfung. Am andern Morgen erfuhren sie erst, wie nahe die belgische Grenze schon sei. Es war eine gutmütige Grenze, wenig bewacht. Als sie Bahngleise erreichten, sahen sie eine erste Schranke in den brabantischen Farben, schwarz, gelb und rot. Und dann stiegen sie in einen Zug dieser Nebenstrecke.

Das Bähnlein ratterte schleichend fort im grauen Wintertag. Nur eine ältere Frau in Trauer saß noch in der Ecke, die manchmal ihr Tuch an die Augen führte. Bald stieg sie aus. Steiger hatte sich auf einer der Holzbänke ausgestreckt. Sein linker Arm, der ohne Hand, hing von der Bank, steif wie ein nasses Seil, sonderbar leblos. Und als Ludwig ihm ins Gesicht blickte, sah er, dass sein Mund mit bläulichen Lippen offenstand und die Augen nicht ganz geschlossen erschienen. Dies war kein Schlaf, sondern wieder eine Ohnmacht aus Schwäche. Sie dauerte lang. Als sie in Libramont und dann noch einmal in Jemelle den Wagen zu wechseln hatten, brachte er den Freund nur mit Mühe über die Gleise.

Am Brüsseler Nordbahnhof fragte er einen Gepäckträger nach einer Unterkunft. »Nah gelegen. Und billig. Kann gar nicht billig genug sein!« Der Mann führte sie ein paar hundert Schritt weit nach einer Querstraße der Rue du Progrès. Sie stützten Steiger von beiden Seiten. »C'est propre«, versicherte der Träger, »et pas cher.«

Billig musste das »Hôtel Josaphat« ja wohl sein, aber von Sauberkeit war keine Rede. Ihr Zimmer, darin er Steiger sogleich zu Bett brachte, erinnerte Ludwig an jenes erste in der tschechischen Grenzstadt Kumerau. Nichtschließender Schrank, schlecht schließende Fenster, Waschtisch aus Eisenblech, so war nun einmal die Umgebung, darin sie zu existieren hatten. Selbst die unbeschirmte elektrische Birne hoch an der Decke war vorhanden, und das Licht zuckte auch hier.

Der Arzt, den Ludwig herbeiholte, ein kleiner, geschniegelter Herr, sah sich um, als habe man ihn in eine Räuberhöhle gelockt.

»Unsere Umgebung, Doktor, flößt Ihnen kein Vertrauen ein«, sagte Ludwig, »ich verstehe, wenn Sie Vorauszahlung erwarten.«

Irgend etwas im Ton der Worte bestimmte den Doktor Bruneel, diese Absicht, die er wirklich gehegt, mit großmütiger Geste zu verleugnen. Er beugte sich über den Patienten. Es war ganz still. Nur im eisernen Öfchen knackte das Feuer.

»Ich kann wenig finden«, sagte er endlich und richtete sich auf, mit hochrot gewordenem Köpfchen. »Der Herzmuskel arbeitet auffallend schlaff. Sie sind auf äußerste geschwächt, mein Herr, ich weiß natürlich nicht wodurch. Vermeiden Sie jede Anstrengung, richten Sie sich sogar im Bette nicht auf. Keine Erregung! Die kräftigste Nahrung ist die beste. Und dann möchte ich eine Kur empfehlen, Injektionen alle zwei Tage« – und er nannte den kompliziert klingenden Namen eines Präparats.

Steiger sagte mit weißem Mund, in etwas eingerostetem Schulfranzösisch: »Herr Doktor, bitte sagen Sie mir die Wahrheit. Kann ich mich wirklich erholen und ein gesunder Mann werden? Im andern Fall nämlich möchte ich lieber nichts tun und meinem Freund nicht zur Last fallen.«

»Unbedingt muss dies die längste Rede sein, die Sie für einige Zeit gehalten haben«, sagte Doktor Bruneel, »dann werden Sie sich vollkommen erholen.«

Und er begab sich fort, etwas hüpfenden Schritts, gleichsam gefedert vom Bewusstsein seiner ungewöhnlichen Großmut.

Geduld war nötig, viel Geduld. Nur Ruhe und Zeit konnten heilen. Aber die Zeit bedeutete hinschwindendes Geld.

In den ersten Tagen erlaubte Ludwig dem Kranken auch nicht eine Bewegung. Er wartete ihn wie ein Kind. Und er sah an seinem abgemagerten Leib verbleichende Striemen.

Ihr einziger Besucher außer dem Arzt war der Hausknecht des »Hôtels Josaphat«, ein kahler stämmiger Mann, der im Hause die einzige Bedienung zu sein schien. Tags und auch nachts stieg er unermüdlich die steilen, knarrenden Treppen auf und nieder. Unerfindlich war, wann er schlief. Zu den beiden ärmlichsten Gästen im Hause, denen auf Nummer 34, kam er mit Vorliebe, er kam auch, wenn man ihn nicht benötigte. Es war fast zu viel. Er bot sich an, Gänge zu machen, er bat geradezu um Ludwigs Befehle. Plauderhaft war er auch, und zwar politisch plauderhaft. Der Zustand Europas schien ihm schwere Sorge zu bereiten. Ludwig übte Vorsicht mit ihm, er dachte an Hermann Imme, den Treusten der Treuen. Aber er tat ihm wohl unrecht.

»Moi qui suis venu au monde dans un pays neutre«, begann dieser Hausdiener jeden dritten seiner Sätze. Aber damit meinte er keineswegs Belgien: dieses »Land« war das Örtchen Moresnet in der Nähe von Aachen, das man einmal bei irgendeiner Grenzregulierung vergessen und schließlich für unabhängig erklärt hatte. Dans un pays neutre! Es klang, als trotze der kahle Mann allem Nationalitätenhass und -wahnsinn. Als müsse im Örtchen Moresnet eines Tags der Retter erstehen, der bestimmt war, Europa vom Gift zu heilen. Und da ihm Ludwig bescheiden einwendete, seines Wissens sei diese Unabhängigkeit doch längst aufgehoben, bekam er zur Antwort: »Mais quand je vins au monde, c'était un pays neutre.« Womit denn alles gesagt war.

Manchmal ging Ludwig aus. Er strich durch die großbürgerliche, etwas leere Eleganz der neueren Brüssler Quartiere, er stand auf der mittelalterlichen Grand' Place, er wanderte im Museum von Memling zu Rubens – und alles zog bleich vor seinen Augen vorüber, nichts haftete. Man kann nicht genießen in tiefer Sorge. Unterwegs in einem Caféhaus zu rasten und eines der Francsstücke aus schlechtem Metall auszugeben, schien ihm unentschuldbarer Leichtsinn; müde kam er heim. Lag wach in den Nächten, horchte auf Steigers Atem, der nun kräftiger ging, und das Nichts tat sich auf vor seinen schmerzenden Augen, wie der Ausblick in eine tiefe, unheimliche Halle voll Schatten.

Wozu denn hatte er Steiger gerettet, wenn er nicht fähig war, seine Existenz zu sichern! Wo zeigte sich irgendein Broterwerb, in einer Welt, in der die Intellektuellen das hoffnungsloseste Proletariat darstellten? Jeder Staat wachte eifersüchtig darüber, seinen Markt den eigenen Kindern vorzubehalten. In allen Städten der Welt standen in langer Reihe die Arbeitsgierigen vor den Volksküchen und warteten auf einen Löffel Suppe, um sich zu fristen.

England – er wusste eigentlich nicht, wann er angefangen hatte, an England zu denken. Es schien ihm selbstverständlich, dass England ihr Ziel sein müsse. Dort schuf die Gunst der wirtschaftlichen Situation noch Möglichkeiten. Aber das allein war es nicht. Noch weniger war es die Hoffnung, bei den hochgestiegenen Verwandten seines Hauses Förderung zu finden. Er war wiederholt in England gewesen, er kannte ein wenig den Hof und die Aristokratie. Aber daran stellte sich keine Erinnerung ein, es war ein ganz andres Bild, das in ihm wiederkehrte.

Er sah sich zur Feierabendzeit inmitten der Menschenflut auf der London-Bridge. Aus der City zogen die Heimkehrenden über die Brücke, Kopf an Kopf, eine dunkle Armee, eine schweigende Armee. Ermüdet alle, der Ruhe zustrebend, aber nicht einer in Hast. Kein Schrei und kein Stoß. Gesammelte, verständige Mienen. Gelassen geschwinder, gleichmäßiger Schritt. Masse. Aber Masse mit Haltung, mit Würde. Ludwig war wieder und noch einmal hergekommen. Der Anblick schien ihm so trostreich, dieses Volk so wenig geneigt, sich von Agitatoren mit schäumendem Maul in Hass und Tod hetzen zu lassen. Er machte es sich schwerlich selbst klar, aber es war London-Bridge abends um sechs, wohin er zurückstrebte.

Jedoch England war eine Festung, und ihr Festungsgraben das Meer. Steiger besaß keinen Pass.

Wahrscheinlich hätte die Möglichkeit bestanden, auch ihm hier in Brüssel oder in Paris ein falsches Papier zu besorgen. Aber was berechtigt gewesen war in Ludwigs Fall, höchst legitim als ein Mittel, den besudelten Machthabern in Deutschland ihr Opfer zu entreißen, das verbot sich hier gänzlich. Man betrat nicht ein freies Gastland mit Hilfe eines Betrugs.

Sein eigener, echter Pass war ihm von Prag her durch »Scheurer« nachgesandt worden, und er konnte sich ausweisen. Aber Steiger würde das gar nichts nützen vor den englischen Kontrolleuren.

Er glaubte sich zu erinnern, dass diese Beamten auf den Kanalbooten hin und zurückfuhren und zur Bequemlichkeit der Passagiere die Revision unterwegs vornahmen. Man bestätigte das im Reisebüro. Es kam also darauf an, einen solchen Mann schon im belgischen Hafen zu sprechen und mit seiner Genehmigung an Bord zu gehen.

Nur völlige Aufrichtigkeit konnte helfen. Unwahrscheinlich sogar, dass sie half. Aber das Schlimmste, was man riskierte, war ein einfaches Nein. Dann stand man, wo man ohnedies stand. Allerdings, man stand vor dem Nichts. Der Schlaf kam spät zu Ludwig in dem schmalen Bett des »Hôtels Josaphat«.

Ihr Geld ging zur Neige. Kaum würde es ausreichen, um Arzt und Reise zu zahlen. Wieder dachte Ludwig an seinen Smaragd. Aber Steiger protestierte. Dynastisches Erbgut in Händlerhände verschleudert zu sehen, widerstand zu sehr seiner Denkart. Dieser Smaragd der Maria da Gloria werde noch von äußerster Wichtigkeit für sie werden, er fühle es deutlich, er flehe Ludwig an, sich von ihm nicht zu trennen. Sein Gesicht dabei war beinahe seherisch verzückt, und Ludwig lachte ihn aus. Aber eigentlich war er ganz einverstanden und im Geheimen erleichtert. Gut, er würde den Stein nicht verkaufen. Aber was dann? Er sei neugierig, was Steiger ihm raten werde.

Steiger konnte nichts raten. Aber er war voller Zuversicht. Es ging ihm besser, und Doktor Bruneel hatte einen ersten Ausgang erlaubt.

Der folgende Tag war ein klarer Januartag. »Ich werde mich für uns beide rasieren«, sagte Ludwig, »Ihnen steht Ihr Renaissancebart zunächst noch ganz gut.« Und er suchte in der Tasche aus Segeltuch nach einer Klinge für seinen Apparat.

Im Seitenfach ertastete seine Hand ein zusammengelegtes Papier, es fühlte sich unbekannt an. Er nahm das Paketchen heraus. Drei Hundertmarkscheine und ein Zettel kamen zum Vorschein. Auf dem Zettel stand zu lesen:

»Bitte dies von mir anzunehmen. Irgend etwas bekommt man draußen wohl noch für das deutsche Schwindelgeld. Und immer glückliche Fahrt! M.«

Das war Martis. Und sein Geld bedeutete mehr als sachliche Hilfe. Der Fund war ein Trost, mochte die belgische Bank nun was immer bezahlen, war ein erstes Wetterleuchten des Glücks. Ludwig setzte sich an den wackeligen Tisch und schrieb dem Chauffeur Martis einen Brief, in verhüllten Ausdrücken und ohne Unterschrift, aber mit mehreren Unterstreichungen, und die Hand zitterte ihm dabei, so dass die Striche krumm ausfielen und er beschloss, sich doch lieber nicht zu rasieren. Übrigens besaß er ja auch keine Klinge.

Und dann stützte er Steiger die knarrende Treppe hinunter und führte ihn ein wenig spazieren durch die kahlen Alleen im Botanischen Garten. Ein paar Tage später wurde die Abreise festgesetzt.

»Eines möchte ich doch noch sehn hier in Brüssel«, sagte Steiger, »und das ist Sankt Gudula.«

»Daraus wird nichts«, sagte Ludwig. »Hat Sie darum der Doktor Bruneel injiziert, damit Sie sich tödlich erkälten? Sie wollen mich doch nicht alleinlassen in solch einer Welt!«

Schließlich gab er nach. Sie betraten den ungeheuren Bau durch ein Seitenpförtchen.

Es wurde Ludwig gleich klar, weshalb Steiger hierher gedrängt hatte. Elend noch und sehr mager stand er im dämmerigen Dom und schaute aus allzu glänzenden Augen zu den Glasfenstern auf, den Bildnissen der fürstlichen Stifter in ihren Juwelenfarben.

»Ahnen aus Ihrem Hause, Hoheit«, sagte er andächtig.

Das mochte so sein. Steiger zeigte sich unterrichtet. Da war der dritte Johann von Portugal, da war Isabella von Portugal, Gattin des Weltkaisers Karl, da war die Frau seines Sohnes Philipp, Maria, eine Portugiesin auch sie. Von ihrer aller Blut rann ein später Tropfen in Ludwigs Adern.

Rührung und Spott zugleich regten sich in seinem Herzen. »Was haben Sie an diesen Isabellen?« fragte er. »Das da zum Beispiel ist ein ganz gleichgültiges Fenster, muss eine moderne Nachbildung sein.«

Aber Steiger wusste, was er daran hatte. Kein Massengeschrei und kein Diktator, kein persönlicher Fehlschlag und kein Leiden in der Baracke hatten an seine dynastischen Träume gerührt. Im Gegenteil, er träumte sie inbrünstiger als jemals. Der Abkömmling all dieser fürstlichen Beter dort oben war sein Retter geworden. Kronenträger allein konnten auch die furchtbar gefährdete Welt noch erretten ...

»Jetzt kommen Sie fort«, sagte Ludwig und ergriff ihn am Arm, »Sie schaudern ja in der Kälte!«

Noch schien draußen eine dürftige Sonne. Ludwig legte dem müden Freund die Hand um die Schulter, und so gingen sie langsam dahin. Sein Blick fiel auf ein Straßenschild: rue Treurenberg. Eine Strophe erklang da in ihm:

So tauchst du auf, wie du auf die Wimperge
Sankt Gudulas die Fieberblicke schössest,
Droben im Park den letzten Strahl genossen,
Und langsam niederschlichst am Treurenberge.

Er hatte vergessen, was »Wimperge« waren. Doch das verschlug nichts. Auf jedem Schritt geleiteten ihn die Stimmen der Deutschen, ihrer Dichter, ihrer Lehrer. Er hatte gut abstammen von portugiesischen Infantinnen und französischen Fürsten. Er hatte gut trauern und schmähen über alles, was jenes Volk mit sich geschehen ließ. Er konnte verwerfen, konnte verachten, konnte zu hassen meinen. Er konnte es fliehen, er musste es fliehen in der Missgestalt, in der es sich heute darbot. Im Herzen seines Herzens saß es dennoch, unaustilgbar.

»Und langsam niederschlichst am Treurenberge.«

## 2.

Sie waren schon um neun in Ostende. Um elf ging das Schiff.

Ludwig machte sich auf die Suche nach dem englischen Kommissar, aber er fand ihn nicht. Er konnte ihn auch nicht finden. Ausnahmsweise nur, ein oder zwei mal in jeder Woche, kam jetzt im Winter der Beamte von Dover herüber und fuhr am Nachmittag zurück.

Eine schwache Möglichkeit also blieb. Das Nachmittagsschiff ging um Viertel nach drei.

Diese Informationen empfing Ludwig von einem Mann, der zum braunen Zivilanzug eine goldverzierte Uniformmütze trug. Er war ganz ungewöhnlich schwarz- und stachelbärtig und roch durchdringend nach einem scharfen Gemisch von Gewürzen.

»Warum wollen Sie den Engländer denn unbedingt sprechen?« fragte er und versuchte, seinen Augen, die ziemlich vertrunken aussahen, einen inquisitorischen Ausdruck zu geben. »Der Pass ist wohl nicht recht in Ordnung.«

»Ach der ist schon in Ordnung –«

»Darin sind die nämlich komisch, müssen Sie wissen, und in diesen Tagen natürlich besonders!«

Ludwig fragte nicht weiter, warum die Engländer gerade in diesen Tagen so besonders komisch seien, und kehrte recht entmutigt zu Steiger zurück, den er im Wartesaal zurückgelassen hatte.

Es war hier leer, wenig sauber, und es zog. Man blickte über die Gleise aufs Wasser. Auf den Schienen standen abgekoppelt braune Wagen der Internationalen Schlafwagengesellschaft. Die Luxuslinien von Berlin, Wien und Basel mündeten an diesem Quai. Vor einem der Waggons stand in seiner knappen, braunen Tracht ein junger Schlafwagenschaffner und bohrte, mit versunkenem Ausdruck, seitwärts geneigten Hauptes in seinem Ohr. Jetzt ging eine Seitentür auf, ein belgischer Gendarm in prachtvoll verschnürter Uniform marschierte durch den Wartesaal, warf den beiden einsamen Reisenden einen amtlich missbilligenden Blick zu und verschwand jenseits, mit Dröhnen.

Hier Stunden zu verwarten, konnte sie nur verdächtig machen. Der Instinkt der Friedlosen trieb sie hinaus.

Sie durchquerten auf der Hauptstraße die Stadt. Die Ostender Bürger, die ihnen begegneten, wichen ihnen ein bisschen aus. Sie kamen beide nicht viel besser daher als Handwerksburschen. Steiger besonders in dem geschenkten Mantel, der um ihn schlotterte, mit der Umhängetasche, die zu schleppen er durchgesetzt hatte, wirkte befremdend.

Am Badestrand unten, der wüst lag, wehte es stürmisch. Das Meer ging hoch. Seekrankheit war ihnen sicher. Ach, wäre sie ihnen nur schon sicher gewesen!

Im Sturm marschierten sie einsam den Strand entlang, kamen am ungeheuern Kursaal vorüber, an dem noch Fetzen vorjähriger Konzertplakate flatterten, passierten all die Bellevues, Continentals und Splendids in flämischem Stil oder wildem Barock, mit ihren endlosen Reihen holzverschlagener Fenster, Kirchhöfe des Vergnügens und Luxus.

»Das ist auch kein rechter Witz hier«, sagte Ludwig. Steiger bestätigte, es sei keiner.

Dort, wo die Häuserreihe zu Ende ging, lag erhöht eine fürstensitzartige Villa. Weiterhin tat eine Kolonnade sich auf, durch Glaswände gegen die Witterung geschützt, lang und leer. Sie begannen hier auf und ab zu wandern. Eine Uhr, die merkwürdiger Weise aufgezogen war, zeigte halb elf.

Ihre Schritte hallten taktmäßig wider im verlassenen Gang. Steiger hielt mit Ludwig gleichen Tritt. Etwas Gläubiges, völlig Vertrauendes, klang aus seinem Schritt. »Wohin du mich führst, will ich gehen«, sprach der Rhythmus, »es wird seinen Sinn haben, wenn wir in dieser öden Halle hier auf und ab schreiten.« Ludwig zog sich das Herz zusammen unterm Griff der Verantwortung.

»Wir haben noch gar nicht gefrühstückt«, sagte er. »Gut sorg ich für einen Rekonvaleszenten!«

In einem Gässchen hinter der Rue Longue traten sie in ein kleines Caféhaus. Kein Gast war da. Die Bedienerin unjung und struppig, legte widerwillig ihr Strickzeug beiseite, sie schien höchst verwundert, als Kaffee und Gebäck verlangt wurden. Man hörte sie hinten in der Küche unwirsch klappern. Die Croissants, über die Straße geholt, waren schwarz verbrannt. Steiger aß mit der Gier des Genesenden.

Auf einem Nachbartischchen lag ein fleckiges Exemplar der ›Indépendance Belge‹. Ludwig hielt es schon in der Hand, dann ließ er das schmutzige Papier wieder fallen. Er wusste ohnehin, was vorging in diesem Europa! Wozu die taumelnden Schritte ins Unheil hinein einzeln verfolgen. Er hatte seit Prag keine Zeitung gelesen.

Er sagte: »Jetzt sollten Sie doch einmal erzählen, Steiger. Ich weiß noch immer nicht, was Sie mitangesehen haben – dort.«

Steiger schüttelte entschieden und sanft den Kopf. »Das ist nichts für Sie, Hoheit.«

Ludwig lächelte und drang nicht in ihn. Die Fiktion, dass er, Ludwig, als etwas Unanrührbares, zu Schonendes, zu gelten habe, als die »Hoheit« eben, vor der man Jammer und Grauen verbarg – sie war angesichts der Umstände so absurd wie ergreifend. Ludwig fühlte, dass er sie nicht zerstören dürfe. Es war möglich gewesen, dem guten Martis die unsinnig gewordene Anrede zu untersagen. Es war unmöglich bei Steiger.

Eine leere Stunde kroch hin. Einmal kam ein Arbeiter in das Lokal, trat an die Theke, schluckte stumm irgendein farbig schillerndes Getränk, warf Geld auf das Blech und ging ohne Gruß. Die Bedienerin strickte. Es wurde halb zwei.

Als sie zur Gare Maritime zurückkamen, lief eben ein Zug aus Antwerpen ein. Zwischen Bretterschranken stellten sich in langer Reihe die Reisenden an, ihre verschiedenfarbigen Passheftchen vorsorglich schon in den Händen. Die polyglotten Angestellten der Weltfirma

Cook, vornehm gekleidet wie Hofbeamte, chaperonierten Unorientierte mit Zuvorkommenheit.

Aber niemand wusste etwas von einem englischen Beamten. Und der ausweislose Steiger vermochte schon die belgische Sperre nicht zu passieren.

Ludwig sank das Herz. Steiger dagegen schien sich keine Sorge zu machen, ganz heiter hielt er sich ihm zur Seite, fest vertrauend darauf, der welterfahrene Freund werde schon alles zum Besten wenden.

Die Uhr in der Mittelhalle zeigte ein Viertel vor drei. Durch die breite Glastür, die verschlossen und mit einer Sicherheitskette verhangen war, konnte man jenseits der Gleise das kleine Schiff sehen, das selbst hier im tiefeingeschnittenen Hafen ein wenig tanzte. Reisende kamen von rechtsher über den Quai, betraten den Landungssteg, verschwanden im Boot. Ludwig verspürte einen brennenden Neid auf sie alle.

Unter ihnen waren die Engländer an ihrer Gemessenheit zu erkennen. Aber heute schien diese ruhige Art noch besonders getönt. Schweigsame Gedrücktheit, Betrübnis, lag auf den Gesichtern. Ludwig bemerkte etwas hierüber zu Steiger, und der bestätigte es.

Nur noch vereinzelte Nachzügler kamen. Es war keine Hoffnung mehr.

Da betrat von der Landseite her eine Gruppe von vier Herren die Halle, dunkler gekleidet, als man es unterwegs gewöhnlich zu sein pflegt, und trotz der vorgerückten Minute ohne Reisehast. Ein Fünfter, im Cutaway dieser und ohne Hut, schritt ihnen starr lächelnd und mit einladenden Handbewegungen seitlich voraus. Er komplimentierte die Gruppe bis vor die Glastür, und einer, ein hoch und mager gewachsener, älterer Herr mit gebietender Nase und kleinem grauen Spitzbart, trat an die Scheibe heran und blickte hinaus. Die drei anderen blieben ein wenig zurück, achtungsvoll flüsternd.

Der im Cutaway hatte in die Hände geklatscht, dass es widerhallte im Raum. Ein Angestellter, der im Hintergrund müßig stand, kein anderer übrigens als der Unrasierte, der so durchdringend roch, antwortete mit einer fragenden Geste. Sein Vorgesetzter wies nach der verschlossenen Tür, ausdrucksvoll hob er die Arme zum Himmel, als hätte jedermann wissen müssen, dass diese spätkommenden Herren ohne Passrevision und durch den Hauptausgang das Schiff zu besteigen wünschten.

»Es kann höchstens eine Minute dauern«, ließ er entschuldigend vernehmen und blieb seitwärts stehen, seine Hände reibend, aber in sichtlicher Nervosität.

Der große Herr im schwarzen Pelzmantel nickte und fuhr fort, auf den Hafen hinauszuschauen. Obgleich es bedeutend länger dauerte als eine Minute, ehe man mit den Schlüsseln kam, gab er kein Zeichen von Ungeduld.

Ludwig war aufmerksam geworden. Er wechselte sogar den Standort, um genauer zu sehen.

»Den Herrn da, Steiger, sehen wir beide heut nicht zum ersten Mal.«

»Den großen im Pelz oder welchen?«

»Er ist ein Onkel von mir oder doch etwas Ähnliches.«

Ja, er kannte den Mann. Damals vor dreizehn Jahren war er dabei gewesen, als man Ludwigs Mutter in der Annenkirche bestattete, als ein abgelebtes Europa mit verschollenen Titeln um ihren schmalen Sarg versammelt war. In all seiner Trauer hatte Ludwig ihn wahrgenommen, als einen der wenigen unter den Herrschaften, die nicht »grenzenlos ordinär« waren.

Steiger fragte noch etwas. Aber Ludwig hörte nicht mehr. Er war an die Gruppe der drei Begleiter herangetreten. Einer von ihnen, der jüngste, wandte ihm mit zusammengezogenen Brauen das Gesicht zu.

»Ich möchte mit Seiner Hoheit ein paar Worte reden.«

Alle drei Herren musterten ihn, erstaunt und unwillig. Sie schickten auch einen Blick über Steiger hin, der nähergekommen war.

»Seine Hoheit ist im Begriff abzureisen, wie Sie sehen.«

In der Tat war jetzt ein Bahnbeamter mit einem Schlüsselbund an der Glastür beschäftigt. Da die Tür offenbar niemals geöffnet wurde, fand er den rechten nicht gleich. Er rasselte reichlich. Der Herr im Cutaway hatte sich der Gruppe genähert, bereit einzugreifen, wenn etwa dieser schlecht gekleidete Andringling sich von den illustren Reisenden nicht zurückweisen ließ.

Es war acht Minuten nach drei.

Ludwig hob beide Hände empor und manipulierte in seinem Nacken. Die Herren sahen ihm voll Erstaunen zu. Er bot einen unvorteilhaften, ja grotesken Anblick, wie er so dastand, mit etwas verzerrten Zügen an einem Schloss nestelnd, das nicht aufging. Der Stoff des Mantels über seinen Schultern bauschte sich und stand nach oben. Sein Hut fiel zur Erde, Steiger trat heran und hob ihn auf. In der Glastür drehte sich knackend der Schlüssel.

Da ließ er ab von seinem Nacken, griff sich in die Brust und riss mit einem Ruck das Kettchen durch, das seinen Smaragd hielt.

»Geben Sie das Seiner Hoheit. Rasch! Es ist keine Bombe.«

Der junge Herr schaute auf das Juwel nieder. Auch die beiden anderen betrachteten es. Auch der Mann im Cutaway machte einen langen Hals und sah es an.

Ein scharfer Luftzug schlug in die Halle. Die Doppeltür war geöffnet. Victor von Bourbon-Braganza war eben dabei, den Pelzkragen seines Überrocks in die Höhe zu stellen, als sein Begleiter an ihn herantrat. Er nahm ihm den Smaragd aus der Hand, er beschaute ihn und drehte ihn um, jetzt sah er das Wappen, er blickte auf. Ludwig stand schon bei ihm.

»Voudriez-vous me reconnaître, mon oncle«, begann er.

Viel hatte er darzulegen und vorzubringen in wenigen Atemzügen: Verwandtschaftsbeziehung, Umstände in Deutschland, das eigene Geschick und das seines Freundes – und schließlich die Bitte. Er musste sachlich sein, klar, knapp, und zugleich drängend, emphatisch. Während er sprach, hatte er drohend vergrößert den vorrückenden Zeiger der Uhr vor den starren Augen – obwohl er dabei seinem Verwandten in das Gesicht schaute.

»Wir werden beide Unannehmlichkeiten haben, lieber Louis«, sagte der Braganza.

»Sie werden *keine* Unannehmlichkeiten haben. Einmal in London, geh ich sofort zu allen Behörden. Ich bitte Sie, lieber Onkel«, setzte er noch einmal beschwörend hinzu.

Und als der andere noch schwieg, gab er sich einen Ruck: »Ich hätte freilich nicht geglaubt, einmal so vor Ihnen zu stehen, als Sie damals nach Camburg kamen, um meine Mutter zu bestatten.«

Er schämte sich unmäßig, das auszusprechen. Der Schweiß kam ihm auf die Stirn.

Der Hinweis schien den alten Herrn zu bewegen. Er zögerte noch. Der Mann im Cutaway erlaubte sich eine respektvoll mahnende Geste nach der Uhr. Auf dem Schiff drüben war man aufmerksam geworden und schaute herüber.

Der Prinz Victor reichte Ludwig die Hand, wobei er ihm den Smaragd wieder einhändigte.

»Es ist gut«, sagte er langsam, »da es Ihnen so überaus wichtig zu sein scheint.« Er seufzte. »Halten Sie sich auch bei der Ankunft in meiner Nähe.«

Und das wartende Personal auf dem Dampfer sah nicht ohne Verwunderung inmitten der feierlichen Gruppe der schwarzen Herren zwei schäbig gekleidete Leute über den Quai daherkommen.

Zwischen salutierenden Matrosen betrat man die Planken. Die Sirene hustete rau. Man stieß ab.

### 3.

Der König von England war gestorben.

Dies also hatte das gedrückte Schweigen der Passagiere bedeutet. Dies der Hinweis, es werde gerade jetzt jeder fremde Besucher genau überwacht. Dies das reisewidrige Schwarz, darin der Braganza und seine Begleiter auftraten.

Kein lautes Wort wurde an Bord gehört. Das Schiff war wie ein Totenschiff. Und wie ein Toteneiland die Insel, als sich in der trüben Januardämmerung Klippen und Burg von Dover aus dem grauschäumenden Wasser hoben.

Funktionäre des Hofs und des Außenamtes standen seit Tagen bereit, um die anreisenden Staatsgäste zu empfangen. Es ward keine Frage getan, kaum ein Wort gewechselt, jeder Laut schien zu viel. Und als Ludwig und Steiger, benommen nach übler Fahrt, im Gefolge des Braganza zum Zuge geleitet wurden, sahen sie auch die Beamten in der Zollhalle zurückhaltend mit dem Gepäck der Reisenden beschäftigt. Kein Kofferdeckel schlug zu. Es war, als sei alles mit Samt ausgelegt. Sogar der Zug nach London schien mit gedämpfterem Rollen zu fahren, auch er wie auf Samt.

Das war Einbildung. Wirklich, unleugbar aber war eins: auf allen Gesichtern lag echte Betrübnis. Nicht angenommene Wichtigkeit. Nicht das zur Schau getragene Bewusstsein, einem nationalen Ereignis als Zeuge anzugehören, sondern einfach Trauer. Sie klang aus dem gedämpften Gespräch der Leute in dem Abteil dritter Klasse, sie war sichtbar an der starren Wartehaltung der Menschen auf den Bahnhöfen, die man durchfuhr, sie redete unpathetisch aus den Spalten der Zeitung. Ganz allein vom toten König Georg dem Fünften war hier die Rede. Politik, Sport, Unterhaltung, Geschäft schwiegen völlig. Man fühlte, dass es, genau wie in einem bürgerlichen Trauerhause, in diesen Tagen unmöglich und unanständig war, anderes zu betreiben. Sie sahen Tränenspuren in den Gesichtern der mitreisenden Frauen. Was war das?

Dieser König war kein Mann von besonders glänzenden Eigenschaften gewesen. Niemand schrieb sie ihm zu. Er selbst tat es nicht. Als Ludwig – es lag acht Jahre zurück – zusammen mit seinem Bruder diesem gekrönten Verwandten vorgestellt wurde, war sein Eindruck der von etwas Ausgelöschtem, leise Befangenem gewesen. Aber über dem Lande lag das Gefühl eines großen, tiefen, schmerzlichen Verlusts. Was war das?

Die Stadt London schien in eine Starre versunken. In der dunklen Nässe des Winterabends bewegten sich Gefährte und Menschen wie widerwillig unter den erschlafft hängenden schwarzen Fahnen und Tüchern. Widerwillig schloss ihnen in dem Boardinghouse nahe Victoria-Station eine schwarzgekleidete Wirtin ein Hofzimmer auf. Es war kaum möglich, etwas zu essen zu bekommen. Wen immer man um bezahlte Dienste anging, der schien es als halb ungehörig zu betrachten, dass der andere in solchen Tagen überhaupt Bedürfnisse merken ließ.

Durch Fenster und Wände drang eine Niedergeschlagenheit in das kalte und trübe Zimmer. Steiger hatte die Zeitung zur Hand genommen und wendete die riesigen, schwarz geränderten Seiten um.

»Wir wollen doch hin!« sagte er plötzlich und zeigte auf ein Bild, das die Aufbahrung des verstorbenen Königs in Westminster-Hall darstellte. Das Bild reichte über das ganze Blatt. »Es ist heute die letzte Nacht, in der man das Publikum zulässt.«

Ludwig suchte ihm den Gedanken auszureden. Man würde Stunden lang anzustehen haben, ehe man Einlass fand – in dieser Nässe, die Steiger unmöglich zuträglich sein konnte. Aber er widersprach doch nur matt. Ein Erstaunen, eine Art Neugier, zogen ihn selber dorthin. Auch schien der schwerverhangene Abend in diesem Mietszimmer nicht enden zu können.

»Wir sind es ihm beinahe schuldig«, sagte er nachgebend. »Wir hätten ja sonst sein Land nie betreten – Aber tun Sie mir den Gefallen, Steiger, und ziehen Sie noch ein Paar Strümpfe an über das erste!«

Als sie in die Nähe des Parlaments gelangten, wurden sie durch Schutzleute schweigend nach rechts gewiesen. Dann brauchten sie nicht mehr zu fragen. Die dichte graue Menge, die sich in stummem Eilmarsch flussaufwärts bewegte, hatte offenkundig dasselbe Ziel. Weit hinter Lambeth-Bridge erst standen die letzten. Ludwig erkannte den Ort: man befand sich hier kilometerweit von Westminster. In Viererkolonnen standen die Wartenden die Uferbrüstung entlang. Ludwig und Steiger reihten sich an. Schon setzte sich hinter ihnen die Kette fort. Die hintersten verloren sich schon wieder im Dunkel.

Schritt um Schritt rückte man vor. Im Regen, der gleichfalls fiel, hielten die Zehntausende aus, Männer, Frauen, auch Kinder, Arbeiter, Bürger, Reichgekleidete, um ihren kurzen Blick auf einen Sarg zu tun.

Ludwig und Steiger hatten vor sich zwei Leute, unscheinbar und solide anzusehen, es mochte ein kleiner Fabrikant sein oder ein Ladenbesitzer und seine Frau. Schirme trugen sie nicht, man sah überhaupt wenig Schirme, vielleicht weil es dem Ernst dieser Nachtstunde unangemessen erschien, sie ließen den Regen auf ihre wasserdichten Mäntel niederfallen. Aber der Mann rauchte seine kurze Pfeife, wie übrigens viele.

Die beiden schwiegen meistens im langsamen Vorrücken. Selten kamen ein paar Worte. »Ob er gewusst hat«, sagte einmal die Frau, »wie sehr ihn alle geliebt haben?« Ihr Gatte überlegte. »Er war ein bescheidener Mann«, meinte er dann. »Mir hat jemand erzählt, was er vor Jahren einmal gesagt haben soll. I am a very ordinary sort of a fellow, hat er gesagt. Nun, dieses eine Mal war er weit von der Wahrheit.«

Dann verstummten sie wieder. Der Regen floss nieder, und der Mann rauchte geruhig.

Es ging gegen Mitternacht, als Ludwig und Steiger im dunklen Zug das Parlamentshaus erreichten, und die zwölf Rufe der Kolossaluhr über ihnen waren verhallt, ehe sie in den Palasthof einrückten. Dann also tat sich Westminster-Hall vor ihnen auf.

Jedem aus den Hunderttausenden, die seit Tagen und Nächten hier ein- und vorbeizogen, griff unweigerlich die gleiche Empfindung an das Herz: dies ist einmalig, ich werde es mein Lebtag nicht vergessen.

Die ungeheure Halle, eine Landschaft mehr als ein Raum, war durch starke Lampen erleuchtet. Aber so hoch hinauf wölbte sich ihr stützenlos freischwebendes Dach, dass das Holzwerk dort sich in mystische Schatten verlor und unsicher blieb, wo nach oben ein Ende war. Schickte man hienieden den Blick das kaum abmessbare Rechteck entlang, so schien im Hintergrund eine Treppe aufzusteigen, und darüber schimmerte in düster farbigen Reflexen ein einziges Fenster, wie der Ausblick in ein vieldeutig verheißungsvolles Jenseits. Inmitten aber, durch Podeste erhöht, ruhte der verstorbene Fürst auf seinem Staatsbett.

Über den Katafalk war die Königsflagge hingebreitet, deren goldene Wappentiere zwischen den Falten sprangen. Auf dem Fahnentuch die Symbole des Amtes: Zepter, Reichsapfel und die Krone selbst, daneben ein kleiner Kranz, rot und weiß. Um das Schaulager gestellt sechs hochübermannshohe Kerzen. Zu Häupten ein Kreuz. Wenige Gewaffnete, in Abständen verteilt, Offiziere, und Ehrenwächter im elisabethanischen Kleid.

Von ernster Kargheit das alles, auf die Essenz reduziert, nur eben das Notwendige, um einen großen Begriff vorzuführen. Das Gewölbe selbst nackt und leer, in der stumm redenden Existenz seiner achthundertjährigen Geschichte. An was für einer Stelle setzte dieser Tote sich der Verehrung und trauervollen Liebe aus! Diese Halle hatte anderes gesehen als loyale Ehrerbietung, wahrhaftig.

Mehr Monarchen-Elend als Glück. Der König, der sie erbaute, Wilhelm Rufus, starb verworfen, verachtet. In ihr entsagte Eduard der Zweite dem Reich. Richard von Bordeaux, der ihr das prachtvolle Dach gab, stand unter ihm, kaum ein Jahr später, als man ihm die Krone wegriss. Karl der Erste, allgemeinen Gedenkens, erschien hier vor seinen Richtern, nachdem sein eleganter Purpur durch Blut und Schmutz der Bürgerkriege geschleift war. Hierher kam, im Angesicht einer Nation, die sich schämte, der vierte Georg, um sein Krönungsbankett abzuhalten, triumphierend über seine eigene Königin, nach langem, widerwärtigem Hader. Nicht viel länger als hundert Jahre war das erst her.

Westminster Hall also erzählte durchaus von anderem als von unanrührbarer Hoheit. Der alte Mann dort unter der Löwenflagge hatte seine Würde aus eigenem Recht. Schatten der Abgesetzten, Verfluchten, Enthaupteten, geisterten um seinen Sarg und zergingen. Die englischen Männer und Frauen, die vorbeizogen, weinten. Was war das?

Sie verspürten keine Neigung zum Schlaf, als sie heimgekehrt waren in ihr Boardinghouse-Zimmer. Steigers Augen glänzten, er fühlte sich angerührt und bestätigt in der Tiefe seines mystischen Vertrauens. Ludwig war in anderer Art bewegt, doch nicht weniger. Er verspürte ein Bedürfnis nach Klärung. Im Überlegen und Reden marschierte er auf und ab in der Stube, zwischen dem Schiebefenster, vor dem ein unwahrscheinlich schmutziges und auch zerrissenes Stück Häkelei hing, und der Tür, die unvollkommen schloss und jedesmal klapperte, wenn er ihr nahe kam.

Verehrung und Liebe … Ein erstaunliches Schauspiel sei das freilich heute gewesen. Und etwas Besseres, Realeres, als verschwommene Hingabe habe sich da manifestiert. Keine Mystik. Mit Mystik habe die englische Krone gar nichts zu schaffen. Ihr Ansehen sei einfach das der einzelnen Menschen, die sie trügen. Hierzulande habe man *einmal* einem König das Haupt abgeschlagen, und der eine Schwerthieb habe genügt, um die Dinge auf immer ins Gleiche zu rücken. Dies Königtum hier habe eigentlich keine Funktion mehr, mindestens sei sie ganz unbestimmt, in greifbaren Rechten kaum auszudrücken. Kraft besitze es dennoch, eine erhaltende Kraft – eine ärztliche beinahe.

»Wissen Sie, Steiger, ich meine es so: es gibt Völker, die machen sich groß mit Gelärm, sie fallen sich selbst auf die Nerven und andern. Das gibt es hier nicht. Die Nation überträgt ihr Selbstbewusstsein, ihren Stolz, auf den einen Mann, in ihm sagt sie Ja zu sich selber. Freilich, er muss danach sein! Er muss taugen zum Existenzideal. Verantwortung hat er keine, dem politischen Streit ist er ganz entzogen. Er soll thronen in einer noblen Neutralität.«

»Ein bisschen anders als anderswo.«

Ludwig nickte. »Das Land hat ja seine Kämpfe und Krämpfe wie irgendeines. Der Gegensatz zwischen Armut und Wohlstand ist sogar besonders krass – die Armenquartiere von London, Sie werden sie ja zu sehen bekommen! In den Bergarbeiterprovinzen bin ich nicht gewesen, aber so etwas von trister Entbehrung muss es weder in Frankreich noch in Deutschland irgendwo geben. Da ist das letzte Wort nicht gesprochen, sicherlich nicht. Aber sogar für die Ärmsten scheint es etwas zu bedeuten, dass da eine Instanz existiert, die der Ausbeutung und Geschäftemacherei entrückt ist. Ein Pfeiler, an dem sich der grobe Eigennutz bricht. Einstweilen hält er, der Pfeiler. Möglich, dass er sogar aushält im künftigen Sturm. Ein Richtpunkt. Ein Blickpunkt. Einfach ein Mensch, auf den man Vertrauen setzt. Nicht ein Halbgott, den man im Staub zu verehren hat, und aus dessen Faust Glück und Elend kommt wie der Blitz aus der Wolke. Nicht so ein schmetternder Lohengrin-Imperator, kein neurasthenischer Alleswisser und Allesbetreiber. Am wenigsten natürlich irgendein schäumender Vitzliputzli von einem Diktator. Sondern ein vornehmer Herr, der sich genau an der Stelle hält, wo die Geschichte ihn haben will.«

»Ja«, sagte Steiger. »Aber England hat auch Glück gehabt, Hoheit. Ihre deutschen Verwandten –«

Ludwig lachte. »Lassen Sie die Verwandtschaft einmal auf sich beruhen, Steiger!«

»Es ist aber wahr. Diese Welfen waren eine herbe, schwierige Rasse. Besonnenheit, Klugheit, kamen aus anderen Adern hinzu.«

Ludwig musste es zugeben. Sie betrachteten miteinander die drei Generationen, die genau ein Jahrhundert ausfüllten. Nach der willenskräftigen Bürgerkönigin den Sohn, der ein würdebewusster, skeptisch gescheiter Weltmensch gewesen war, und den Enkel, der jetzt unter der Löwenflagge dort lag.

»I am a very ordinary sort of a fellow.«

Ein unauffälliger, gemessener Herr, freundlich und wohlwollend. In der Haltung von einer scheuen Korrektheit, die anmutig war. Ein britischer Edelmann. Was eigentlich konnte er einer Epoche bedeuten, die in Wehen und Krankheiten kreißte und zuckte!

Er bedeutete ihr erstaunlich viel. Nie hatte er selber gedacht, den Stoff zur Volkstümlichkeit in sich zu haben. Aber als er schwer krank wurde, vor nun sieben Jahren, da brach in seinem Volk eine leidenschaftliche Anhänglichkeit durch, eine tiefe, wirkliche Angst. Und seine Wirkung reichte über das Land hinaus. Achtungsvolles Vertrauen der Welt zur englischen Krone, das war das Resultat seiner Regierung. Ihre geistige Macht war unter ihm und durch ihn gewachsen. Sprach man irgendwo in der Welt vom Königtum, so meinte man dieses, das nicht Gewalt mehr bedeutete, nur ein hohes Zeichen.

Und dann fügte Ludwig etwas hinzu, was ihm schon dort in der Trauerhalle im Sinn gelegen. Er nannte ein anderes Volkshaupt: den Alten, Uralten, zu dem er einmal hinübergeblickt hatte auf die Prager Burg. Ein Staatsbürger dieser und nicht ein Erbe. Sohn eines Leibeigenen, nicht ein Fürst. Ein Philosoph und ein Lehrer, klar, wahrhaftig und weise, aller Phrase und Pose mit Heiterkeit fern, zur höchsten Geltung aufgestiegen, ohne Recht und Menschengefühl je zu verletzen, ein Blickpunkt und Trost für alle, die in einer Epoche des Völkerbetrugs und der Roheit vor Ekel verzweifelten. Auch er, wie der König unter der Flagge, etwas sehr Hohes: ein *Sinnbild der Menschenwürde.*

## 4.

Geht man im englischen Ministerium des Innern, das in der Straße Whitehall gelegen ist, linker Hand die Treppe hinauf, so gelangt man am Ende des Korridors zu einer Tür mit der Nummer 125. Es ist das Wartezimmer für Pass- und Aufenthaltssachen. Hier hast du dein Anliegen niederzuschreiben, wobei ein freundlicher, alter Bürodiener dir flüsternd assistiert. Er nimmt Antrag und Pass und verschwindet im Nebenraum.

Dann vergeht eine ziemliche Weile. Unter zahlreichem Publikum, unbehaglich wartend und vielrassig, hast du eine oder auch zwei Stunden auszuharren im karg möblierten Gelass, mit dem Blick auf einen freudlosen Innenhof. Neuankömmlinge tröpfeln fortwährend hinzu, du überlässt deinen Stuhl einem slowenischen Dienstmädchen oder einem anatolischen Greis, und wenn du endlich aufgerufen wirst, so hast du's nicht mehr erwartet, und all die schlagfertigen Beweisgründe sind vollkommen vergessen, mit denen du ankamst.

Als es mit Ludwig und Steiger so weit war, hatte nebenan der Beamte Ludwigs deutschen Reisepass vor sich liegen. Der Mann sah sachlich und keineswegs streng aus, aber wiederum unbehaglich – wie eben nicht nur Bittsteller aussehen, sondern auch Menschen, die mit Bittstellern von Amts wegen zu tun haben und häufiger abweisend sein müssen als entgegenkommend.

Er blätterte in dem braunen Büchlein.

»In Ihrem Pass fehlen die Grenzvermerke. Und dieser Herr, wie Sie schreiben, besitzt überhaupt keinen.«

»Das ist so. Darf ich Ihre Zeit fünf Minuten in Anspruch nehmen?«

»Natürlich.«

Der Beamte nahm ein Papiermesser vom Tische, spielte aber nicht damit, sondern hielt es ganz ruhig zwischen den Händen; er neigte ein wenig den Kopf und hörte zu.

Steiger saß daneben, mit jenem Ausdruck ergebener Gläubigkeit, der Ludwig teils rührte, teils mit einer unbestimmten Reue erfüllte. Ihm war klargeworden, dass der Freund unter den Schlägen seiner Erlebnisse Schaden genommen hatte. Es war, als seien Stützen in seinem Innern weggebrochen. Seine Augen, die ehedem in einem harten Glanz so entschlossen geblickt hatten, waren sanft wie Kinderaugen.

Als Ludwig zu Ende war, sagte der Beamte: »Ich kann Ihnen jetzt keinen Bescheid geben. Sie hören von uns. Haben Sie genügend Mittel, um in England zu leben?«

»Nein«, sagte Ludwig. Und dann gingen sie.

Nach fünf Tagen kam eine Aufforderung, sich wiederum einzufinden. Diesmal ging Ludwig allein.

Zimmer 125 und das Warten blieben ihm heute erspart, und er befand sich alsbald in einem ihm unbekannten Büro, das geräumig war und im Stil der siebziger Jahre behagenerweckend möbliert. Ein mächtiges Kaminfeuer flammte. Vom ledernen Schreibsessel erhob sich ein sorgfältig gekleideter, schmalköpfiger Herr von etwa vierzig und kam ihm entgegen.

»Wie lange gedenken Sie im Vereinigten Königreich zu bleiben«, fragte er, als sie saßen.

»Wir haben keinerlei Pläne, sonst irgendwo hinzugehen.«

»Sie teilen mit, dass Sie keine Existenzmittel haben.«

»Das ist leider so.«

»Aber doch gewiss eine Vorstellung, wovon Sie leben wollen?« Der schmalköpfige Herr blickte angelegentlich an Ludwig vorbei. »Sie haben Verwandte in England.«

»Von diesem Umstand möchte ich keinen Gebrauch machen, kann es auch gar nicht nach Lage der Dinge.«

Der Beamte ließ einen sanften Laut hören, der etwas wie Befriedigung oder Befreiung ausdrückte, und änderte sein Thema.

»Ihr Begleiter ist ohne Papiere nach England gekommen. Halten Sie es für wahrscheinlich, dass Herr« – er blickte auf einen Zettel – »Herr Steiger einen Pass ausgestellt bekommt, wenn er die Deutsche Botschaft darum ersucht?«

»Für ganz unwahrscheinlich. Die Botschaft muss nach Deutschland zurückfragen und wird eine Absage kriegen. Leute, die das Regime bekämpft haben, bekommen keinen Pass.«

»Hm.« Der Mann hinterm Schreibtisch nahm einen langen und schweren silbernen Bleistift zur Hand, ein Mammut von einem Stift, und malte über den Zettel, von dem er Steigers Namen abgelesen hatte, bedächtig ein großes, blaues Kreuz.

»Sind Sie der Ansicht«, fragte er langsam, »dass Herr Steiger seine deutsche Nationalität verloren hat oder verlieren wird?«

Ludwig schwieg. Er sagte sich, dass von seiner Antwort viel abhing. Offenbar hatte man hier schon des öftern mit solchen Flüchtlingen zu tun gehabt, denen von Berlin aus, ganz als ob dergleichen überhaupt möglich wäre, das »Deutschtum aberkannt« worden war. Wen immer diese Maßregel traf, der empfand sie zunächst als Geschenk, da sie ihn ja von der herrschenden Sippschaft auszeichnend distanzierte. Aber für fremde Behörden lagen diese Dinge sicherlich kompliziert: sie hatten politische Schwierigkeiten zu bedenken. Sagte er also jetzt die Wahrheit, so nahm er Steiger und damit auch sich vermutlich die letzte Chance. Er zögerte. Allein er fühlte eine völlige Unfähigkeit, zu lügen. Seine Achtung vor dem freien Gesetzesstaat, gesteigert, ja erst ins Bewusstsein gehoben durch seine Verachtung des Willkürregimes, das ihr Gegensatz war, behielt die Oberhand. Er sagte:

»Jawohl. Ich glaube, dass Herr Steiger seine deutsche Staatsangehörigkeit verloren hat.«

»Ah«, sagte der Herr gegenüber, »das ist ja sehr gut.«

Er schien erleichtert, geradezu vergnügt. Er sah aus, als hätte er Lust, sich die Hände zu reiben, vermeide diese Geste aber aus Gründen der Konvenienz.

»Trinken Sie ein Glas Sherry, Prinz?«

Ludwig fand, dass er sich etwas zu offenkundig darüber freute, eine lästige Angelegenheit loszuwerden. Der Einfall, eine Erfrischung anzubieten, um gewissermaßen die Entbürdung mit dem Betroffenen selbst zu feiern, bekundete zweifelhaften Geschmack. Er füllte zwei Gläser.

»Natürlich wäre es gut, wir hätten die Sache Schwarz auf Weiß. Diese Ausbürgerungen werden in einer Zeitung veröffentlicht, sie heißt, glaube ich, Reichsanzeiger« – er zerbrach sich die Zunge an dem Wort –, »aber unerlässlich ist es gerade nicht.«

»Unerlässlich wofür?« fragte Ludwig ziemlich ratlos.

Der andere lächelte. »Man setzt immer voraus, jedermann wisse, was einem selber geläufig ist. An und für sich, nicht wahr, müssten wir Ihren Freund ausweisen. Aber wenn er kein Deutscher mehr ist, sondern staatenlos, dann können wir ihn nicht ausweisen. Wohin auch, nicht wahr! Dann müssen wir ihn behalten. Das ist Gesetz und außerdem sogar logisch. Ich freue mich sehr für Sie.«

Ludwig wallte das Herz auf. Dies alles schien ihm höchst englisch, wundervoll englisch, doch am englischsten dieser Satz vom Gesetz und der Logik.

»Wovon wollen Sie existieren? Was haben Sie sich gedacht?«

»Ich spreche mehrere Sprachen.«

»Unterricht – traditionell für Herren in Ihrer Situation. Aber kein leichtes Brot. Auch ist eine Erlaubnis vom Arbeitsministerium nötig. Ich würde Ihnen folgenden Weg empfehlen –«

Der empfohlene Weg führte über das »Woburn-Haus«, die jüdische Hilfsorganisation. Durch ihr weitläufiges Gebäude ging Monat auf Monat ein der Elendsstrom der Vertriebenen. Sie empfingen hier sachkundigen Rat, Mittel zur vorläufigen Existenz, Reisegelder, Unterstützung vor den Behörden. Es gab Speisehallen im Woburn-Haus, Klassenzimmer, wo Englisch gelehrt wurde, Räume für das Gebet. Die wohlhabenden Juden Englands waren sich ihrer Pflicht gegen ihre glücklosen Brüder großartig bewusst. Ungeheure Mittel waren notwendig, und sie wurden aufgebracht. Aber gerade die, die am meisten gaben, beschränkten sich nicht darauf, fünfstellige Pfundschecks auszuschreiben. Sie kamen selbst, viele Male und regelmäßig, hörten jeden Elendsfall an und beschieden die Hilfeheischenden einzeln. Heimatlose, beraubte, misshandelte, hin- und hergestoßene Juden fluteten an ihren Tischen vorbei. Kein ahasverisches Schicksal war zu unersinnbar, sie hatten es schon vernommen.

Es gab auch Schwindler unter denen, die Hilfe wollten. Sie waren nicht einmal selten. Man deckte vielleicht ihren Schwindel auf, noch lieber ließ man ihn auf sich beruhen und spendete dennoch. Überwallender Wohlstand war es ja kaum, was diese Leute hertrieb, um mit ingeniösen Lügengeschichten an der berühmten Quelle des Segens ein paar Pfund wegzuschöpfen. Aber die Herren, die dieser Pflicht ein paar Jahre obgelegen hatten, trugen Wunden in ihren hilfsbereiten Herzen davon. Mit grauen Gesichtern, Säcke unter den müden Augen, die zu viel Jammer gesehen hatten, saßen sie andern Morgens in ihren Büros in der City.

Hierher also war Ludwig verwiesen worden. Man war nicht kleinlich, nicht engherzig konfessionell, im Woburn-Haus. »Wer Hilfe braucht, ist ein Jude für sie«, hatte der Beamte im Ministerium geäußert, und der Satz, aus dem eine Art von enthusiastischer Zustimmung klang, war Ludwig bemerkenswert erschienen im Mund des schmalhäuptigen Funktionärs.

Er kam sich trotzdem sehr als Eindringling vor in dem überfüllten Korridor, wo sie zu warten hatten. »Hier sollte uns mein Bruder August mal sehen«, sagte er zu Steiger, und Steiger amüsierte sich herzlich bei der Idee. Die jüdische Menschheit, die da versammelt war, sozial und kulturell ganz abenteuerlich gemischt, erschien dennoch geheimnisvoll homogen. Ob sie den großstädtischen Allerweltsanzug trugen, die Bluse und Schirmmütze des Händlers vom Land, oder noch den Kaftan, ob sie religionswidrig rasiert waren oder nach Vätersitte den Bart trugen und Schläfenlocken, sie waren trotzdem dieselben. Das Deutsch, in dem sie sich mit beredten Gesten zu laut unterhielten, trug Akzente der verschiedenen deutschen Stämme, unter denen ihre Voreltern und sie selber gelebt hatten. Doch es war nicht einfach Dialekt. Vielfach klang es entstellt, klang verdorben. Aber war es nicht eher veraltet und hatte aus Ghettozeiten Ausdrücke und Wendungen in sich bewahrt, die im Munde der Deutschen längst abgewelkt waren? Der Kaftan, den einige trugen, war ja auch kein orientalisches Kleid, sondern, abgewandelt und fleckig geworden im Staub der Jahrhunderte, der deutsche Bürgerrock aus den fränkischen und rheinischen Städten des Mittelalters.

In dem kleinen Empfangsraum, dessen Tür sich schließlich vor ihnen auftat, wurde Ludwigs Bericht und sein Name wohltuend sachlich entgegengenommen. Die beiden dunkeläugigen Herren des Komitees hinter ihrem kleinen Tisch hatten schon erstaunlichere Geschichten aus dem tollgewordenen Deutschland vernommen. Man notierte sich ihre Adresse, fragte, ob Mittel vorhanden seien, um eine Woche oder auch zwei auszudauern, und damit waren sie verabschiedet und standen wieder unten auf dem Square, im nebeligen Abend. Eine Turmuhr schlug zehn.

So dicht zog der Nebel nicht, dass man seinen Weg nicht zu finden vermochte, und da es sich für sie empfahl, die vier Pence für den Autobus einzusparen, so wanderten sie Euston-Road entlang bis zum Park und dann den langen Weg am Gitter hin bis hinaus nach St. John's Wood.

Es war hier einsam. Die vornehmen Wohnhäuser jenseits der Straße lagen schwach sichtbar hinter ihren Auffahrten, in großen Abständen und vorsichtig rollten Autos daher, sie begegneten keinem Fußgänger. Eine herbe Luft, die frisch und unbestimmt nach Holzrauch schmeckte, kam über die Parkwiesen. Sie schwiegen in ihrer Verlorenheit.

»Ich habe einen elektrischen Ofen gekauft«, sagte Steiger unvermittelt.

»Um Gottes willen, Steiger!«

»Einen ganz kleinen, Hoheit. Auf Abzahlung. Er muss schon zu Hause sein.«

Zu Hause – damit war das Zimmer in der Charlbert-Street gemeint, das sie vor drei Tagen gemietet hatten.

»Er kommt billiger als der Kamin. Mrs. Carpenter hat es ausgerechnet. Sie sagt, wir können ihn ausdrehen, wenn wir das Zimmer verlassen. Dadurch kommt es billiger.«

Er verbreitete sich ausführlich über den Gegenstand. Auf einmal blieben sie stehen. Ganz nahe an ihrem Ohr erhob sich ein Brüllen, machtvoll und lang hinrollend. Kein Zweifel, da brüllte ein Löwe durch die Londoner Nacht, schlaflos, verlangend nach seiner Wüste.

»Das ist der Tiergarten, Steiger. Noch ein Vorzug unserer Wohnung! Den haben wir gleich bei der Hand.«

Ihr Weg bog um, und nach einigen Minuten waren sie angelangt.

In London sind die anspruchsvollen Wohnquartiere von den bescheidenen wenig geschieden. Ganz nahe beim Königspalast gibt es kahle, trübselige Gassen. Tat man hier draußen vom Park ein paar Schritte seitwärts, so öffneten sich armselige Sträßchen, in denen es Mietszimmer gab. Die Charlbert-Street war von der Sorte.

»So stell ich mir Dakar vor oder Swakopmund«, hatte Ludwig gemeint, als sie das erste Mal hier entlanggingen, und wirklich hatte das ganze Bild etwas provisorisch Koloniales. Einstöckige Häuschen, nicht alt, aber verwahrlost, zum Abbruch reif oder schon bestimmt, wechselten mit lieblos erstellten Kasernen ab. Seltsam stand dazwischen eine Art von niedrigem Kirchlein, Bethaus oder Sektenschule früher einmal, doch jetzt in profanem Gebrauch, mit einem gemeißelten Portal, das zerbröckelte, Unrat im Vorhöfchen und Holzverschläge vor den gotischen Fenstern.

Aber gleich um die Ecke, mit der Aussicht auf den Regents-Park, erhoben sich prachtvolle, großbürgerliche Wohnbauten, mit livrierten Dienern im Eingang, wo die Jahresmiete 800 Pfund betrug.

Das Häuschen an der Charlbert-Street besaß zwei Stockwerke, war aber dafür so schmalbrüstig, dass nur je ein Fenster zur Straße ging. Zu ebener Erde befand sich eine Gemischtwarenhandlung, in der es, neben Gemüse, Obst, Zigaretten und jederlei kleinem Hausbedarf, verwunderlicherweise auch Lederwaren zu kaufen gab. Neben den Büchsen mit Bodenwachs und den Äpfeln waren in zwei Ecken der Auslage billige Suitcases aufgestaffelt, obwohl der Zustrom von Reisenden, die sich gerade hier equipieren wollten, unmöglich beträchtlich sein konnte.

Im ersten Stock hingegen tagte die »Gesellschaft für psychische Forschung«. Zwei alterslose Damen mit stets unordentlicher und gleichsam staubiger Frisur veranstalteten hier Séancen, an denen teilzunehmen jedem freistand, der zwei Schilling bezahlte. Die Abende waren besucht, der Verkehr mit der Geisterwelt augenscheinlich von Vorteil. Ludwig und Steiger in ihrem Oberstock vernahmen durch den Fußboden hindurch dumpfes Chorgemurmel und mitunter, jedoch höchstens dreimal im Verlauf derselben Sitzung, einen ekstatischen Gruppenaufschrei.

Mrs. Carpenter, ihre Hauswirtin, war eine rundliche Halbdame, die das Geschäft des Zimmervermietens mit melancholischer Geringschätzung betrieb. Sie hatte lange Jahre ihres Lebens in Indien verbracht, wo ihr verstorbener Mann im Zivildienst beschäftigt gewesen war, ihren Andeutungen nach in einer Stellung, die der des Vizekönigs sehr wenig nachgab. Seine Fotografie, die zwischen »Tadj Mahal bei Mondlicht« und einem »Tod Nelsons« in ihrer Wohnstube hing, ließ eher einen Kassenboten oder Gerichtsschreiber vermuten. Auch um ihren einzigen Sohn Percy und seine Tätigkeit im britischen Kolonialdienst breitete sie einen diamantenen Schimmer. Invercargill hieß seine Station, und niemandem, der Mrs. Carpenter hörte, wäre der Gedanke gekommen, dass Percy auf dem dortigen Postamt damit beschäftigt war, neuseeländische Briefmarken abzustempeln. Ein verzehrender Snobismus schien ihr Laster zu sein, im Übrigen wirkte sie gutmütig. Jedenfalls beschloss Ludwig, seinen genauen Namen vor ihr geheimzuhalten, und er beschwor auch Steiger in diesem Sinn.

Es zog in dem Mietszimmer, wie es überall in England zieht, aber durch Verstopfen der Ritzen ließ sich dem abhelfen. Die Möbel hinkten etwas, der Teppich war zackig geflickt, und die Rosentapete zeigte bräunliche Flecken. Trotzdem überschritt die Unwohnlichkeit nicht ein ertragbares Maß. Ein alkovenartiges Nebengelass war vorhanden, darin das zweite Bett seinen Platz fand, und ihm wiederum war ein winziges Räumchen angegliedert, eine Art Schrankküche oder Küchenschrank, mit einem Gasherdchen.

»Hier werde ich für uns kochen«, sagte Steiger.

»Können Sie denn?«

Er nickte freudig.

Es stellte sich heraus, dass Steiger schon in Camburg, als wohlbezahlter Professor, seine Mahlzeiten ungern im Gasthaus genommen hatte. Es gab gewisse, bescheiden raffinierte Gerichte, auf die er sich etwas zugute tat. Mit einem Erröten, als handle es sich um Verbotenes, erzählte er Ludwig davon. Und die ersten Proben seiner Kunst waren erstaunlich befriedigend.

Er legte bei den häuslichen Verrichtungen, die er mit seiner einen Hand wie selbstverständlich übernahm, einen Eifer an den Tag, der Ludwig ins Herz schnitt. Eine kindliche Dienstbereitschaft war in seinem Wesen, zugleich etwas Zeremonielles. Und Ludwig fühlte, dass er ihn da nicht beirren dürfe. Steiger setzte sich sogar widerstrebend mit an den Tisch, den er gedeckt hatte. Er wäre lieber hinter Ludwigs Stuhl stehen geblieben, als herzoglicher Obermundschenk und Truchsess. Es war eine letzte Zuflucht für seine Träume. Wie er einst den Umgang mit dem jungen Prinzchen nie hatte zur Selbstverständlichkeit werden lassen, so brachte er es jetzt fertig, im Zusammenleben auf ein paar Quadratfuß Raum die Distanz zu wahren. In seinem mitgenommenen Geist hatte sich ein Programm und eine Legende gebildet: die Legende vom vertriebenen Fürsten, dem nur ein einziger treuer Diener noch folgt, um ihm Ehren und Hof zu ersetzen.

Der vertriebene Fürst hatte schon bald von dem jüdischen Wohlfahrtsausschuss eine Anzahl Adressen erhalten. Er machte sich auf, seine Dienste anzubieten. Er hatte auch Glück. Da waren zwei Damen, Mutter und Tochter, die in einem hübschen, langweiligen Hause in Kensington ganz allein wohnten und aus purer Unbeschäftigtheit auf den Gedanken verfallen waren, Französisch zu lernen. Und in einer Villa in Hampstead begann er, die beiden halbwüchsigen Söhne eines Herrn Einstein im Deutschen zu unterrichten.

Der Vater, Weinimporteur, Chef der Firma Einstein and Wilcox, Upper Thames Street, war selbst deutscher Herkunft. Er stammte aus der Gegend von Ulm. Nach 35 Jahren sprach er Englisch noch immer mit oberschwäbischem Akzent, hatte aber sein Deutsch beinahe völlig vergessen. Mit einer den Zeitumständen trotzenden Sentimentalität legte er Wert darauf, dass seinen Söhnen die alte Sprache wieder vertraut werde. Die Mutter freilich, stockenglisch und Protestantin, setzte dieser Tendenz eine etwas verächtliche Gleichgültigkeit entgegen, und so behandelten auch die Schüler Herrn Camburg zunächst mit der Ironie einer überlegenen Rasse. Es gab sich allerdings bald.

Jedenfalls genügten diese Lektionen – zusammen wöchentlich neun – um die gemeinsame Existenz in der Charlbert-Street aufrechtzuhalten. Für Steiger hatte sich keinerlei Verdienst gefunden. So blieb er auf seine Verrichtungen als Oberstkämmerer und Truchsess beschränkt.

Eine Art von erstem, dürftigem, erschöpftem Behagen stellte sich ein.

## 5.

Sie wohnten billig. Aber sie hätten noch billiger wohnen können. Der Distrikt von St. John's Wood galt als eine »gute Gegend«, und der hochbezahlte Glanz der herrschaftlichen Häuserzeile vorne am Park färbte wenigstens finanziell auf die unfreundlichen Hintergassen ein wenig ab.

Ludwig hatte sich auch erst in anderen Stadtvierteln umgesehen. Einen Tag lang war er mit Steiger im Süden durch die Straßen von Walworth, Camberwell, Stockwell gezogen. Und wieder einen Tag und noch einen halben im Norden durch Kingsland und Islington. Zu zahllosen Zimmern waren sie auf schmutzigen Treppen hinaufgestiegen. Das Resultat war eine unsagbare Traurigkeit. Man musste wohl hier zur Welt gekommen sein, um an Freudlosigkeit nicht zu sterben. Alle diese Straßenzüge erschienen so düster, kalt und verdrießlich, und trotz ihrer Menschenfülle so öde. Man hatte überall das Gefühl, diese trübe Gleichförmigkeit ende nirgends. Der Gedanke, dass es irgendwo einen freien, unverrußten Himmel gab, grüne Flächen, rauschende Wälder, schien absurd. Und außerdem – es war eher lächerlich und dennoch wahr – empfahl es hierzulande selbst einen Sprachlehrer nicht, wenn seine Adresse Westmacott-Street Camberwell lautete oder Spitalfields-Market E. I.

Was Freudlosigkeit der unmittelbaren Umgebung betraf, so entsprach das Häuschen in Charlbert-Street ebenfalls bedeutenden Ansprüchen. Aber mit zweihundert Schritten war man im Park. Seine sanften Wiesen und lichten Wäldchen taten sich auf, ein See schimmerte, von Wasservögeln fröhlich bevölkert, und am Saume zeigten sich künstliche Felsgebilde, zackiges Wohngebiet für die Gemsen und Steinböcke des Tiergartens. Jetzt war noch Winter. Aber wie schön würde es sein, an einem Juni- oder Septembertag lesend auf einer Parkbank zu sitzen oder den spielenden Hunden zuzusehen, deren Tummelplatz diese Grasflächen waren.

Ihre Abende verbrachten sie immer zu Hause. Steiger hatte den Tisch abgeräumt, und sie machten es sich beim elektrischen Öfchen nach Kräften bequem, jeder mit einem Buch, das aus der Leihbibliothek stammte. Manchmal auch spielten sie Schach. Sie waren beide von Meisterschaft weit entfernt, Ludwig am weitesten, sie spielten gerade gut genug, um zu wissen, wie schlecht sie spielten. Aber der herrliche Kampf unterhält ja auf jeder Stufe. Mitunter drang das Gemurmel von unten herauf oder der ekstatische Aufschrei, dann hatten die Adepten für ihre zwei Schilling einen Vorhang sich geisterhaft bauschen sehen oder gar eine halb ausgeformte Hand sich bläulich bewegen im Dunkel. Und selten einmal, wenn es ganz still war und der Wind günstig, hörten sie hier in ihrer Stube jenes dumpfe Brüllen der großen Katzen.

Es kam vor, dass sich Ludwig unversehens vom Buche oder vom Schachbrett aufrichtete, die Augen schloss und tief Luft schöpfte, wie einer, der fürchtet, der Atem könne ihm ausgehen. Es waren die Augenblicke, in denen ihn das Bewusstsein seiner Lage pressend überkam. War es möglich, dass dies endgültig sein sollte, diese Existenz ohne Ausblick, in Gemeinschaft mit einem Freund, an den ihn doch Erinnerung und Mitgefühl stärker als anderes band.

Er brauchte Gewalt, um über solche Anwandlungen hinwegzukommen. Er stellte sich fremdes Schicksal vor, bei geschlossenen Augen: das von Arbeitern, die in deutschen Höllen unter der Zuchtpeitsche schrien, das von Heinrich Nothaft, dem der Büttel die Hände zerschlug, die nicht harmloses Leben hatten zerstören wollen, das von Wetzlar, den die hetzerische Meute in seinen Tod trieb. Ich darf atmen, gehen wohin ich will, denken wohin mein Gedanke mich führt, sagte er sich, ich bin glücklich, ich habe glücklich zu sein! Und so ging es vorüber.

Er sah nicht viel anders aus als ein Jahr zuvor. Sein Haar war wieder gewachsen, weich und dicht und jugendbraun lagerte es über der Stirn, und er hatte keine Ähnlichkeit mehr mit Herrn Ozols aus Riga. Von Erregung und Anstrengung war ein einziges Kennzeichen zurückgeblieben: ein vibrierendes Zucken am rechten Augenwinkel, nahe der Schläfe. Er hielt es erst für eine neuralgische Erscheinung, die verschwinden würde, und suchte es zu bekämpfen. Aber das feine Zucken blieb.

Da man ihm aus Prag seinen Koffer zugesandt hatte, erschien er auch gekleidet wie früher, ein junger Herr von unauffälligem Äußern, der überall präsentiert werden konnte.

Die wöchentlichen Empfänge im Hause James Einstein zum Beispiel waren nicht zu umgehen. Jeden Samstag wurde dort sozusagen offene Tafel gehalten. Herr Einstein nährte eine unorientierte, ein wenig großsprecherische Neigung für Künste und Künstler, freundlich und wahllos protegierte er darauf los, tat auch Gutes in seiner Art, und so begegneten sich an diesen Abenden jüdische und andere Bourgeoisie mit allerhand Kunstausübenden. Um die gedrängt stehenden, kleinen Tische, an denen ein reiches, aber nicht sehr delikates Diner mit guten Weinen serviert wurde, saßen zweitrangige Musiker, rollenhungrige Schauspieler, auch Schriftsteller mitunter, in überlautem Gespräch. Es war ein Bankett der halbbefriedigten Eitelkeit, dem Herr Einstein mit dem Gefühl eines florentinischen Mäzenaten jovial präsidierte. Seine englische Gattin nahm an diesen Veranstaltungen mit spürbarer Reserve teil, öfters auch gar nicht, und zog aus ihnen neuen Grund, sich überlegen zu fühlen.

Ludwig, auf dessen Erscheinen Herr Einstein nachdrücklich Wert legte, langweilte sich ausgiebig. Aber er hatte Ursache, dankbar zu sein. Er kam hier in nützliche Berührung mit lerneifrigen Leuten, und der Ring seiner Schüler erweiterte sich. Sehr bald waren aus seinen neun Wochenstunden fast zwanzig geworden.

Und es war ein festliches Ereignis für ihn, als er seine ersten Ersparnisse in die Tasche steckte, um in einem Kleidergeschäft an der Regent-Street Steiger zu equipieren. Denn bisher hatte der sich, was sein Äußeres anging, recht notdürftig behelfen müssen. Mit wehmütiger Freude sah er andern Tags den Fünfzigjährigen vor dem kleinen Spiegel stehen, bald vor – bald zurücktreten, die Krawatte zurechtrücken und an den Schultern zupfen, wo der Rock nicht ganz einwandfrei saß.

Da Steiger nun ausgerüstet erschien, suchte er ihn unter Menschen zu bringen, voll Mitgefühl für seine Isolierung. Er selber hatte allmählich mehr Umgang als ihm lieb war. Man lud den zurückhaltenden jungen Herrn mit der merkwürdig vibrierenden Schläfe überall ein, man reichte ihn weiter. Hätte er Lust daran gefunden, er hätte jeden zweiten Tag an einer der absonderlichen Veranstaltungen teilnehmen können, die unter dem Namen Cocktail-Parties beliebt sind, und bei denen man in drangvoller Enge, ein Glas mit scharfem Gebräu in der Hand, beisammen steht und mit angestrengt hervorgestoßenen Trivialitäten seine Nachbarn zu übertäuben versuchen muss.

Aber Steiger entschuldigte sich. Er kam nicht mit, nicht ein einziges Mal. Und doch sprach er nie zu jemand ein Wort, außer zu den Krämern hier um die Ecke in Henry-Street oder High-Street, oder zu Mrs. Carpenter. Er wollte es offenbar so.

Ludwig war verwundert. Schließlich kam er darauf, dass Steiger – es gab kein anderes Wort – es für unziemlich hielt, seinen Umgang zu teilen. Er hätte eine unstatthafte Gleichstellung darin erblickt. Dies gehörte zu seiner Fiktion, zu der Legende, an der er festhielt. Zu jener selben Haltung, mit der er aufstand, wenn Ludwig ins Zimmer trat, mit der er ihm seinen Sessel zurechtrückte, zu seiner Gesprächsform. Die Hoheitsbezeichnung zwar erlaubte er sich selten mehr, sie erschien wohl auch ihm bei diesem bescheidenen Zusammenhausen absurd. Aber er vermied es nach Möglichkeit, Ludwig direkt anzureden, und verlor sich, um dem »Sie« auszuweichen, in eigentümliche Konstruktionen. Mehr und mehr verspann er sich wieder in seine historisch-dynastische Traumwelt. Seine Lektüre war ausschließlich von dieser Art. Was immer die Leihbibliothek zur Geschichte des Coburgischen Hauses und der verwandten sächsischen Linien zu bieten hatte, er fand es heraus. Ludwig sah die Memoiren des Herzogs Ernst in seiner Hand, die Werke von Grey und von Martin, die Staatsdepeschen der Königin Victoria. Und er ließ ihn in seiner Welt.

Auch er selber hatte sich spezialisiert. Die Vorbereitung seiner Lektionen, erst nur Notwendigkeit, fing an ihm Freude zu machen, ihn bis zur Passion zu beschäftigen. Er hatte damit begonnen, sich eine Sammlung deutscher Redewendungen anzulegen, eine Art leichtfasslicher Stillehre zum Gebrauch seiner Schüler. Aber dies führte ihn tiefer hinein in das geheime Schacht- und Minenwerk der Sprache, die ihm bisher selbstverständlich gewesen war. Es verlockte ihn, ihren Schwingungen nachzuspüren, ihren Subtilitäten und letzten Verschlagenheiten. Immer häufiger kam es vor, dass er den Bleistift sinken ließ und einer lebensvollen Wendung nachhing, in der die Stimme lang vergangener Bauerngeschlechter noch klang oder der Hammerschlag einer Handwerkerzunft oder ein Landknechtskommando. Genauigkeiten, Konkretheiten, gingen ihm auf, die er achtlos hingenommen hatte. Es war, als werde die Sprache, die flächig gewesen war, für ihn dreidimensional.

Er begann sie mit einer neuen Bewusstheit zu lieben. Herrlich müsste es sein, in dieser Sprache zu arbeiten und zugleich an ihr – ihr vielleicht einen noch ungekannten Ton zu entlocken. »Sie wollen doch, verzeihen Sie das harte Wort, so etwas sein wie ein Schriftsteller«, hatte eines versunkenen Tages jemand zu ihm gesagt. Eine erste Möglichkeit hiervon stieg aus dem blauen Heft zu ihm auf.

»Ich habe etwas zu bekennen«, sagte Steiger nun schon zum zweiten Mal. Ludwig kehrte aus seinen Träumen zurück. Er lachte. »Bekennen? Was haben Sie angestellt? Sicher bekommt Mrs. Carpenter ein Kind, und Sie müssen sie heiraten!«

»Ist an meiner Buchführung nichts auffällig gewesen?«

»Mir nicht, Steiger. Freilich, ich bin nicht genau.«

Er amüsierte sich. Der Freund bestand darauf, täglich über seine Ausgaben für den Haushalt Rechnung zu legen. Suppe in Büchsen 5 pence stand da, Zucker 2 pence.

»Bei etwas Aufmerksamkeit hätte es auffallen müssen, dass mehrmals ein Schilling notiert war, ohne nähere Angabe.«

Es stellte sich heraus, dass Steiger wiederholt, mit dem Gefühl von Raub und Sünde, den Tiergarten aufgesucht und das Eintrittsgeld dort bezahlt hatte.

Ludwig konnte nicht sogleich sprechen. »Ich glaube, Sie machen Witze mit mir«, sagte er dann, »warum zum Donnerwetter sollen Sie nicht in den Zoo gehen!«

Aber er hatte völlig begriffen, was alles Steigers »Geständnis« in sich schloss: die Vereinfachung bis zum Kindlichen, die unterm Druck der Erlebnisse mit ihm vorgegangen war; die Einsamkeit seiner langen Tage; die Flucht aus Mrs. Carpenters freudloser Sphäre in die Welt der fremden Wesen. Er hatte seine Beichte abgelegt wie ein Kind, es zog ihn zu der Pforte, wo der Eintritt einen Schilling kostete, mit dem Wunderdrang eines Kindes. Auch an dieser Seele war ein Mord begangen worden, ein Mord wie an Rotteck. Nicht nur das Blut der Erschlagenen schrie gegen die Henker.

Opfer fallen hier,
Weder Lamm noch Stier,
Aber Menschenopfer unerhört.

Die unsterblichen Zeilen drängten sich ihm ins Bewusstsein, so stark, dass er unwillkürlich die Lippen bewegte.

Gleich andern Tages bestand er darauf, Steiger an den Ort seiner Sünden zu begleiten. Mit festlich aufgeregter Miene führte der Freund ihn umher. Wirklich, er musste manchen Schilling hier ausgegeben haben; er kannte sich aus.

Er führte Ludwig seine Lieblinge vor, die Vögel besonders: Reiher, Marabus, und den Königsfischer, dessen Schrei klingt wie Menschengelächter. Im Papageienhaus schnatterten hundert grellbunte Plapperer von ihren Stangen, an denen sie affenmäßig verwegen turnten, die buschgekrönten Köpfchen nach unten. Aber Steiger liebte besonders einen großen, ganz schwarzen Kakadu, der vornehm ruhig saß und kein Wort sprach.

Flamingos standen in ihrem kleinen Sumpfrevier auf Beinen, die dünner waren als das dünnste Röhricht um sie, schimmernd und leuchtend in allen Farben der roten Palette, vom hauchzarten Rosa bis zum heftigsten Inkarnat.

Doch am längsten verweilte er mit Ludwig vor den Käfigen der großen Räuber, der Kondore und Adler, von denen jeder allein saß in seinem Gefängnis, aus steinernen Augen am Eisenschnabel vorbeiblickend in eine verlorene, wilde Freiheit.

## 6.

In diesen gewaltigen Kuppelraum, den Lesesaal des Britischen Museums, mündete, unweigerlich fast, der Weg der Heimatlosen, Verbannten. Gleich als Ludwig zum ersten Mal niedersaß an einem der lederbezogenen Arbeitstische, wurde ihm wohl und feierlich. Tiefe, verschlossene Stille. Kein Laut vom rasselnden Atem der Millionen draußen. Ein Grab des Lebens, aus dem der Geist sich aufschwingt, empor zur immensen Wölbung dort oben, die an die schönste Kuppel der Welt gemahnt, an die im Pantheon.

Rom und Antike, der Begriff stellte sich ungesucht ein. Dieser Lesedom war nicht unwert der Wunder aus Ephesus und Athen, die von den gleichen Mauern umfasst werden. Mit einer Art Andacht schweift der Blick um den Ringwall von Büchern, die Galerien entlang, auf denen die Figuren der nachschlagenden Leser klein wie Puppen erscheinen. Denn was hier im Saale aufgestellt ist, das sind Nachschlagwerke,

Lexika, bloße Wegweiser hinein in die Unerschöpflichkeit der eigentlichen Schatzkammer. Jeder, der hier hereintritt, besitzt eine Bibliothek von vier Millionen Bänden. Er hat nur nötig, einige der Zettel auszufüllen, die auf dem schwarzen Leder bereitliegen, und ein stiller Diener legt, was er begehrt hat, vor ihn aufs Pult.

Hier konnte man Jahre zubringen. Einer, den Zeitlauf und Schicksal vom lebendigen Wirken ausschloss, konnte sich wohl ein Dasein vorstellen, in dem er draußen für seinen Unterhalt notdürftig sorgte, die eigentliche Existenz aber hier vergehen ließ, in den hundertsprachigen Schächten des Geistes. Hier konnte man vergessen, dass man jung war, Sonnenlicht vergessen, lockenden Zufall und das Glück der Menschenbegegnung. Morgen um Morgen kam man hierher, schon war der Tisch gerichtet für einen, die Bücher lagen bereit, die Bücher wechselten, die Beamten am Mitteltisch wurden versetzt, wurden zu alt oder starben, man selber hatte schon graues Haar. So hatten Menschen gelebt.

In dieser stillen Luft hatten Philosophen und religiöse Denker geatmet, die Staatsmänner, die in drei Generationen das Imperium ausgebaut hatten, die Dichter, die seine Zunge und sein verlässlichster Ruhm waren. Hier hatten sie mit dem Ärmel ihre künftigen Feinde gestreift, jene, die an den Stützpfeilern ihrer Gesellschaft zu rütteln bestimmt waren. In diesem Saale hatte Marx ›Das Kapital‹ geschrieben. An diesen Tischen, kleinbürgerlich angetan, hatte der kuppelstirnige Lenin gesessen. Hier sogen sich stille Asiaten voll mit den Wissenssäften einer Welt, als deren Erben sie sich betrachteten: großmütig und selbstsicher verschenkte der Westen seinen teuer erarbeiteten Besitz. Hier war Roms Herz, wenn England Rom war. Es gab keine Menschenfarbe, die hier noch nicht gesehen worden, keine Menschensprache, in der hier nicht gedacht worden war. Diese totenstille Halle war bunter als der farbigste Hafenplatz. Hier kann es dir geschehen, dass du zur Rechten einen Hindu hast, über frühchristlichen Manuskripten beschäftigt, und zur Linken einen ebenholzhäutigen Herrn mit weißem Kraushaar und scharfer Brille, der Pringsheim'sche Mathematik studiert. Hier vermischt sich in einer stummen, dauernden Hochzeit jederlei Blut mit jederlei Geist.

Ludwig war mehrmals hergekommen, um sprachliche Nachschlagewerke zu konsultieren. Er tat es mehr aus Neigung als aus Notwendigkeit, weniger für seine Schüler als für sich. Das große Oxforder Lexikon besonders hatte es ihm angetan, dies vollkommenste Wörterbuch der Erde, das unerschöpfliche Bergwerk menschlichen Ausdrucksvermögens, erleuchtet bis in die untersten Adern.

Er hatte sich auch heute einige von den 30 Bänden auf seinen Lesetisch getragen, zwei deutsche Grammatiken außerdem. Er schlug auf, blätterte, ging zurück, machte sich seine Notizen, hielt sich länger auf als nötig gewesen wäre, bezaubert von so viel profunder Genauigkeit und solidem Reichtum.

Dann träumte er über die Bücher hinweg in die Lautlosigkeit der Wissenshalle. Es war fast jeder Studierplatz besetzt, dreihundert Leser mochten anwesend sein, einer nahe dem andern an den langen Tischen, aber durch Mauern des Schweigens voneinander abgeschieden, jeder in seiner gesonderten Welt. Wie jedesmal, wenn sein Blick über die vielen geneigten, braunen und weißen Häupter ging, tauchte Rotteck vor ihm auf, Rotteck verhundertfacht, schreibend an seinem Prager Fenster. Und wie jedesmal, so spürte er auch jetzt in seinem Herzen den scharfen Biss der Reue.

Er hatte gefehlt gegen ihn, nicht menschlich nur – davon dachte er mit hastiger Anstrengung weg. Er hatte auch gefehlt als sein Schüler. Rotteck hatte ihn einen Weg geführt, und er war ihm nur ein kleines Stück weit gefolgt. Er dachte an seine Arbeit zurück, an das Goya-Manuskript, die vielen engbeschriebenen Foliobogen. Es schien Jahrhunderte her zu sein, seit er den letzten Federstrich daran getan hatte. Aber es waren noch nicht zwei Jahre. Er erinnerte sich genau an den Tag. Es war der Tag vor jener Nacht, da er von seinem Hinterfenster hinuntergeblickt hatte auf die violetten Mordpüppchen im Hof. Sie waren noch kleiner gewesen als dort auf der obern Galerie die Figürchen vor den Nachschlagewerken. Wo mochte das Manuskript jetzt sein? Verstreut wie sein übriger Hausrat, in einem Winkel verstaut, wahrscheinlich als wertlos verheizt.

Wertlos, das war es gewiss. Es verschlug wenig, ob man von Karl dem Vierten sechzehn Bildnisse kannte statt dreizehn. Immerhin, er hatte tausend emsige Stunden und auf Reisen viel Forschungsmühe an diese Arbeit gesetzt. Und schließlich war sie auch mehr und war Besseres geworden als nur ein Katalog. Die Porträtierten lebten in seiner Beschreibung, ja auch der Maler begann schon zu leben. Rotteck hatte angefangen, zufrieden zu sein ... Es war doch schön gewesen, an etwas zu bauen, und war es auch nur am dunkelsten Seitenkapellchen im Dom einer Wissenschaft.

Ein Verlangen kam ihm, durchs Domfenster einen Blick zu tun auf die verlassene Arbeitsstätte. Es war leicht zu befriedigen, nirgends leichter als hier. Er füllte ein paar Verlangzettel aus, aufs Geratewohl und aus dem Gedächtnis. Er verlangte Reproduktionen und zwei, drei Werke über den Meister. Wie geläufig sich alles noch einstellte. Name, Erscheinungsort, Datum! Yriarte, Paris 1867, schrieb er hin, Viñaza, Madrid 1887.

Dann wartete er. Die große Uhr dort oben zeigte vier. In Prag war es jetzt fünf. Da ging Rottecks Arbeitstag noch längst nicht zu Ende. An seinem Fensterplatz saß er und schrieb.

Als die Bücher kamen, schlug Ludwig das auf, das zuoberst lag. Es geschah mit Herzklopfen wie bei einem schicksalbedeutenden Wiedersehen. Das Buch klappte an einer Stelle auseinander, an der eine farbige Tafel eingeheftet war. Es war eine sehr gute Reproduktion. Und es war ein furchtbares Bild.

Einsam der Ort, zwischen kahlen Hügeln, nah einer Stadt. Vor dem Nachthimmel, geisterhaft, ihre Mauern und Türme. Soldaten vollstrecken ein Todesurteil. Am Boden, als Lichtquell, eine riesenhafte Laterne, sie sieht aus wie ein leuchtender Koffer. Scharf fällt ihr Strahl auf die Opfer und auf die nackte Sandwand dahinter. Schon Gemordete liegen in Blutlachen, die Münder noch offen vom letzten Schrei. Der jetzt an der Reihe ist, einer in grellweißem Hemd und grellgelber Hose, breitet die Arme weit aus, sein afrikanisch braunes Gesicht in entsetzter Entschlossenheit dem Tod zugewendet. Um ihn jene, die folgen werden, ohnmächtiges Schlachtvieh, die Hände vors Gesicht geschlagen, die Fäuste schüttelnd, hineinbeißend in ihre Fäuste, Verzweifelte, Rasende, heilig Ergebene. Ein ganzes, betrogenes, geschändetes Volk in *einer* Gruppe des Jammers. Vor ihnen, zur Rechten, im halben Dunkel, das Mordpeloton, sieben, acht Mann – aber nicht einzelne sind das, nicht Mensch und Menschengesicht, es ist die Maschine, das präzis funktionierende Mordinstrument der Gewalt.

Ein Schrei gegen Unrecht und Missetat das ganze Bild, ein Hilfeschrei aller Zertretenen, die waren und sein werden.

Ist dies Napoleons Zeit, Spanien, das Gemäuer vor dem schwarzen Himmel Madrid? Nichts braucht man zu wissen. Denn es ist ewig dasselbe.

Dies ein Werk aus der Zeit des kalten und leeren Empire? Unglaublich. Dies von der gleichen Hand, die noch Rokokofreuden gemalt hatte? Völlig unglaublich. Aller Mut, jeder Ausdruckswille spätester Kunst war hier schon vorweggenommen. Was war das für ein ungeheurer Mensch, der da durch die Zeiten schrie!

Ludwig schlug einen Band auf, der nichts als Bilder enthielt.

Es waren die ›Desastres de la Guerra‹. Er kannte sie gut, kannte jedes einzelne radierte Blatt in der Sammlung. Aber er wusste schon, dass er diese »Kriegsgräuel« heute anders anschauen würde als ehemals; Was ihm selber die Brust zersprengen wollte, Nacht um Nacht, hier hatte einer die unbegreifliche Seelenkraft besessen, es Kunst werden zu lassen. Hier war mit unersättlicher Trauer, achtzigmal gestaltet, was der *Mensch* fühlte vor dem stumpfen Hohn der gemeinen Gewalt. Vor Verwüstung und schnöder Untat, die der Bestialismus wollte und organisierte und anpries – damals und heute und immer.

Achtzigmal Elend. Leichen, Leichen, Leichenberge am Boden. Kinder und Weiber vorm Flintenlauf. Da hockt ein Gepfählter mit abgeschnittenen Armen. Eltern suchen unter den Hingestreckten ihren Sohn. Im Spittel flehen taumelnde Skelette die Siechen um Hilfe an. Aufgereiht am Strick ziehen Opfer über die Heide. Männer in Ketten, knirschend im Mauerloch. Da baumelt einer am Baumstrunk, im letzten Hemd, vor ihm lagert sein Henker, in behaglicher Pose, genießend. »Den wären wir los«, steht darunter.

Hingekritzelte Aufschreie überall: »Barbaren!« – »Wilde Tiere sind das!« – »Seid Ihr dazu geboren!« – »Da hilft kein Weinen!« – »Ich hab's gesehen!«

Unter einem Blatt aber, fast am Ende der Reihe, standen diese Worte: »Die Wahrheit starb.« Da liegt sie hingesunken, zur Strecke gebracht, eine weiße Frauenfigur, eher ein sanftes Bürgermädchen als eine Göttin, aber lorbeerumwunden das Haupt. Hinter ihr, schattenhaft, ein Gefühl von Fratzen, die Meute der Hetzer und Meuchler, der Feigen und Heuchler, ihnen allen ist sie erlegen. Ihre Stimme schweigt, aber schweigt sie wirklich auf immer … Im Bande folgte ein letztes Blatt, ein allerletztes. Da taucht sie empor aus dem Grab, umleuchtet von überwirklichem Licht. Die sie gemordet haben, Purpurschänder, falsche Propheten und feile Richter, alles was von der Lüge leben will, sucht sie zurückzustoßen ins Finstre. »Wird sie auferstehen« – und ein Fragezeichen.

Nein, dies hieß nicht mehr Spanischer Aufstand, 1809, Marschall Soult. Es war eine ewige Gegenwart. Das Grauen dieser Radierungen, ihre brennende Pein – sie waren in jedem fühlenden Menschen, wenn er heute am Morgen seine Zeitung aufschlug. Genau dies stand der Welt aufs Neue bevor, im nächsten Jahr oder am nächsten Tag.

Man schrieb März 1936. Deutschland war völlig »erwacht«. Nun riss man sich dort mit Gebrüll die letzten Larven herunter. »Stärkste Militärmacht der Welt!« gellte es dem Kontinent in den Ohren. »Weg mit Verträgen! Verträge sind Fetzen! Wir rüsten, wir befestigen, wir fordern, wir drohen, wir werden erzwingen!« Böses Gewissen in jedem Geschrei. Feige wie nur die Brutalität feige ist, hält man sich schielend zum Rückzug bereit – vor dem ersten männlichen Wort.

Aber es kommt nicht, das Wort. Die europäischen Mächte konferieren. Die europäischen Mächte bedauern Vertragsverletzung. Die europäischen Mächte raten milde zur Einkehr. Die Einkehr wird brüllend verweigert. Die europäischen Mächte nehmen das höflich zur Kenntnis.

Jeder weiß, wie es steht dort in dem geknebelten Lande. Der Volkskörper ausgeblutet, die Wirtschaft verreckend, was sie ihr Geld nennen, so gut wie Tapetenpapier. Einmal muss es ja losbrechen, das stampfende Ungeheuer, mit Hauern und Klauen, nachdem man ihm alle Säfte und Kräfte verfüttert hat. Es wird ja nicht gerade wieder in Spanien sein! Spanien ist ruhig in diesem Frühjahr. Spanien liegt abseits. Geschichte wiederholt sich nicht so genau. Wohl aber wiederholt sich Tyrannei und ihr Schicksal. So musste damals ein Weltherr, ein wirklicher, auf immer neue Entladungen sinnen, ein Jahrtausendgehirn, nicht irgendeine alberne Imitation von Imitationen. So brach er in Spanien ein, endlich in Russland, und zerschmetterte erst seine Hunderttausende und zuletzt sich selbst. Ewig zahlt das Volk. Ewig baumeln Verstümmelte an den Bäumen, ewig schwingt ein rasender Bauer das Beil, ewig ziehen am Strick die zum Tod Bestimmten über die Heide.

Der das geschaut, gewusst und für immer aufgezeichnet hatte mit der Radiernadel – wie unter einem Nachtgewitter zuckte seine Gestalt vor dem Erschütterten auf. Er sah nicht mehr Einzelheiten dieses Werks und dieser Laufbahn, es war ein Inbegriff, war eine Vision, was über ihn kam. Das Leben des Malers Francisco de Goya zu schreiben – nie hatte ihn auch nur der Gedanke berührt. Jetzt war er da und war schon ein Zwang.

Da stand der Mann, eine Riesenfigur, an der Scheide zweier Zeitalter, doppelgesichtig. Ein Gesicht noch der alten, heiteren Welt zugekehrt, sie schwelgerisch auskostend, in Bildern von klarem Glanz ihr zärtlichster Sohn. Das andere einer neuen Zeit zugewendet, der der Massen, Maschinen, keuchenden Kämpfe. Ganz für sich stand er da, inmitten einer Generation, die in ihrer Kunst nur das Flache und Schwache hervorbrachte. Er spannte seine Arme aus über zwei Jahrhunderte Malerei. Da er zur Welt kommt, erinnern sich alte Leute noch an Velazquez, und da er stirbt, wird Manet geboren. Und was für ein Dasein! Welch ein Lauf vom Bauernsohn zum goldüberschütteten Maler einer todgeweihten Gesellschaft, auf den auf der Höhe eine furchtbare Trauer fällt mit der Ertaubung, die einsam macht. Der das Holde liebend geformt hat, wird heimisch unter Dämonen. Der Bettfreund der Grandenfrauen umarmt Gespenster. Seinem Pinsel und Stift ist keine Bewegung zu wild, das Ungeheuerliche nicht grässlich genug, der Abgrund zu flach. Und aus dem Abgrund vernimmt sein taubes Ohr den eisenkehligen Schrei nach der Freiheit. Er war sehr berühmt gewesen, jetzt ist er allein. Sein Werk ist verstreut, halb verloren, er trägt nicht Sorge, die Blätter zu sammeln. Es ist ja doch alles ins Wasser geschrieben. Auch Kinder von Fleisch und Blut hat er gehabt, viele, zwanzig wohl an der Zahl, alle sind tot, es lebt ihm ein einziger Sohn. In einem Landhaus sitzt er, mit dem Blick über kastilische Öden. Selten kommt noch ein Freund. Seinen Pinsel in der Hand geht der Abgeschlossene durch die Zimmer und bedeckt alle Wände mit undeutbaren Gesichten. Niemand braucht sie zu sehen. Niemand würde sie je begreifen. Manchmal kratzt er sie ab und malt noch Entsetzlicheres, eine Hexen- und Spukwelt, Grauen und Bosheit und zerreißenden Schmerz, leichenfahl oder frischblutend – und dazwischen, sehnsuchtsvoll, ein Stück Himmelsblau oder Erdengrün. War es eine Flucht in den Wahnsinn? War die Last des Mitleidens nicht mehr zu tragen? Trost gab es ja nicht. Er war nie gläubig gewesen. Hatte er Kirchenbilder gemalt, immer wurden sie schlecht.

Aber es war nicht der Wahnsinn. Aus den Schwaden der Höllenvisionen taucht ein fester, ruhiger Alter hervor. Von neuem malt seine Hand Volksfiguren und Bildnisse, seine schönsten, griechisch klar, leuchtend einfach, froh und real. Er ist gesund geblieben der Meister, er war niemals krank. Und fast schon achtzig nimmt er den Stab und verlässt sein Land. Als ein freundlicher Greis lebt er die spätesten

Jahre in Frankreich. Und legt sich, der von nichts als Spanien gewusst hat, in Frankreichs Erde zur Ruhe, über die längst kein Dämon mehr herrscht –

Ludwig hörte, dass jemand ihn anrief. Er tauchte empor wie aus einem tiefen Brunnen. Im Saale war niemand mehr. Die Uhr zeigte sechs. An der Türe der Pförtner klapperte mit seinen Schlüsseln.

## 7.

Er machte den Lesedom zu seiner Heimat. Man kannte ihn schon, er war eingereiht.

Dreimal in der Woche kam er am Morgen her und dreimal am Nachmittag. Es war ihm geglückt, seine Lektionen so zusammenzulegen, dass dies möglich wurde. Und er vollführte die doppelte Aufgabe mit der Unabnutzbarkeit eines Menschen, der noch nicht dreißig ist. Zum ersten Mal durchdrang ihn das Gefühl, dass er etwas vollenden könne, zu etwas berufen sei. Er rannte einen steilen Berg hinauf mit unverbrauchten, kräftigen Lungen.

Es drängte ihn zu seiner Arbeit, wie es einen zu seiner Geliebten drängt. Dass der Autobus langsam fuhr und zwanzigmal anhielt, machte ihn wild vor Ungeduld. Endlich durchschritt er das Atrium, den kleinen Gang, die innere Tür, und da war gleich zur Rechten sein Platz. Er sah ihn jedesmal mit einem neuen Glücksgefühl wieder.

Er liebte alles an ihm.

Das schwarze Leder der Tischplatte, die herunterzuklappenden Bücherpulte zu beiden Seiten, auch sie mit Leder bezogen und sogar gepolstert, die zwei Plätzen gemeinsame Hängelampe, die an so vielen trüben Londoner Tagen entzündet werden musste. Den alten Diener, der ihn mit einem zurückhaltenden Lächeln grüßte, den umlaufenden Fries mit den Namen der englischen Schriftsteller, die Stille, die Kuppel mit ihrem gläsernen Auge, über das die Schatten der Wolken zogen.

Er erzählte dies Leben. Die Umwelt von Goyas Kindheit und Jugend, sie war da vor seinen Augen, die strenge, unerbittliche Landschaft von Aragon, der ärmliche Flecken vor Zaragoza, wo er zur Welt kam, dann die seltsame Stadt selbst, abweisend steinerner Traum, Alptraum fast, mit der schwarzen Madonna als innerstem Heiligtum.

Er war zweimal dort gewesen. Mit unvermuteter Klarheit lebte das Land noch in ihm. Er kannte auch seine Menschen. Der Bauernbursche

Francisco, Malschüler in Zaragoza, er war ihm physisch vertraut. Groß und breit über seine Jahre stand er da, überschäumend stark, zum Welteinreißen. Ludwig spürte seinen Mut, seine Beweglichkeit. Er kannte den früh Verliebten, den Fenstersänger und Lautenschläger, den kein heranklirrender Polizeisäbel schreckt. Den eifersüchtigen Raufer, den Händelsucher, Haupt einer Rotte, die mit schallendem Lied durch die Häuserschluchten marschiert, anmaßende Herren der Welt. Ein böser Handel sodann. Es liegt einer tot. Der Anführer muss sich verstecken. Fromm ist er auch nicht, sein Name steht im schwarzen Buch der Inquisition. Sie helfen ihm fort. Mit neunzehn Jahren ist er schon in Madrid.

Ludwig schrieb zuerst fast ohne Besinnung. Er überlas nicht, was dastand, aus Angst, alles werde ihm schal und nichtig vorkommen. Und mit Erstaunen merkte er eines Tages, dass er sicher war. Dass ihm die Sprache sich wirklich darbot, dass seine Sätze ihren festen Gang hatten und den Atem des Lebens. Freilich, es war nicht überall er selbst, der da schrieb! In mancher Kadenz, in der Art wie ein Abschnitt endete, erkannte er noch den Stil seines Meisters. Er löschte das nicht hinweg. Dann wurde die Abhängigkeit schwächer, und sie verlor sich.

Draußen waren jetzt schöne Tage. Die Sonne kam durch den Ruß. Von den Blumenkarren, die an den Ecken hielten, duftete es weithin. Im Park die Terriers und Collies tummelten sich auf Wiesen, die einen smaragdenen Schimmer annahmen.

Er sah das flüchtig, zehn Minuten am Morgen, wenn er zur Arbeit ging. Die Vorstellung, auf einer der Bänke hier mit einem Buch zu ruhen, hatte sich noch keinmal erfüllt. Steiger allein kam hierher und nährte aus alten Staatspapieren seine dynastischen Phantasien.

Die Leserschaft in der Bibliothek war jetzt weniger zahlreich. Öfters blieben neben Ludwig zu beiden Seiten die Plätze leer. Es fiel ihm kaum auf. Er kannte nicht ein Gesicht. Wohl aber kannte er die Gesichter der drei Stierkämpfer, mit denen zusammen sein Goya sich nach dem Hafenplatz durchschlug, um aufs hohe Meer und so nach Rom zu gelangen. Denn Goya war jetzt in Rom. Schon kletterte er an Sankt Peter empor, um in gefährlicher Höhe seinen unberühmten Namen in die ewige Kuppel einzukratzen.

Eines Nachmittags im April – die Sonne blitzte durch das Lichtauge oben – sah Ludwig neben sich, zur Linken, eine Hand liegen. Es war eine weibliche Hand, und sie ruhte ganz still auf der Grenzscheide zwischen Ludwigs Bezirk und dem nächsten. Er sah einen Augenblick nach ihr hin und vergaß sie. Aber nach einer Viertel- oder halben Stunde, als sein Blick zufällig wieder die Richtung nahm, lag sie immer noch da, genau in derselben Stellung wie vorher. Die Frau, der sie gehörte, konnte in der ganzen Zeit ihre Körperhaltung nicht geändert haben.

Es war eine bräunliche Hand, an den Knöcheln etwas tiefer gefärbt, zart, gestreckt und erstaunlich schmal. Ihr Rücken war nicht breiter als bei anderen Menschen drei Finger sind. Es war die adeligste Menschenhand, die er seit vielen Jahren gesehen hatte – seit wie lange denn schon? Seit dem Tod seiner Mutter. Ja, diese Hand glich der seiner toten Mutter Anna Beatrix.

Ihr Gelenk war ganz eng von einem ziemlich groben, blauen Wollstoff umspannt, und darüber trug die Leserin ein Armband, breit und biegsam, aus vielen kleinen Silberplättchen zusammengesetzt. In dieses Armband war eine Münze eingelassen.

Er erkannte die Münze. Es war Arethusa – wer sonst. Es war das Haupt der jugendlichen Göttin, ihre Stirn, ihr Mund, das ernste liebliche Lächeln. Die ersten Lettern des Stadtnamens waren deutlich zu lesen, und am Rande wiegten sich Fischlein.

Es war die Dekadrachme von Syrakus.

Ludwig richtete sich auf seinem Stuhl in die Höhe, vorsichtig, um die Nachbarin zu betrachten. Das Leder krachte ein wenig, es scholl ihm laut. Er wandte langsam den Kopf nach ihr.

Er wusste nicht sogleich, ob sie es war. Er fragte nicht einmal sehr eindringlich danach. Er wusste nur, dass sich in diesem Moment sein Dasein veränderte.

Sie saß da, das Haupt in die Linke gestützt, und schaute auf ein großes Buch, das sie vor sich hingelehnt hatte. Nichts verriet in ihrem Gesicht, dass sie den Druckzeilen folge. Es sah eher aus, als träumte sie durch das Buch hindurch.

Von ihrem Auge war nichts zu sehen, als ein seidiger Schleier hing die schwarze Wimper davor. Von dem kleinen Ohr, das ausgeformt war wie ein Schmuckstück, war das glatte und reiche Haar weggestrichen, dunkel, nächtig dunkel, von »purpurner Schwärze«, und gab eine schmale Wange frei, die bräunlich erschien, wüstenhaft fast. Aber die kleine, gerade Nase war Arethusas, und es war Arethusas rundes und festes Kinn. Ihr Mund hatte sich leicht geöffnet in der Versunkenheit, es war ein Mund mit vollen, etwas zu vollen Lippen, dessen Ausdruck schmerzlich wirkte, und der trotzdem – oder war es deshalb – ein wehes Begehren erweckte. So saß sie und träumte durch ihren Folianten hindurch.

Er wagte nicht, lange hinzusehen. Ja, sie musste es sein. Hatte er denn nicht auf diese Wiederbegegnung gewartet, seit sie damals mit strömenden Tränen auf dem Holzstuhl gesessen hatte im Haus seines Vaters, neben dem flammenlosen Kamin?

Dann begann er zu zweifeln. Er hatte sie damals kaum angesehen. Eigentlich konnte er sich nur an ihre Tränen erinnern. Und diese Münze – sie war nicht die einzige, die sich gerettet hatte durch die Jahrtausende.

Er musste sie fragen. Aber es kam ihm vor, dass seine Stimme, auch flüsternd, wie Donner schallen würde im stillen Saal.

Er trennte von einem Manuskriptblatt einen Zettel ab und schrieb darauf: »Ich glaube, dass Sie Ruth Wetzlar sind. Darf ich mit Ihnen sprechen?« Und er schob ihn neben die Hand mit der Münze.

Die Hand rührte sich nicht. Die Frau schien den Zettel gar nicht zu bemerken. Aber auf einmal wandte sie Ludwig den Kopf zu und maß ihn aus schwarzdrohenden Augen, mit einem vor Ablehnung fast kranken Gesicht. In ihrem Blick war Widerwille und Verachtung und zugleich eine wunde Scheu und Angst. Gegen diesen Blick gab es keine Berufung.

Gleichzeitig ergriff sie das Blatt, knitterte es mit einer krampfigen Bewegung zusammen und schleuderte den Knäuel zu Boden.

Dann versuchte sie zurückzukehren zum Buch. Aber sie war gestört, ihre Lust an Traum oder Lektüre dahin durch die Impertinenz dieses Unbekannten. Sie stand auf, nicht sehr leise, sondern mit Nachdruck, legte ihr Buch am Aufsichtstisch nieder und war schon beim Ausgang.

Einen Augenblick noch, und er konnte sie nicht mehr erreichen. Schon musste sie durch den Vorraum hindurch sein, die Stufen hinunter, sie verschwand unter den zehn Millionen.

Er ließ seinen Arbeitsplatz liegen so wie er war und stürzte ihr nach. Er rannte über die majestätische Treppe, durch den weiten Vorhof, durchs Gittertor.

Great Russell-Street war fast menschenleer. Gerade dem Tor gegenüber, vor dem Thackeray-Hotel unterhielt sich der Portier mit einem Taxichauffeur.

Er sah sie nicht mehr. Linkshin war es zu weit bis zur Straßenkreuzung, die konnte sie nicht erreicht haben. So lief er nach rechts. An der Ecke von Museum-Street hielt er an und hielt Ausschau.

Da war sie – ein gutes Stück schon entfernt. Schlank und groß ging sie dahin, mit starken, noch immer unmutigen Schritten. Sie trug keinen Hut. Das purpurn schwarze Haar lag ihr an wie ein Helm.

Er rannte einfach hinter ihr drein. Es war als spürte sie es, sie beschleunigte noch ihren Schritt. Aber er lief wie einer, der um sein Leben läuft. Auf einmal war sie verschwunden. Und wie er selbst um die Ecke bog, prallte er fast an sie an. Sie stand vor dem Lädchen eines Buchhändlers und blickte hinein. Noch atmete sie tief von ihrer Flucht.

Sie richtete wieder groß ihre Augen auf ihn, diese Augen voller Nacht, Scheu und Missachtung. Sie öffnete zornig den Mund.

Er hob seine Hand. »Ruth. Ruth. Ruth«, sagte er langsam, »da sind Sie. Ich habe Sie immer gesucht.«

## 8.

Zwar wurde sie ruhig, als er ihr sagte, wer er sei, aber es war keine Freude in ihren Augen, kein rechtes Erkennen, kein Echo für das stürmische Wiedersehensglück, das er selber empfand. Sie wendete nichts weiter ein, als er vorschlug, irgendeine Teestube aufzusuchen, um da in Ruhe zu sprechen. Nur schien sie nicht zu finden, dass zwischen ihnen viel zu besprechen sei.

Es störte ihn nicht. Er fühlte sich kräftig, jedes Hemmnis zu überrennen. Aber wie sie in dem kleinen Raum als die einzigen Gäste einander gegenübersaßen, wusste er nicht wo beginnen und redete, zu seiner Beschämung, belangloses Zeug. Sie betrachtete ihn mit traurigem Spott.

»Was haben Sie für ein Zucken da an der Schläfe?« sagte sie auf einmal, und eigentlich war es das erste, was er von ihr vernahm. Sein Leidenszeichen, sein Lebensmal, sie nannte es sogleich beim Namen. Die Frage kam wie ein Schock für ihn und dennoch vertraut, ganz natürlich.

Ihre Stimme war tief, süß und klingend, und erweckte die unmittelbar körperliche Vorstellung ihres schmalen Rückens, der wie ein Geigenrücken erzittern musste unter dem vollen Laut. Ludwig war, als liege seine Hand auf diesem Rücken, und er spüre sie leben. Vom ersten Augenblick an war er sinnlich verliebt in das dunkle, schöne Wesen und zugleich voll einer behutsamen Zärtlichkeit, einem Wunsch zu schützen und zu stützen. Und er wusste nicht, was beglückender war.

»Das Zucken da«, sagte er, »ich weiß nicht recht, was es ist. Vielleicht –«

Er verstummte. Da er im Gegenteil sehr genau wusste, woher ihm das Zeichen geblieben war, wäre es natürlich gewesen, nun zu erzählen. Von dem unbekannten Mädchen in Frankfurt, das ihr glich, deren Blick ihm den Weg gewiesen hatte – und von allem, was weiter geschehen war. Aber es war ganz unmöglich. Er brauchte sie ja nur anzuschauen, um zu wissen, dass an ihr nichts vernarbt war, dass sie noch immer wund war an ganzer Seele. Kein Wort war erlaubt, das mit ihrem Vater und seinem Geschick zusammenhing.

»Wollen Sie behaupten«, sagte sie wieder, »dass Sie mich dort im Museum so einfach erkannt haben? Damals, vor acht Jahren, war ich ja ein Kind.«

Er antwortete nicht sogleich. Beide sahen sie sicherlich in diesem Augenblick das gleiche vor sich: den Salon im Camburger Schloss, die englischen Sessel, den Herzog und seinen Gast. Und vielleicht spürte sie auch die Tränen wieder, die ihr damals die Wangen herabliefen.

»Woran ich Sie wiedererkannt habe!« Er streckte die Hand aus und deutete auf Arethusa. Es geschah zaghaft, auch dies war ein Weg hinein in schmerzhafte Erinnerung. Alle Wege führten dorthin –

Aber sie lächelte. Sie betrachtete zärtlich die Münze. Ihr Lächeln schimmerte über das dunkle Gesicht, wie der Mond aufgeht über einer dämmerigen Landschaft. Und er wusste, dass es seine schwere, wundervolle Aufgabe sei, dies Licht immer wieder heraufzuführen über ihr Antlitz.

»Mein Gott«, sagte er, »sind Sie schön, wenn Sie lächeln! Ich glaube, Sie tun es nicht oft. Von Ihren Augen hat man mir ja erzählt und von Ihrer Stimme, aber davon nicht.«

»Man hat Ihnen erzählt. Wer?« fragte sie misstrauisch. Das Lächeln war fort.

»Der Chauffeur Martis.«

Sie zuckte zusammen, schloss die Augen, und ihr ganzer Körper steifte sich wie gegen eine herandrohende Gefahr.

Er nahm einfach ihre Hand. Er sagte: »Ruth – nicht! Haben Sie keine Angst. Ich spreche jetzt nur von Martis, *nur* von ihm. Das ist ein herrlicher Mann. Ich bin zu ihm gekommen, er hat mich gar nicht gekannt. Aber er hat mich an seinem Tische sitzen lassen, er hat mir ein Bett gegeben, und er hat mir geholfen. Ohne zu fragen hat er geholfen, mit eigner großer Gefahr. Es ist solch ein Trost, dass es Männer gibt wie den Martis, sogar *dort*. Eines Tages müssen wir ihn wiedersehen, finden Sie nicht?«

»Wir?« sagte sie. »Ein sonderbares Wort – wir. Sie binden uns da zusammen mit Ihrem Wir!«

So war das Gespräch weiter gegangen, ein fast unmögliches Gespräch für Ludwig. Es war, als hätte er einen Kranken zu tragen, an dessen ganzem Leib keine Stelle heil ist. Aber es war ihm süß, solche äußerste Behutsamkeit zu üben. Als wäre er mitverantwortlich für alles, was ihr angetan worden war, ihr und ihrem Volk, und hätte die Aufgabe, es gut zu machen. Er hätte später kaum sagen können, wovon sie geredet hatten, manchmal entstanden lange Pausen, aber gerade diese Minuten des Schweigens brachten sie näher zueinander als die schwierigen Worte, und die Zeit verging, eine lange Zeit. Ein paar Gäste waren inzwischen dagewesen und wieder weggegangen. Das Servierfräulein war gewiss verwundert über die beiden, die da ihre Teestunde in den Abend hinein ausdehnten. Aber einwenden konnte sie nichts. Es waren gute Gäste.

Denn mit einem Mitleid, das er kaum aushielt, sah Ludwig, dass sie hungrig war. Sie trank drei Tassen von dem chinesischen Tee, der nicht besonders aromatisch war, und aß ein Stück nach dem andern von dem buttergetränkten Toast, der dazu serviert wurde. Ihr Gesicht blieb still und unbeteiligt dabei, aber sie verschlang ihn geradezu. Ihr Körper schrie nach Nahrung. Die bräunliche Wange war ja auch blutleer und die vollen Lippen beängstigend bleich. Es musste ihr elend gehen. Ludwig stand auf, winkte die Bedienerin hinaus, und sie brachte eine Platte mit kaltem Fleisch und Geflügel. Ruth sah ihn an, ein wenig Blut stieg ihr in die Stirn, aber sie bedankte sich nicht und aß von den guten Sachen. Er hätte am liebsten geweint.

Es war völlig dunkel, als sie wieder auf der Straße standen. Der Abend war kühl.

»Das Museum ist zu«, sagte Ruth. »Jetzt müssen Sie ohne Mantel nach Haus, und bekommen einen Schnupfen zur Strafe.«

»Er war eine Lungenentzündung wert. Welchen Autobus nehmen Sie?«

»Das geht Sie gar nichts an!« Was von beginnender Vertraulichkeit dagewesen, war schon wieder fort. Niemand sollte ihrem Leben zu nahekommen! Er sollte nicht einmal wissen, in welchem Stadtteil sie wohnte.

Schließlich teilte sie trocken mit, dass sie am übernächsten Nachmittag wieder im Museum sein werde, und war eingeschluckt von der Dämmerung.

Als Ludwig verspätet nach Hause kam, wo Steiger mit Unruhe auf ihn wartete, konnte er sich zu keiner Erklärung entschließen. Ihm war ganz zu Mut, als habe er eine Untreue an dem Gefährten begangen, da nun ein Gefühl in sein Dasein gekommen war, das über ihre Freundschaft so gewaltig hinausging. Sie aßen fast stumm. Aber als abgeräumt war, setzte er sich an den Tisch und schrieb wiederum einen Brief mit der Adresse Frankfurt-Sachsenhausen, Zwischenstraße 8 A.

Und nun begann eine Zeit der seltsamsten Werbung. Wochen hindurch blieben ihre Begegnungen auf die Lesehalle beschränkt, und ihr Gespräch auf ein paar geflüsterte Worte. Das war enttäuschend, er hatte wenigstens auf Wiederholungen jener Teestunde gehofft. Dann kam ein Spaziergang im Hydepark, bei dem sie aufgeschlossen, fast heiter erschien, und der sich weit ausdehnte, bis hinaus zum Schlösschen von Kensington. Aber bei der nächsten Begegnung war sie wieder verschlossen und fremd. Er musste Geduld üben, lange Geduld, jahrelange vielleicht. Er durfte auch weiterhin Vergangenes nicht berühren, musste tun, als ob es Deutschland und deutsches Unheil nicht gäbe. Als sie sich vor dem Museumsportal wieder einmal trennten, spürte er unvermutet einen festen Druck ihrer Hand.

Sie sagte: »Denken Sie nicht, ich wüsste nicht, wie gut Sie zu mir sind. Wie gut und wie geduldig. Ich muss Ihnen schon ganz abscheulich vorkommen, Ludwig.«

Er nickte: »Vollkommen abscheulich. Abscheulich wie die Sonne und wie die Luft, von der ich lebe. So. Damit Sie es einmal wissen. Und nun gehen Sie und springen auf Ihren Autobus mit der mystischen Nummer!«

Und dann erfuhr er, langsam und bruchstückweise, doch etwas über ihre Schicksale in London.

Sie war, nachdem das Unglück geschehen war, nicht nach Deutschland zurückgekehrt. Dort hatte sie nichts zu suchen – nichts als eine Urne in einer Mauernische des Frankfurter Friedhofs. Die Genfer Freunde, mit denen sie auf jene Südfahrt gegangen war, boten ihr ein Asyl. Aber sie spürte plötzlich, in ihrem wilden Schmerz, dass diese gutartigen Leute sie nichts angingen. Sie besaß gerade noch Geld genug, um nach England zu gelangen. Vielleicht dachte sie damals noch, dass doch irgendein Teil ihres Erbes an sie ausbezahlt werden müsse. Aber es kam nichts als, Monate später, der Brief eines unbekannten Anwalts und ein Päckchen mit persönlichen Andenken an den Vater. Die Dekadrachme von Syrakus war dabei.

Nach dem Tode des Herzogs Philipp war sie, seinem Testament gemäß, an Jacques Wetzlar zurückgefallen. Sie hatte er in der Nacht vor seinem Ende heimlich an sich genommen, und sie hatte man in seiner Rocktasche gefunden.

Ruth war bettelarm in London und völlig allein, allein mit ihrer Trauer und ihrem Hass. Auf ähnlichen Wegen wie Ludwig hatte sie Beschäftigung gefunden. Es war eine anständige, nicht entwürdigende Unterkunft, ein Platz bei Kindern, in einer Familie aus gehobenem Mittelstand, irgendwo in Bayswater. Sie hatte ein gutes Bett hier, reichliches Taschengeld, man fand es selbstverständlich, dass sie mit am Familientisch saß. Ach, ihr wäre wohler gewesen, mit den Dienstboten in der Küche zu essen.

Denn es war viel von Deutschland die Rede an diesem Tisch, von Herrn Hitler und seinen Gesetzen. Und es war in einem Sinn davon die Rede, dass sie es schwer ertrug. Wenn bei den weltkundigen Großbürgern der Hilfskomitee das Schicksal der deutschen Juden Schmerz und Hilfsbereitschaft wachrief, so tat man hier diese Leiden mit einem Achselzucken ab. Die dort drüben ausgeraubt und verstoßen wurden, das waren für die spießig Gesättigten hier »Ostjuden«, »Polacken«, die man sich besser vom Halse hielt. Was hatten sie's nötig gehabt, sich in Politik einzumischen, »Revolution zu machen«. Da hatten sie's nun.

Man bezog das nicht auf Ruth. Niemand fiel es ein, dass sie leiden könnte unter solchen Gesprächen.

Sie hatte es sich zur Pflicht gesetzt, völlig ruhig zu bleiben, niemals einen Protest zu äußern. Die Kinder, ein kleines, schwarzlockiges Mädel von vier Jahren und ein kluger Junge von sechs, waren zutraulich und vergnügt, sie tat ihr Bestes an ihnen. Um mehr hatte sie sich nicht zu kümmern.

Vielleicht wäre auch alles gutgegangen ohne die Besuche des Bruders der Hausfrau, der wöchentlich einmal mit der Familie zu Mittag aß. Dies war ein Junggeselle in den Dreißigern, von nicht ganz sicherer Eleganz, mit vom Rasieren bläulichen Backen, Inhaber eines Damenhutgeschäfts an der Shaftesbury-Avenue. Er gehörte zum Schlag der stets am besten Orientierten und galt hier als eine Art von Orakel. Immer hatte er den Brief eines Berliner oder Kölner Geschäftsfreundes in der Tasche, der bewies, dass es sich bei all diesen Geschichten um Erfindungen handle, um moskowitische Propagandalügen, einfach dazu bestimmt, die Handelsbeziehungen zwischen den beiden Ländern zu stören. Den anderen am Tische war es hochwillkommen, sie nickten schafsmäßig dazu.

»Nicht *einem* von diesen Polacken ist etwas Ernstes passiert, nicht einem einzigen!« rief der Orientierte und sah sich voll hoher Gewissheit im Kreise um.

Aber gerade dieser kleine Satz war zu viel gewesen für Ruth, vielleicht nur das eine Wort »einem«. Sie erzitterte über den ganzen Leib, in einem Krampf zerdrückte sie das Wasserglas, das sie eben zum Mund führen wollte, das Blut lief ihr über die Hand und tropfte aufs Tischtuch. Sie war aufgesprungen und rief in abgerissenen Sätzen den Verblüfften ihren Widerwillen in das Gesicht. Man lief ihr nach, man suchte sie zu beruhigen. Man zürnte ihr nicht, diese guten Leute waren zum Zorn gar nicht fähig, man war völlig bereit, zu vergessen und sie im Haus zu behalten. Sie hörte nicht hin. Sie warf ihre Habseligkeiten in ihr Köfferchen, nahm nicht einmal Abschied von den beiden Kindern – sie würden ja doch ebenso werden, ganz ebenso – und stand auf der Straße.

Es gelang, einen neuen Posten für sie zu finden. Die Familie hatte an den Wohlfahrtsausschuss berichtet, ratlos, nicht etwa aufgebracht. Es war klar: das Mädchen war nicht ganz richtig im Kopfe. Ruth zeigte sich außerstande, ihr Verhalten zu erklären und zu entschuldigen, übrigens billigte sie es bei kühlerem Blute selbst nicht mehr. Aber die Herren des Komitees zeigten Verständnis. Man verschaffte ihr eine

Existenz bei einem kinderlosen Ehepaar – einem gut anglikanischen diesmal –, eine nicht recht definierte Stellung zwischen Hausmädchen und Gesellschafterin. Sehr bald war von den Hausmädchenpflichten nichts übrig. Der Mann, ein beschäftigter Anwalt, hatte reichlich gesellschaftlichen Verkehr zu pflegen, und seine Frau fand sich darin durch Ruth auf das Angenehmste entlastet.

Aber diesmal kam das Unheil von andrer Seite. Der Mann fasste eine leidenschaftliche Neigung zu der jungen, schönen Person, die da unversehens in seinen Umkreis getreten war. Es kam kein Übergriff vor, er benahm sich im Gegenteil zurückhaltend und sogar scheu, bis er eines Tages zu ungewohnter Zeit aus seiner Kanzlei nach Hause kam und ihr mit seltsam unbeholfenen Worten seine Liebe und seine Hand antrug. Er werde kein Ungemach, keine soziale Einbuße, auch kein Geldopfer scheuen, um seine Scheidung durchzusetzen.

Ruth war auf das Peinlichste erstaunt. In seiner Haltung hatte sie eher Antipathie zu spüren geglaubt. Einen Augenblick hatte sie mit einem nervösen Lachen zu kämpfen. Dann aber versuchte sie alles, um ihn von dieser Laune, wie sie es nannte, abzubringen. Seine vertrauende Frau so aus allen Himmeln zu stürzen, sei ganz undenkbar, nie dürfe sie auch nur erfahren, was ihm da durch den Sinn oder eher durch die Sinne gegangen sei.

Aber dafür war es zu spät. Die Aussprache mit seiner Frau habe bereits stattgefunden, erklärte der Betörte, jetzt vor zwei Stunden, in seinem Büro. Er vermöge das Zusammenleben mit ihr nicht mehr auszuhalten, hier gebe es keine Wahl.

Es folgten qualvolle Tage. Die Frau, ein wenig schönes und schwaches Geschöpf, flehte Ruth an, von ihrem Gatten abzulassen. Sie war überzeugt, dass jedes weibliche Auge ihn begehren müsse, und dass es nur an einem Entschluss des Mädchens liege, ihr Eheglück wieder herzustellen. Ihren Beteuerungen glaubte sie nicht.

Ruth verließ dieses zweite Heim in Verzweiflung. Sie war gezeichnet, jeder Schritt, den sie tat, brachte sie und andere ins Unglück. Warf sie sich denn nicht unablässig jene einzige Erholungsreise vor, die sie als erwachsener Mensch unternommen: ohne die hätte der Vater gewiss noch gelebt. Jetzt gab sie sich auf. Widerstand war doch nutzlos.

Nach dem doppelten Fehlschlag hatte sie nicht mehr den Mut, das Komitee um Empfehlung zu bitten. Mehrmals wechselte sie die Unterkunft, überall war es zu teuer, und sie fand schließlich ein Obdach in einem abbruchreifen Hause, bei einer halbtauben Frau, der da provisorisch ein paar Zimmer belassen waren. Es kostete hier fast nichts. Sie lebte vom Verkauf ihrer letzten Gegenstände und von gelegentlichen Übersetzungen für eine populäre Encyklopädie, die elend bezahlt wurden. So kam es, dass auch sie in dem Kuppelsaal heimisch wurde. Sie tat ihre Arbeit ohne Lust, ohne Aufschwung, Kunst und vergangene Kultur waren tote Materie für sie, da der, mit dem sie sie hatte betrachten können, der Vater, nicht mehr am Leben war.

In diesem Zustand hatte Ludwig sie gefunden.

Sie maß ihm das Zusammensein karg zu. Noch immer musste er im Gespräch gleich behutsam sein.

Der Name ihres Vaters war nie, nicht ein einziges Mal, über ihre Lippen gekommen. Sie aus ihrer Starre befreien zu wollen, erschien ihm manchmal ganz hoffnungslos. Aber dann kam, zu Ende April, an einem schon sommerlichen Tag, ein Ausflug in die prangenden Gärten von Kew, und hier fragte sie zum ersten Mal nach seiner Arbeit.

Er hatte im Stillen darauf gewartet, und er sprach ihr sogleich ausführlich davon. Sie erwärmte sich, zeigte sich unterrichtet, frug begierig nach Einzelheiten. Als sie heimkehrten, stellte er mit Beschämung fest, dass er zwei Stunden lang von sich selber geredet hatte.

Aber es zeigte sich, dass hier der rechte Weg führte. Dies war neutraler Boden, ohne Gefahr. Sie bat um Einblick in sein Manuskript. Zwei Tage später war sie mit dem Gegenstand völlig vertraut, hatte Einwände, Vorschläge. Dankbar fühlte er sich bestätigt. Es beflügelte seine Arbeit, dass nun ein Auge da war, auf sie zu warten.

Inzwischen beobachtete er mit Betrübnis, dass ihr physischer Zustand sich nicht besserte. Sie schien ihm zarter und zarter zu werden. Er zerbrach sich vergeblich den Kopf, wie es anzustellen sei, ihr ein wenig zu Hilfe zu kommen. Aber die geringste Andeutung erbitterte sie. Offenbar empfand sie nachträglich ein Unbehagen darüber, dass sie sich an jenem ersten Nachmittag in der Teestube hatte gehenlassen, und die Folge war, dass sie argwöhnisch darauf bedacht war, auch nicht einen Bissen mehr anzunehmen. Das war grotesk. Dennoch begriff er sie. Es gehörte zu dem Leidensbild ihrer schwer getroffenen Natur. Sie hatte, wie Rotteck, wie Steiger, innerlich nicht standhalten können, niemand konnte sagen, ob die Wunde heilbar sei.

In seiner Arbeit war er jetzt zu einem Einschnitt gelangt. Was vorlag, war wie ein geschlossenes kleines Buch ›Goya's Jugend‹. Die Entwicklungs- und Sturmzeit lag dahinten, und der »Maler des Königs«, ein Mann nun gegen die Vierzig, begann sein weitausgreifendes Werk als Porträtist. Ludwig revidierte noch einmal sorgsam, strich und ergänzte, und sandte, mit einem Entschluss, die gesäuberte Handschrift an einen Verlag. Eine Übersicht über den fehlenden Rest schloss er bei.

Da er an einen Erfolg im Grunde nicht glaubte, war ihm das beste, berühmteste Haus gerade gut genug. Es war ja einerlei, wer ihm das Paket nun zurücksandte. Aber es kam ein Brief. Das Teilmanuskript, schrieb der Verleger, sei von seinem deutschen Lektor geprüft worden, er selber freue sich darauf, sich mit dem Verfasser über seinen Plan zu unterhalten. Das Rendezvous war auf vierzehn Tage vorausbestimmt.

Es klang verheißungsvoll. Aber beglückender als die Hoffnung selbst war der Anteil, den er Ruth an ihr nehmen sah. Fiebrig erregt, ja ganz außer sich, sah sie die Aussicht gleich als Erfüllung – und ihr selber war das Glück widerfahren.

Er nahm die Gelegenheit wahr, sie an ihren Besuch in der Charlbert-Street zu mahnen, den sie immer wieder hinausschob. Jetzt sei doch Anlass zu einer kleinen Feier. Gern werde sie kommen, sagte sie gleich. »Zum Abendessen?« fragte Ludwig, und das Herz schlug ihm unvernünftig. »Auch zum Abendessen, wenn es Herr Steiger erlaubt.« In ihrer dunklen Stimme war ein Doppelklang von Fröhlichkeit und zärtlicher Ironie.

Er hegte selber unbestimmte Befürchtungen. Würde Steiger nicht, aus seinem recht besondern Gesichtswinkel, Ablehnung gegen diese Fremde zeigen, eine störende Reserviertheit zum mindesten? Auch Eifersucht wäre nur menschlich gewesen, öfters, wenn Ludwig mit sparsamen Andeutungen von Ruth berichtete, meinte er dergleichen verspürt zu haben.

Aber seine Besorgnis war ganz umsonst. Mit freudigem Eifer bereitete Steiger sein Festmahl vor. Er hatte die Haushaltskasse nicht geschont, hatte mit seiner einen Hand eine Ente gerupft und sie im Gasherdchen gebraten. Goldbraun und duftend kam sie auf den Tisch.

Diesmal war er wirklich und durchaus nicht zu bewegen, mit Platz zu nehmen. Er blieb aufwartend stehen, und seine Haltung dabei hatte eine seltsam überzeugende Würde.

Ruth begriff. Durch eigenes Schicksal hochempfindlich gemacht für fremdes Erleiden, fand sie sich ohne Zwang zurecht. Sie hatte für

Steiger eine freie, strömende Liebenswürdigkeit. Noch nie hatte Ludwig sie so geliebt.

Das Mahl war vorüber. Ein leichtes und heiteres Gespräch zog sich in die Nachtstunden hin. Der elektrische Ofen brauchte nicht mehr zu brennen, und das Fenster stand offen gegen die Mailuft. Zweimal drang von unten der ekstatische Gruß der Adepten. Aus dem Tierpark kamen schwachrollend Wüstenlaute herüber.

Ludwig beobachtete unauffällig den Freund. Vielleicht war dessen Enthusiasmus zuerst nur jener sonderbaren Auffassung entsprungen, die da besagt, »der König könne kein Unrecht tun«. Aber nun stand er völlig unter dem Eindruck dieser strengen und holden Anmut. Dankbar genoss er den Zauber einer weiblichen Gegenwart.

Ludwig hätte keine Bestätigung nötig gehabt. Aber Bestätigung, woher sie auch stammt, tut immer wohl.

Es war ein Uhr in der Nacht, als Ruth aufbrach. Mit der alten Bestimmtheit lehnte sie's ab, sich begleiten zu lassen. Sie wohne auch durchaus gar nicht weit –

Aber unter der Tür kehrte sie noch einmal um, ging auf Steiger zu, legte ihm beide Arme um die Schultern und küsste ihn auf die Wange. Etwas wunderbar Unschuldiges, geisterhaft Zartes, lag in dieser Liebkosung, die nicht der empfing, dem sie galt.

## 9.

Die Konzerthalle war hässlich, stimmungslos wie ein Bahnwartesaal. Den Hintergrund ihres Podiums nahm eine riesengroße, missfarben gestrichene Orgel ein, deprimierende Pflanzenarrangements umrahmten sie. Aber von diesem Podium waren seit vielen Jahrzehnten alle großen Virtuosen und die beglückendsten Menschenstimmen gehört worden.

Ruth und Ludwig nahmen ihre Sitze ein, als der Saal noch halb leer war. Es waren gute Plätze, in der Mitte der fünften Reihe, eigentlich viel zu teuer für Ludwig.

Denn seine Verhältnisse gaben eher zur Einschränkung Anlass. Um die Arbeit am Buche rascher zu fördern, hatte er die Hälfte seiner Lektionen aufgegeben; Steiger verbrachte sorgenvolle Stunden über dem Haushaltskonto. Aber für den nächsten Tag war die Zusammenkunft mit dem Verleger angesetzt … Es störte Ludwig nicht, dass er als gesamtes Vermögen nicht ganz zwei Pfund in der Tasche trug.

»Manchmal habe ich Sehnsucht nach ein bisschen Musik«, hatte Ruth vor kurzem gesagt. Sie sprach sonst nie einen Wunsch aus, und er hatte diesen gleich begierig erfüllt. Aber als sie nun kam, schien sie verstimmt, und sie fröstelte. Er legte ihr das Mäntelchen, das sie abgestreift hatte, wieder um die Schultern. Denn es zog hier von allen Seiten.

Ein besonders wohlgekleidetes Publikum, das Publikum der großen Gelegenheiten, füllte den nüchternen Saal. Als der Geiger das Podium betrat, grüßte ihn langer Applaus. Dieser kleine, ernsthaft blickende Mann war nicht nur ein Musikant, dessen Ruhm zwischen den Erdteilen hin- und herschallte, er war auch sonst eine beachtete öffentliche Figur, in Schrift und Wort ein Herold für die Einigung des zerklüfteten Europa, und ein leidenschaftlicher Anwalt für Ruths und sein verfolgtes, vergewaltigtes Volk.

Unansehnlich gewachsen stand er dort oben, mit dem beunruhigend anziehenden Kopf eines in Melancholie gealterten Knaben, und zupfte im Angesicht der eleganten Tausende stimmend an seiner Geige. Alle seine Bewegungen waren von einer brüsken Würde.

Er eröffnete mit dem Werk eines modernen Italieners, das er selbst nicht besonders zu lieben schien. Er erlaubte sich Launen. Manchmal kratzte sein Bogen höchst eigenwillig und ein bisschen verächtlich. Aber was dann folgte, war Brahms, und gleich war zu spüren, wie wohl ihm wurde in diesem Element. Es war die Sonate in G, jene ›Regensonate‹. Das Instrument sang meisterlich und kristallen von sommerlichem Glück. Nach der verhaltenen Heiterkeit des ersten Satzes stieg das Andante zu voller Inbrunst und klarer Stärke auf, sonnenleuchtend und erdenfroh, bis hinan zur zaubrischen Coda. Aber ruhereich, wohlig, unterm warmen Regenfall, den die Begleitung mit tupfenden Sechzehnteln malte, löste sich in dem letzten Satz das Anfangsthema in einen milchigen Glanz.

In der Pause gingen sie hinaus, um eine Zigarette zu rauchen. Ruth warf die ihre gleich wieder weg, mit angewidertem Ausdruck.

»Schmeckt nicht?« fragte Ludwig. »Sagen Sie einmal, was ist das mit Ihnen.« Er legte ihr seine Hand auf die Stirn. »Ein bisschen heiß sind Sie auch.«

In diesem Moment fiel sein Blick auf eine kleine Gruppe, die eben aus dem Saal getreten war. Und er sah Susanna.

Sie hatte ihn auch schon erkannt, und sie lächelte ihm zu. Verwundert zog sie die Brauen hoch wie bei einer hübschen Überraschung. Ihr Lächeln war genau das, mit dem man unvermutet einen Bekannten entdeckt, den man auf Reisen geglaubt hat.

Da stand sie, hochgewachsen und prächtig, im vollen Strahl einer selbstverständlichen Eleganz. Sie trug ein herrlich gemachtes, schwarzes Kleid, weitausgeschnitten über ihrer reichen Brust, mit nichts als einer Perlenschnur zum Schmuck, und darüber ein silbern schwärzliches Pelzcape. Ihr hellrotblondes Haar hob sich in einer hohen, seidigen Welle von ihrer Stirn auf, in einer Frisur, die dem Gesicht etwas Fremdes, Künstliches gab. Verändert erschien auch ihr Mund, es war, als seien die Lippen schmaler geworden, nach innen gezogen, von einem verwöhnten oder habgierigen Ausdruck. Aber sie war schöner als jemals.

Erwartungsvoll schaute sie zu Ludwig herüber. Als er sich nicht vom Fleck rührte und mit einer Verneigung grüßte, gab sie sich nicht zufrieden, sondern vollführte mit der Hand eine kleine, auffordernde Geste, wobei sie ganz leicht die Finger öffnete und sie gleich wieder schloss. Hierauf wandte sie sich unbefangen wieder ihrer Begleitung zu.

Es waren ein Herr von vielleicht sechzig, sehr aufrecht und schlank in seinem Frack, mit einem erstaunlich frischen, ergeben lächelnden Gesicht unter vollem, weißem Haar, und ein junger Mann von fünfundzwanzig, fast anstößig elegant, der in ihrer Gegenwart eine nervöse, beflissene Angespanntheit zeigte. Sie unterhielt sich ruhig mit ihnen, sah auch kein einziges Mal mehr nach Ludwig zurück.

Verworren hörte er Tschaikowsky und Smetana, die der glorreiche Bogen mit Brillanz und mit Innigkeit aufklingen ließ. Dort saß sie, rechts vorne vor ihm, in der zweiten Sitzreihe. Ein Stück schwarzsilberner Fuchs war in seinem Blickfeld, und darüber ein Schimmer des Nackens und das hellrotblonde Haar. Von dem was einmal so mächtig gewesen, fühlte er nichts, kein Nachbeben der einstigen, besinnungslosen Begierde, er bezog diese fremde, schöne Frau nicht mehr auf sich. Aber ihr Auftauchen, diese blitzartige Aufklärung über ihre Existenz, war doch wie ein Schlag gewesen. Ihr Verschwinden damals, stumm, ohne Erklärung, bei Nacht, mit nichts als ihrem rostbraunen Kleid, war ihm immer so endgültig erschienen, so als gäbe es gar nicht die Möglichkeit, sie wiederzutreffen auf diesem Stern. Und schon schob sich vor den schimmernden Nacken eine Mannsfigur in einem blauen Trikothemd, an dem der Kragen offenstand und einen Hals sehen ließ, dessen Falten aus Holz schienen. Eine Stimme läutete ihm unausgesetzt in den Ohren: »Es wird ihr gut gehen, Ludwig, es wird. Fluctuat – fluctuat nec mergitur.«

Er sah Ruth von der Seite an. Sie lauschte mit geschlossenen Augen. Wie elend sie aussah! Nichts war mehr wirklich als Ruth.

Als sie nach dem Ende durch das Vestibül zum Ausgang strebten, Schritt vor Schritt, eingefügt in eine unhastige Menge, geschah Folgendes.

Sie befanden sich plötzlich dicht hinter jener Gruppe, Susanna im Pelzcape zwischen den beiden Figuren im hohen Hut. Und sie musste seine Nähe bemerkt haben. Denn sie wandte sich halb nach ihm um, ihr weißes Gesicht war dicht vor ihm, und völlig unbekümmert, mit einem vertrauten Lächeln, legte sie ihm ihre große und kräftige Hand auf den Mund, die warme Innenfläche auf seinen Lippen, ließ sie einen Augenblick da ruhen, so dass er den Duft spürte, zog sie zurück, wandte sich ab und trat zwischen ihren Begleitern ins Freie.

Die Geste war von einer wahrhaft souveränen Impertinenz, eine Verhöhnung vielleicht seiner eigenen Bewegung, mit der er zuvor Ruths Stirne befühlt hatte. Es verschlug ihm den Atem. Er trat einen Schritt zurück, soweit es möglich war in der Enge. Betreten blickte er nach Ruth, die verschlossen und unbeteiligt vor sich hinschaute.

»Lassen Sie uns noch irgendwohin gehen«, sagte er, als sie auf der Regent-Street standen, »bitte! Ich bin Ihnen doch Erklärungen schuldig.«

»Gar nichts sind Sie mir schuldig«, sagte sie mit müder Gereiztheit, »nicht das allergeringste. Ich will schlafen gehen. Und danke für das Konzert. Gute Nacht.«

Er wollte sie noch zurückhalten. Aber sie war um die Ecke von All Souls' Church verschwunden.

## 10.

Als Ludwig das Verlagshaus der Herren Occam and Son verließ, blickte er noch einmal an dem schmalen, hohen Gebäude aus schwärzlichen Ziegeln hinauf, und hinunter in das Kellergeschoß, das sich gähnend nach der Straße hin öffnete. Man konnte nicht unauffälliger residieren. Von hier also gingen seit hundert Jahren die schön gedruckten Bände hinaus, an denen sich der Buchhandel allenthalben ein Muster nahm. Und in dem engen Privatbüro des Herrn Thomas Occam, aus dem er jetzt kam, hatten schon dessen Großvater und Vater mit den Historikern und Philosophen der victorianischen Ära verhandelt.

Man hatte Ludwig ohne Umstände einen Vertrag angeboten, einen sehr korrekten Vertrag, nichts Außerordentliches. Bei Erscheinen seines Buches wurde ein Geldbetrag fällig, der auf die übliche Honorarquote zu verrechnen sein würde. Das Ganze hatte nur zehn Minuten gedauert. Dann hatte Herr Occam der Audienz ziemlich fürstlich ein Ende gemacht.

Ludwig ging mit raschen Schritten die Bedford-Street hinauf, in der Richtung nach dem Museum, wo Ruth ihn erwartete. Es war ein schöner, warmer Tag, und die ziemlich düsteren Straßen hier zwischen Strand und Long Acre wirkten fast freundlich. Aber irgendein dunkles Gefühl, als habe er etwas versäumt oder vergessen, ließ ihn nicht ganz zur Befriedigung kommen. Da war es! Es fiel ihm ein. Er hatte ja von diesem Verleger eine monatliche Rente erbitten wollen, um gesichert sein Buch zu Ende zu führen. Das war nun versäumt. Er hatte überhaupt nicht an dergleichen gedacht. Ruth würde ihn auslachen. Aber doch nur ein wenig. Sie würde sich freuen. Die bräunliche Wange würde sich tiefer färben vom Blut.

Er lief die vertraute Treppe hinauf, durchmaß Halle und Gang, öffnete eilig die kleine Tür.

Ihr Platz war leer.

Er setzte sich hin und versuchte zu arbeiten. Sicherlich war sie krank! Ihr Aussehen am Vorabend sprach dafür, ihr Unbehagen, das Frösteln. Die Grippe grassierte wieder einmal. Oder hatte sie ihm die Begegnung mit Susanna verübelt, diese freche Geste der fremden Frau, für die sie keine Erklärung gewollt hatte –

Er wartete, bis man schloss. Dann ging er den langen Weg nach Hause zu Fuß, sehr in Unruhe. Denn es gab ja keine Möglichkeit, sie aufzusuchen. Immer hatte sie ihre Wohnung vor ihm verheimlicht, zuerst aus Abwehr, aus scheuem Unabhängigkeitsdrang, dann mehr im Scherz. Es war zuletzt eine Art Spiel zwischen ihnen gewesen, ein Gegenstand harmloser Neckerei.

Der Freund daheim wusste ihm auch keinen Trost. Ludwig verbrachte eine ungute Nacht.

Als man den Saal öffnete, stand er schon an der Tür. Das war eigentlich unsinnig. Sie kam niemals am Morgen. Aber in der ungeheuren Stadt war dies hier der einzige Raum, wo sie überhaupt auftauchen konnte. Er überlas seine Sätze viermal und sechsmal und wusste nicht, was sie enthielten. Er blieb über Mittag. Drei Uhr war ihre Stunde.

Sie kam auch um drei Uhr nicht. Um fünf saß er immer noch da, verloren und ausgehöhlt, ohne sich klar zu machen, dass es Hunger sei, was ihn aushöhlte.

Auf einmal wurde ihm leicht und licht. Es war ja ganz einfach, ihre Adresse zu erfahren! Jeder hatte die seine anzugeben, der sich im Sekretariat eine Karte für den Lesesaal ausstellen ließ.

Er lief hinaus, lief rechts durch die Galerie mit den Büsten der römischen Kaiser. Das bedächtige Fräulein im Sekretariat sah ihn etwas verwundert an.

»Rasch, nur rasch!« sagte er flehend. Sie zog das Blatt aus ihrer Kartothek. Er bedankte sich, als hätte sie ihm das Leben gerettet.

Es war eine Adresse in Kensington, südlich der Themse, ein ärmliches Mietshaus. Er läutete in allen Stockwerken, entschuldigte sich fünfzehnmal, niemand wusste etwas von Ruth. Im Parterre befand sich ein Milchladen, die Inhaberin erklärte sofort, sie habe das Fräulein Wetzlar gekannt. Aber sie sei schon lange verzogen, fünf Monate sei es mindestens her. Dann besann sie sich: »Wetzlar, sagen Sie, wie schreibt man den Namen?« Nein, die sie meinte, hatte Rexman geheißen. Miss Evelyn Rexman, eine Handarbeitslehrerin, sie hatte wöchentlich zweimal Joghurt bezogen.

»Aber gehn Sie doch zum Meldeamt in der Bow-Street!«

Als er ankam, war das Amt schon geschlossen.

Am folgenden Morgen gab es gar keine Schwierigkeit. Der Beamte fand den Namen beim ersten Griff: Ruth Wetzlar, Culworth-Street. Culworth-Street? Ludwig war doch, als habe er solch ein Straßenschild einmal gelesen.

Unterwegs fielen ihm die Augen zu. Er hatte zwei Nächte fast nicht geschlafen. Mit einem Ruck hielt das Taxi. Er stieg aus und blickte sich um.

Es war seine eigene Gegend. Nicht eine Minute entfernt hauste er selber mit Steiger. Man brauchte nur einfach um die Ecke zu gehen.

Hierher war sie immer gefahren in ihrem Autobus mit der mystischen Nummer. Was für einen Umweg hatte ihn das gekostet – einen seltsamen, ziemlich qualvollen Umweg.

Sie wohnte auch seltsam. Ein langer, flacher Giebel vereinigte da unter sich viele schmale Häuschen, jedes mit einer niedrigen Tür und zwei Fenstern Front. Verwahrlost alles, verkommen, viele Scheiben zerbrochen, wie eben an einem Komplex, den man abreißen will. Denn die zerstörende Arbeit war schon begonnen, von der Ecke unten am Park kam der regelmäßige Schlag der Spitzhacke.

Er schellte. Er schellte dreimal. Neue Angst befiel ihn. War auch dies Haus schon geräumt, sie selber wieder verzogen? Aber nein, hier wohnten noch Menschen. Das Fenster neben der Tür hatte noch einen Vorhang, und ein vertrocknetes Blumentöpfchen stand da.

Dann wurde geöffnet. Eine sehr alte Frau, mit einem gestickten rosa Schal um die Schultern, hielt ihre Hand ans Ohr.

»Miss Wetzlar, bitte!«

Sie schüttelte fragend den Kopf.

»Ruth Wetzlar!« rief er so laut, dass es widerschallte von der Wand gegenüber.

»Krank. Sie ist krank. Kann ihretwegen nicht ausziehen!« Und sie wies mit dem Knochenarm hinunter zur Park-Ecke, wo der Mörtelstaub flog.

Ruth lag in einem jämmerlich schmalen Bett. Sie sah ihm gerade und ernsthaft entgegen und hob nicht den Kopf.

»Was ist denn mit Ihnen, um Gottes willen!«

»Bisschen Halsweh«, sagte sie mühsam.

»Und ziemlich viel Fieber vielleicht. Haben Sie sich gemessen?«

Aber so zu fragen war müßig. Ihre Augen leuchteten recht beängstigend, und die vollen Lippen waren zersprungen. Sie schien geradezu Hitze auszustrahlen.

»Es sind nur die Mandeln.«

»So – nur!«

Er streckte die Hand aus und berührte seitlich ganz zart ihren Hals. Die Drüsen waren hoch aufgeschwollen. Sie gab einen Wehlaut von sich unter der leichten Berührung.

»Ich hol einen Arzt.«

Im Gehen umfasste er das Zimmerchen mit dem Blick. Es war ein schmaler Schlauch, trübfarben und leer. Auf dem Tisch stand in einem

Silberrahmen eine große Fotografie von Jacques Wetzlar. »Meinem neuen Augenlicht«, stand in taumelnden Buchstaben darunter.

Es wohnten mehrere Ärzte in dem eleganten Häuserblock vorne. Einer war auch zu Haus. Als er Ruths Zimmer betrat, sah er sich mit demselben Ausdruck um wie damals in Brüssel der Doktor Bruneel.

Es fiel ihr entsetzlich schwer, den Mund zu öffnen. Der Arzt kniete vor ihr und suchte hineinzublicken. Dann stand er auf und staubte sich sorgfältig die Knie ab.

»Tonsilitis, jawohl.« Und er gab die gebräuchlichen Maßregeln.

»Sieht nicht hübsch aus«, sagte er vor der Tür. »Dicker, grauer Belag. Die Mandeln zerklüftet.«

»Aber doch keine Gefahr?«

Er wiegte den Kopf. »Man operiert sonst nicht gern in akutem Zustand. Aber da ist ein Abszess. Es kann allgemein werden. Ich würde nicht warten.«

»Wird man sie denn betäuben können? Bei Operationen im Hals –«

»Ich glaube, ja.«

Dann hob er, schon beim Straßenausgang, mit diskreter Geste einen Finger in die Höhe. Ludwig begriff und bezahlte ein Pfund. Es blieb ihm ein wenig Silber in seiner Tasche.

Ruth unterdrückte ihr Stöhnen, als er wieder ins Zimmer trat.

»Also, das geht hier nicht! Sie müssen in ordentliche Pflege.«

Sie leistete auch keinen Widerstand. Sie ließ es geschehen, dass er ein wenig Wäsche und ihre Toilettengegenstände zusammenpackte. Es waren noch eine Bürste und ein Handspiegel aus schönem, blondem Schildplatt darunter. Er fühlte eine unsagbare Zärtlichkeit, während er die Sachen berührte.

Dann half er ihr beim Ankleiden. Ihr Körper brannte durch die dünnen Hüllen hindurch. Die Alte war ins Zimmer gekommen und schaute missbilligend zu.

»Sind Sie bezahlt?« fragte Ludwig.

Das hörte sie sofort. »Bei mir wird vorausbezahlt, Herr. Aber ein Glas wurde gestern zerbrochen. Acht Pence!«

»Ich hole die übrigen Sachen ab. Jetzt können Sie ausziehen!«

»S' war Zeit«, sagte das Gespenst im rosa Schal.

Als ein Auto herbeigeholt war, und er Ruth hinausführen wollte, blieb sie im Türrahmen stehen.

»Etwas vergessen?«

Sie gab keine Antwort, sondern ging wankend zurück und kam wieder, mit dem Bilde des Vaters in ihrer Hand.

Die Klinik war ein aseptischer Himmel, makellos weiß alles und nickelblitzend. Auf gummiräderigen Wagen wurde in silbernen Schüsseln das Essen durch die Gänge gefahren, denn eben war Lunchzeit. Eine junge Schwester, grünäugig, mit rötlichem Haar, ein pikanter Engel, bettete Ruth in einem höchst komfortablen Zimmer. Es erschien der Aufsichtsarzt, nahm die Temperatur, die erschreckend war.

Dann bat man Ludwig in das Büro. »Es kostet zwölf Pfund wöchentlich«, sagte eine hoheitsvolle Hausdame. »Wünschen Sie für eine Woche zu bezahlen oder für zwei?«

»Ganz einerlei«, sagte Ludwig. Es war auch wirklich ganz einerlei, da er genau neun Schilling besaß.

Er erklärte, am Abend bezahlen zu wollen.

»Sie können mir einen Scheck geben.«

»Sie werden sich freundlichst gedulden. Wer ist in London der beste Halsoperateur? Der durchaus allerbeste.«

»Sir Rufus Trevenna, hier ganz nahe, Devonshire-Street. Aber billig wird er nicht sein.«

»Er soll nicht billig sein. Er soll ausgezeichnet sein. Guten Tag.«

Die Hausdame verbeugte sich vor diesem jungen Herrn, der nach Trevennas Preisen den Teufel fragte. Unter hundert Pfund rührte Sir Rufus kein Messer an, soviel war bekannt.

Ludwig fuhr nach Haus zu Steiger. Steiger sollte an Ruths Krankenbett sitzen, während er selbst auf die Jagd nach dem Geld ging. Weshalb nur, um Gottvaters willen, hatte er diesen Verleger nicht um Vorschuss gebeten! Der würde erstaunt sein über den neuen Autor, der jetzt, zwei Tage später, mit solch einem Anliegen wiederkam. Übrigens würde kein Vorschuss ausreichen. Er musste herumfahren und bei seinen sämtlichen Schülern um Zahlung bitten. James Einstein besonders bot eine Chance. James Einstein war gutmütig. James Einstein war reich. Aber der saß in seinem Kontor in der City.

Zu Hause las Steiger friedlich am Fenster.

»Gefunden?« fragte er, als Ludwig hereinstürmte. »Lieber Himmel, in welchem Zustand –«

Er war aufgestanden, strich mit seiner Hand Ludwig das Haar zurecht, rückte die verschobene Halsbinde an ihren Platz.

»Sie müssen gleich hin zu ihr!« Er berichtete fliegend. »Ich will nicht, dass sie allein ist. Was mache ich bloß, wenn sich dieser Occam nicht sprechen lässt! Geld für Taxis habe ich auch nicht. Und alles andre dauert zu lang!«

Steiger sah ihn an. »Jetzt ist es Zeit«, sagte er feierlich.

»Zeit – wofür?«

Steiger kniete nieder, schloss an Mrs. Carpenters geschmackloser Kommode die unterste Schublade auf, räumte Wäschestücke beiseite, und bot Ludwig, noch auf den Knien, auf seiner flachen Hand das grünleuchtende Kleinod hin, den Smaragd seines Hauses.

Ludwig stieß einen Erlösungsschrei aus. Er hatte an diesen Besitz nie mehr gedacht, das Schmuckstück nicht mehr getragen, es völlig vergessen gehabt.

Steiger war noch immer nicht aufgestanden. Und Ludwig bemerkte zum ersten Mal, dass er ganz weißes Haar hatte, dass dies ein alter Mann war. Und er wusste, dass er ihn niemals verlassen würde.

Er eilte fort.

Auf einer Glastür in einer der Seitenstraßen von Bond-Street stand zu lesen: »Deveroux. Jeweller to the Royal Family. By Appointment.« Darüber, ganz klein, war das Wappen. Er klinkte auf.

Die Verkaufsräume waren weit, mit Samt ausgeschlagen, umstellt mit antiken Vitrinen, darin die Schätze glänzten, gruftstill. Ein feines Fräulein in schwarzem Kleid mit weißem Umschlagkragen frug ihn nach seinen Wünschen. Sie sprach Englisch mit französischem Akzent.

»Ich habe etwas zu verkaufen.«

Sie drückte auf einen Klingelknopf. Ein zugleich billig und würdevoll angezogener junger Herr erschien, der sich abwartend verbeugte.

»Ich will diesen Smaragd hier verkaufen«, sagte Ludwig wieder und brachte aus seiner Hosentasche das nackte Kleinod zum Vorschein.

Der Verkäufer machte erschrockene Augen.

»Eine Sekunde bitte!«

Er verschwand und kehrte sofort mit einem spießig angezogenen Sechziger zurück, dem das Wort »subaltern« auf der faltigen Stirne geschrieben stand. Beide beugten sich über den Stein, wendeten ihn hin und her, murmelten miteinander.

»Ich wäre Ihnen dankbar«, sagte Ludwig gereizt, »wenn Sie das Zeremoniell abkürzen wollten. Sagen Sie mir, was Sie bezahlen können. Wir werden schnell einig sein.«

»Das ist kein Geschäft, das sich im Handumdrehn abschließen lässt«, antwortete mit grauer Stimme der Subalterne. »Herr Deveroux ist im Augenblick abwesend –«

»Wo?«

»Im Hotel Claridge, beim Lunch«, sagte der Jüngere in einem Ton, als müsse dieser Name Ludwig von der Unschicklichkeit seines Drängens überzeugen.

»Das ist nicht weit. Telefonieren Sie ihm!«

Er begann in den feinen Verkaufsräumen auf und ab zu wandern, wobei der dicke Bodenbelag das Geräusch seiner Schritte völlig verschluckte. Er war rasend vor Ungeduld. Eine krasse Vorstellung verfolgte ihn, von dem, was Ruth da bedrohte. Er sah das Gewebe in ihrem armen Halse vollgesogen mit Gift. Er sah die überfüllten Herde nach innen aufbrechen, die Giftträger ausschwärmen durch die Blutbahn, Ruths ganzen geliebten Leib überschwemmen. Sepsis! Dann war vielleicht nichts mehr zu retten. Und alles, weil dieser Deveroux mit Kaffee und Cognac kein Ende fand.

Die beiden Angestellten hatten sich in den Hintergrund zurückgezogen, jeder nach einer andern Ecke, und beobachteten von dort den seltsamen Kunden. Sie wussten, was sie zu denken hatten. Auch das französische Fräulein äugte über ihr Pult zu ihm hin. Der Smaragd lag tief schimmernd auf dem Mahagonitisch in der Mitte.

Endlich betrat Herr Deveroux sein Lokal.

Er war ein alter Herr, bedächtig und zart, im Verkehr mit Hof und Gesellschaft sehr leise geworden. Er entnahm einem Samtfutteral seine Brille, putzte sie, ergriff die Lupe und begann durch das Doppelglas seine Prüfung. Die Verkäufer hatten sich auf gemessene Distanz genähert, wie Adjutanten dem Feldherrn.

»Das ist der Regius«, sagte Herr Deveroux erschüttert.

»Was bitte?«

»Der Regius! Sie werden als sein Besitzer doch wissen, wie dieser Stein heißt.«

»Ich wusste bis jetzt überhaupt nicht, dass Steine ›heißen‹.«

»Sie können sein Bild und sein Signalement in meinem Handbuch sehn, wenn Sie Wert darauf legen. Dieser Smaragd stammt von Maria da Gloria –«

»Königin von Portugal. Geboren 1819 in Rio, verheiratet 1836 mit Ferdinand von Sachsen. Die Dame war meine Urgroßmutter.«

Und dann sagte er mit getragener Deutlichkeit seinen eigenen Namen und seine Titel auf. Es klang ihm selber ganz fremd, so als erzählte er Herrn Deveroux eine Lüge.

»Hören Sie«, sagte er dann, »ich brauche sofort Geld. Sie können mir Ihre Herren nach Hause mitgeben, um meinen Pass einzusehen. Sie können mir auch einen Schutzmann mitgeben, ganz Scotland Yard, wenn Sie wollen. Aber schnell muss es gehen.«

Deveroux verneigte sich, überzeugt. Die Adjutanten standen mit offenen Mündern. Das Fräulein dort hinten hatte die Hand an ihr kleines Ohr gelegt, um ja kein Wort zu verlieren.

»Ein Objekt wie dieses«, sagte der Juwelier, »findet nicht leicht einen Käufer. Es kann jahrelang liegen. Ich sage es Ihnen ganz offen: was ich anbieten kann, ist nur ein Drittel des wirklichen Werts.«

»Nämlich?«

»Zweitausend Pfund.«

»In Ordnung«, sagte Ludwig. Er vergegenwärtigte sich keineswegs, was die Summe bedeutete. Er wusste nur, dass es Geld genug war, um jeden Sir Rufus in der Welt zu bezahlen.

»Ich gehe, Hoheit, und schreibe den Scheck aus.«

»Scheck? Ganz unmöglich.«

»Pardon. Einen solchen Betrag hat niemand in bar liegen. Ich könnte dreihundert Pfund –«

»In Ordnung«, sagte Ludwig noch einmal. Herr Deveroux ging.

Ludwig nahm den Smaragd vom Tische auf und betrachtete ihn. Er betrachtete das Wappen, die Krone, die Türme, die Türchen. Er nahm Abschied von ihm. Er gedachte auch seiner Mutter dabei. Sie hätte gebilligt, was er da tat; ja ihm war, als hätte sie ihm in genau dieser Absicht das Kleinod einst um seinen Knabenhals gehängt.

Der Juwelier kam zurück, mit dem Geld und der Anweisung über den Rest. Er zählte die großen, weißen Banknoten auf. Unordentlich faltete Ludwig sie zusammen, steckte sie in die Tasche und war aus der Tür.

Er hatte schon seinen Fuß auf dem Trittbrett des Autos, als ihn jemand am Arm berührte.

»Monsieur!«

Es war das Fräulein. In ihrem Gesicht stand die summierte Missbilligung von Generationen französischer Kleinrentner zu lesen.

»Sie haben Ihren Scheck vergessen«, sagte sie und schwenkte leicht das Papier.

In der Klinik lag Ruth mit weitoffenen, starren Augen, Steiger reglos an ihrem Bett. Der irische Engel hantierte schwebend im Zimmer. Ein Lächeln ging über Ruths Gesicht, das sogleich wieder verlosch.

»Um sechs«, sagte Ludwig leise zu Steiger.

Um sechs Uhr warteten die Ärzte im Vorraum des Operationssaals, Sir Rufus Trevenna, eine hohe Figur ganz in Weiß, mit einer weißen Binde vor seinem Mund, und der Spezialarzt für die Betäubung.

Ruth tastete nach Ludwigs Hand. Der Spezialarzt hielt ihr die Maske vor.

»Bitte langsam zu zählen«, sagte Sir Rufus. Er hielt ihre andere Hand und kontrollierte den Puls.

Sie begann mit ihren zersprungenen Lippen die Zahlen zu flüstern. Sie kam bis neun.

»Ludwig!« Es war nur ein Hauch.

Er beugte sich zu ihr hinunter.

»Wer war die Frau, Ludwig?«

»Niemand«, wisperte er an ihrem Ohr, »niemand mehr. Vorüber. Vergessen. Gewesen.«

Sie lächelte. Sie schwieg. Sie war fort.

## 11.

Er erwachte und zog den Vorhang auf. Es regnete fein und gleichmäßig auf Mrs. Carpenters kleinen, schäbigen Garten.

Es war eben sieben. Ruths Zug sollte um vier Uhr ankommen. Das waren genau neun Jahrhunderte. Und obendrein war es Sonntag ... Zunächst rasierte er sich ungeheuer sorgfältig und langsam, ohne Geräusch, um den noch schlafenden Steiger nicht aufzuwecken. Aber länger als eine halbe Stunde kann sich niemand rasieren.

Er hatte Ruth seit einem Monat nicht gesehen. Sie hatte sich schwer erholt. Zwar erklärte Sir Rufus schon sehr bald die Wundstellen im Halse für vorbildlich verheilt – »glatt und rein wie polierter Onyx«, sagte er gewählt – und das war auch das Wenigste, was man bei seinen Preisen verlangen konnte. Aber die Nachschmerzen dauerten an, das Gefühl quälender Trockenheit und der Hustenreiz, sie kam auch nur langsam zu Kräften.

Und noch langsamer kehrte ihr Lebensvertrauen zurück. Sie konnte noch immer nicht glauben, dass ihr Gutes bestimmt sei. Ludwig drang nicht in sie. Das Bild mit der Unterschrift »Meinem neuen Augenlicht« stand auf ihrem Tisch in der Klinik. Es würde der Tag kommen, an dem sie den Namen ihres Vaters frei aussprechen konnte. Und das, er fühlte es, würde der Tag sein, an dem sie völlig ins Dasein zurückgekehrt war – in ein Dasein mit ihm.

Er machte ihr Erholungsquartier, nicht weit entfernt, auf der Insel Wight, in einem alten, bequemen Familienhotel, unmittelbar an der See. Sie war allein da hinunter gereist. Er hatte sie auch nicht besucht. Wunden, die sich schließen sollten, berührte man nicht. Zumal solche nicht, die schwieriger heilten als Sir Rufus' exakte Schnitte.

Es war noch immer nicht acht. Nebenan rührte es sich. »Ich gehe weg, Steiger«, rief er hinein. »Bin zum Frühstück zurück.«

Es regnete immer noch. Die Straße war absolut menschenleer. Es fuhr auch kein Wagen. Das Häuschen, in dem er Ruth gefunden hatte, war längst niedergelegt und die Baustelle von hohen Bretterzäunen umgeben. Aber ein paar Schritte weiter lag der moderne Block, in dem sie jetzt wohnen sollte.

Er ließ sich zum obersten Stockwerk hinauffahren. Das Zimmer war herrlich hell, es blickte über den Park. Seine Blumen waren gekommen. Kritisch sah er sich um. Er rückte an einer mit Chintz bespannten Couch, die ohnehin ganz gut stand, warf auch einen Blick in das Badezimmer, und ging langsam die sechs Treppen hinunter. Die Inspektion hatte leider nur zehn Minuten gedauert.

Er schlenderte hinüber zur Station der Untergrundbahn und kaufte sich sämtliche dicken Sonntagsblätter, die da feil lagen, sechs oder sieben davon, einen ungeheuern Stapel Papier. Da an Arbeit doch nicht zu denken war, würde er einmal gründlich Zeitung lesen, er tat es ohnedies nie.

Nach dem Frühstück machte er sich's bequem und begann. Er las unmethodisch und unruhig, vertauschte den ›Observer‹ mit dem ›Sunday Express‹ und ›Weekly Dispatch‹ mit ›The People‹. Er las eine Biografie von Leon Blum, der soeben in Frankreich Ministerpräsident geworden, und eine des jungen Fliegers Charles Melrose, der in Australien abgestürzt war. Er las, dass in Palästina die Engländer notgedrungen Maschinengewehre gegen die verhetzten Araber hatten auffahren lassen, und einen letzten Hilferuf des Kaisers von Abessinien an den

Völkerbundsrat. Er las von einem Pakt, den Herr Adolf Hitler mit Österreich abgeschlossen hatte und in dem er dem tapfern kleinen Land die Unabhängigkeit garantierte: einem jener Pakte, von denen die Welt wusste, dass sie nur geschlossen wurden, um beim ersten Belieben gebrochen zu werden, und zu denen sie dennoch unverdrossen ein gläubig-ernstes Gesicht schnitt. Er las Aufsätze über Musik und über Mr. Baldwin, über neue Bücher und über Cricket, er las in den ›Sunday Times‹ eine ungeheuer witzige Kritik über ein offenbar ungeheuer dummes Stück und verzog keine Miene dabei – denn es glitt ihm alles nur so am Auge vorüber. Als er danach auf seine Uhr sah – er hatte jetzt eine aus schwarzem Stahl – war es noch nicht einmal elf.

Er bemerkte, dass Steiger, der ebenfalls ein Blatt in der Hand hielt, ihn anblickte.

»Hier steht etwas, was doch gelesen werden muss«, sagte er in seinem seltsamen Stil, der die Anrede umging.

Ludwig nahm das Blatt. Unter der Rubrik »Obituary« las er da:

**Tod eines deutschen Gelehrten**

Herr Johannes Rotteck, der berühmte Kunsthistoriker, starb gestern, 57 Jahre alt, auf der Überfahrt nach New York.

Rotteck galt als ein führender Mann in seiner Wissenschaft. Er hat auch in unserem Lande mehrfach Ehrungen empfangen. Er war Mitglied der British Academy und, seit 1925, ein Ehrendoktor von Oxford. Nach der Veränderung der Verhältnisse in Deutschland verlor er sein Lehramt und lebte als Privatgelehrter in Prag.

Im April dieses Jahres erhielt er von dem Flexner-Institut in Princeton, das sich schon mehrfach Verdienste solcher Art erworben hat, einen Ruf nach Amerika. Eine Lehrtätigkeit war nicht beabsichtigt, vielmehr sollte der Gelehrte in Stand gesetzt werden, sein auf sieben Bände berechnetes Werk ›Geschichte des Porträts in Europa‹, unter gesicherten Umständen abzuschließen.

Rotteck verließ letzten Dienstag Cherbourg mit der ›Ile de France‹. Am ersten Reisetag litt er ungewöhnlich stark unter Seekrankheit. Die folgenden Tage hielt er sich meist lesend an Deck auf. Die Nacht zum Samstag scheint er ebenfalls im Freien zugebracht zu haben. Denn als frühmorgens das Personal erschien, fand man Professor Rotteck in

Decken eingehüllt tot auf seinem Liegestuhl. Ein Schlaganfall scheint sein Leben beendet zu haben.

Das Flexner-Institut hat die Verpflichtung übernommen, Rottecks Hauptwerk, das bis zu den Malern des 18. Jahrhunderts fortgeführt ist, neu herauszugeben. Es werden gleichzeitig eine englische und eine deutsche Ausgabe erscheinen.

Als Ludwig das gelesen hatte, fühlte er zunächst keine Trauer. Dieses Ende des einsamen Arbeiters erschien so folgerichtig, geheimnisvoll logisch. Ohne Qual war er abgeschieden in dem Augenblick, da er die Welt verließ, zu der er gehört hatte, seine alte europäische Welt. Ludwig sah ihn vor sich auf seinem Deckstuhl, unterm Sternenhimmel der Sommernacht, die Augen dem Lande der Zuflucht zugekehrt, das ihm nicht bestimmt war. Er nahm den Trost hinüber in seinen Schlaf, dass sein Werk leben würde.

Auf einmal spürte Ludwig, dass ihm die Tränen kamen. Er wandte sich ab und lehnte zum Fenster hinaus. Steiger war nahe zu ihm getreten. Draußen hatte der Regen aufgehört, und Mrs. Carpenters Gärtchen lag in tropfender Frische. An dem einen Baum, der vorhanden war, einem verbogenen Ahorn, saß ein niedlicher Specht mit rotem Scheitel und hackte aus Leibeskräften auf die Rinde los. Immer nach zwei Schnabelhieben schickte er seine spitzige Zunge in die Öffnung hinein, um Insekten hervorzuholen.

»Macht er denn den Baum nicht kaputt«, fragte Ludwig, um der Tränen Herr zu werden.

»Nein«, sagte Steiger sofort, »ein Specht hackt nie gesunde Stellen an. Der alte Ahorn ist morsch.«

Es war viel zu früh, als Ludwig zur Bahn fuhr. Im Autobus war kein Mensch. Er kletterte zur Imperiale hinauf, setzte sich an das Vorderfenster und schaute vom hohen Ausguck auf die ausgestorbenen Straßen. London war an diesem Julinachmittag leer wie eine Ruinenstadt. Immer wieder kamen kleine Regenschauer, dazwischen blitzte die Sonne, runde Tropfen liefen über das Glas.

Die riesigen Hallen von Victoria-Station lagen fast ohne Geräusch. Selten rollte ein Zug ein. Die Millionen waren aufs Land gefahren oder hielten Nachmittagsschlaf.

Ludwig wanderte den Bahnsteig auf und nieder. Zweimal erkundigte er sich bei dem einzigen Beamten, ob dieser Vieruhrzug auch wirklich hier anlange, nicht etwa auf Waterloo-Station.

Aber an die Stelle seiner Erregung und Ungeduld war ein stillerer Zustand getreten, schwebend zwischen Wehmut und Glücksbereitschaft.

Gerade als er nicht auf ihn wartete, fuhr unvermutet der Zug ein.

Beinahe niemand stieg aus. Aber da stand Ruth in der offenen Waggontür. Sie winkte nicht, sie nickte nur ein wenig. Schlank und hoch stand sie da, und ihr bräunliches Gesicht hatte die Gesundheit jungen Lebens. Ein Regencape aus dunkelblauem, glattem Stoff fiel ihr gerade und lang von den Schultern, dazu trug sie eine stahlblaue Seidenkappe, die ihr reizend stand.

Er hob sie herunter, ergriff ihr Köfferchen, sie nahm seinen Arm. Sie verließen den Bahnhof und, beinahe ohne zu reden, gingen sie auf der rechten Seite die breite, gerade, leere Victoria-Street hinunter. Das Trottoir glänzte vor Nässe. Der Asphalt roch fast waldfrisch.

»Wo gehen wir eigentlich hin«, fragte sie und lachte ein leises, klingendes Lachen. Aber sie gingen weiter. Er fasste im Gehen nach ihrer Hand. Es war ihm taumelig vor Glück.

Victoria-Street war von einer nicht überbietbaren Ödigkeit. Sogar die Schaufenster waren verhängt oder ausgeräumt. An dem großen Kaufhaus, das »Army and Navy Stores« heißt, war nur ein einziges unverhüllt. Davor blieben sie stehen.

Es war ein koloniales Fenster. Sein Mittelstück bildete die Figur einer Dame in gestärkter Hemdbluse, scharf gefälteltem weißem Rock, hohen Stiefeln, und den Tropenhelm kokett auf dem Holzkopf. Sie sahen hin und sie lachten. Auf einmal wurden sie ernst.

Sie blickten einander an, mit großen, weitoffenen Augen. Sie waren so allein in dieser sommerlichen Straße wie irgendwo draußen im Weltenraum. Nur oben an der Ecke von Palace-Street stand ein einsamer Schutzmann. Er kehrte ihnen den Rücken zu.

Ludwig stellte das Köfferchen auf den Boden. Sie hoben gleichzeitig die Arme und umschlangen einander.

»Dich hätte der Vater auch lieb gehabt, Ludwig«, sagte Ruth.

## Erzählungen aus dem Biedermeier

Biedermeier - das klingt in heutigen Ohren nach langweiligem Spießertum, nach geschmacklosen rosa Teetässchen in Wohnzimmern, die aussehen wie Puppenstuben und in denen es irgendwie nach »Omma« riecht.

Zu Recht. Aber nicht nur.

Biedermeier ist auch die Zeit einer zarten Literatur der Flucht ins Idyll, des Rückzuges ins private Glück und der Tugenden. Die Menschen im Europa nach Napoleon hatten die Nase voll von großen neuen Ideen, das aufstrebende Bürgertum forderte und entwickelte eine eigene Kunst und Kultur für sich, die unabhängig von feudaler Großmannssucht bestehen sollte.

**Georg Büchner** Lenz **Karl Gutzkow** Wally, die Zweiflerin **Annette von Droste-Hülshoff** Die Judenbuche **Friedrich Hebbel** Matteo **Jeremias Gotthelf** Elsi, die seltsame Magd **Georg Weerth** Fragment eines Romans **Franz Grillparzer** Der arme Spielmann **Eduard Mörike** Mozart auf der Reise nach Prag **Berthold Auerbach** Der Viereckig oder die amerikanische Kiste

*ISBN 978-3-8430-1884-5, 444 Seiten, 29,80 €*

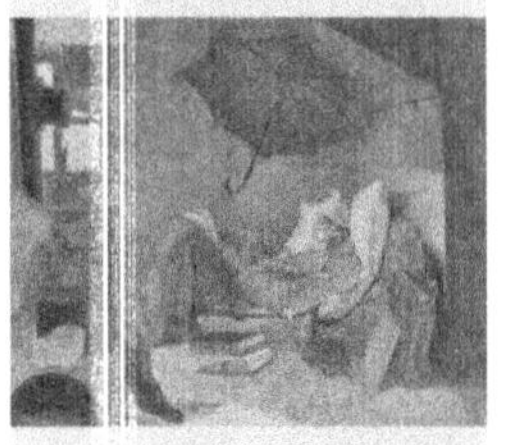


## Erzählungen aus dem Biedermeier II

**Annette von Droste-Hülshoff** Ledwina **Franz Grillparzer** Das Kloster bei Sendomir **Friedrich Hebbel** Schnock **Eduard Mörike** Der Schatz **Georg Weerth** Leben und Taten des berühmten Ritters Schnapphahnski **Jeremias Gotthelf** Das Erdbeerimareili **Berthold Auerbach** Lucifer

*ISBN 978-3-8430-1885-2, 440 Seiten, 29,80 €*

## Erzählungen aus dem Biedermeier III

**Eduard Mörike** Lucie Gelmeroth **Annette von Droste-Hülshoff** Westfälische Schilderungen **Annette von Droste-Hülshoff** Bei uns zulande auf dem Lande **Berthold Auerbach** Brosi und Moni **Jeremias Gotthelf** Die schwarze Spinne **Friedrich Hebbel** Anna **Friedrich Hebbel** Die Kuh **Jeremias Gotthelf** Barthli der Korber **Berthold Auerbach** Barfüßele

*ISBN 978-3-8430-1886-9, 452 Seiten, 29,80 €*